EL PRECIO DE LOS CABALLOS

LA VENGANZA ES UN CAMINO PELIGROSO

IAN TAYLOR
ROSI TAYLOR

Traducido por
JOSE VASQUEZ

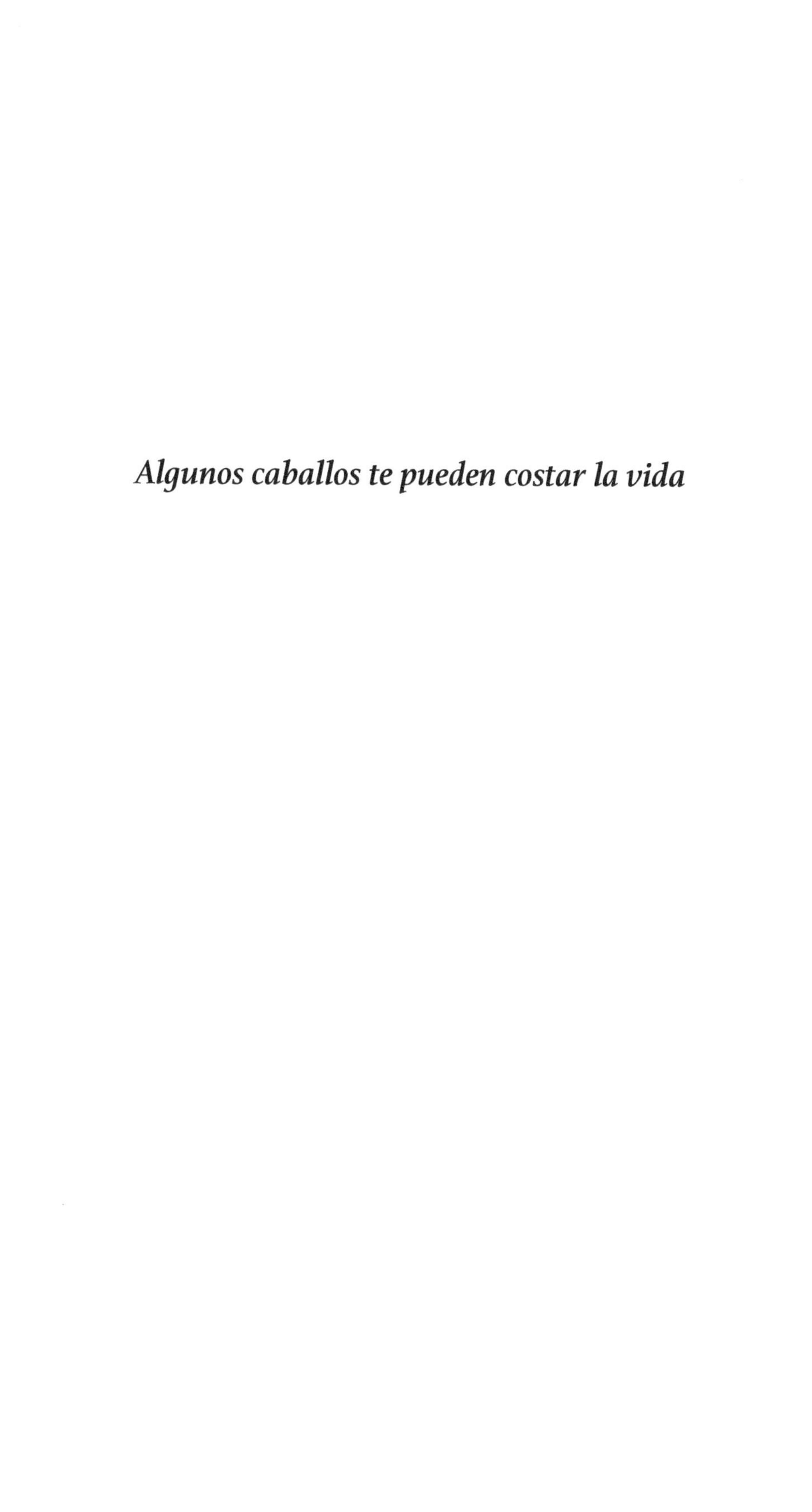

Algunos caballos te pueden costar la vida

Publicado en 2019 por Next Chapter

Editado por Wicked Words Editing

Cubierta por Cover Mint

Para todos los verdaderos dromengros, viajeros del camino, pasados, presentes y futuros.

1

El camino rural estaba tranquilo a la persistente luz del atardecer de principios de verano. Las hojas de los robles y espinos en el campo, setos a cada lado silbaban suavemente en la más suave brisa. El sol se hundía lentamente bajo el horizonte, dejando bandas moteadas de cúmulos altos al noroeste que brillaban con un rojo anaranjado intenso, como el reflejo de una conflagración lejana. Con aleteos apenas audibles, las aves que anidan se acomodaban en un sueño agotado, el largo día alimentando a las crías hambrientas durante unas breves horas.

Un remolque de viajeros romaníes con adornos de cromo ornamentado y recortes de acero estaba parado en el borde de la hierba. Voces y risas salían de la puerta abierta. Un pequeño camión fue detenido cerca. Entre el camión y el remolque, un fuego abierto ardía brillantemente. Sobre el fuego, una tetera ennegrecida colgaba de un soporte de hierro. Un perro de caza marrón de pelo liso, atado al remolque, vigilaba todo lo que se movía.

Más adelante, una docena de caballos gitanos pintados, usados para tiro, atados a sus cadenas de enchufe, pastaban la hierba gruesa del borde. Al principio, todo lo que se podía oír era el masticar y las pisadas de los caballos y el traqueteo de sus cadenas mientras pastaban. Entonces surgieron voces, extrañamente incorpóreas entre la densa pantalla de espinos.

Luke Smith, un joven romaní de quince años, y Riley, su hermano mayor, trabajaban entre los arbustos, arreglando la yegua castaña de la familia. Riley cepillaba la melena, Luke la cola. Se observaba estrictamente la antigüedad en tales tareas.

"¿Hiciste una buena inspección, hermano?" Riley preguntó. "¿No hay caballos elegantes de mujer en el campo? ¿No hay ovejas y vacas?"

"¡He pinchado cada centímetro!" Luke respondió acaloradamente. "No hay ovejas. No hay vacas. ¡Solo hay conejos tan redondos y gordos como un tubo de mantequilla! Y una pareja de elefantes roncando".

Riley estaba acostumbrado a las extrañas mezclas de realidad y fantasía de su hermano. "Pondremos a Nip más tarde para conseguirnos un conejo".

"¡Estofado de conejo para la cena! ¡Viviremos libres como príncipes!" Exclamó Luke.

Junto a los árboles al otro lado del camino, el viejo Musker, un vagabundo con una espesa barba gris, erigió una pequeña carpa curva con aros. Mantuvo un comentario murmurado: viajero no puede mientras trabajaba. Nadie conocía la edad del viejo Musker; él había estado anunciando que estaba "más cerca de setenta que sesenta" durante todo el tiempo que alguien pudiera recordar. Se había unido a la familia Smith durante el año pasado y, a pesar de que no era de su sangre, lo habían mantenido alimentado y bañado. Pero siempre configuraba su doblador a distancia, ya que la privacidad también importaba en ambos lados.

Ambrosio Smith, el padre de los jóvenes, un hombre moreno y fornido, salió del remolque, seguido de su esposa, Mireli, y Athalia, su hija de trece años. Tanto la madre como la hija llevaban vestidos con estampados brillantes, con pañuelos en la cabeza sobre su largo cabello negro brillante. Ambrosio estaba con su chaqueta de trabajo desgastada por el clima y botas pesadas, su gorra plana, brillante con el tiempo, puesta en un ángulo alegre.

Miró al cielo. "Sé una luna oscura esta noche. Creo que conseguiremos algo de pastoreo gratis". Dio un silbido breve como señal a sus hijos y esperó hasta que emergieran de los árboles. "Es una noche hermosa, con solo nosotros aquí para complacernos. Desaten los caballos, muchachos. Los pondremos en ese prado vacío allá".

Mireli les advirtió. "Riley, Luke. Cuiden de los caballos. Y de su papá. ¡Son todo lo que tenemos!"

"¡Déjame ir contigo!" Athalia suplicó.

"Tu trabajo es cuidar de tu madre, mi niña", le amonestó Ambrosio con una sonrisa amable. "¡Ella es todo lo que tenemos!"

Luke, guapo y tranquilo, se rió de ella. "Solo vamos a cortar un poco de hierba de gorgios, no gitanos, un poco de mascar y lluvia. No es gran cosa".

Riley, habitualmente frunciendo el ceño, tomó la excepción como siempre. "¿Gran cosa? ¡Este Romaní es un yanki ahora!"

Ambrosio saludó a las mujeres, que observaron a sus hombres partir. Mireli miró al perro cazador. "Si alguien viene merodeando, Nip nos lo dirá".

El cazador los miró al mencionar su nombre.

Mireli saludó al viejo Musker. "Deja el té cuando quieras".

"¡Dos minutos!"

Mireli sabía que la hora del reloj para el viejo Musker no significaba nada. Dos minutos podrían convertirse en tantas horas. Pero ella llenó la tetera de la toma de agua, colocó más leña en el fuego y preparó las tazas para beber.

"¿Crees que Musker vivirá otro año?" Athalia le preguntó a su madre mientras volvían al remolque. "¿Y si muere? ¿Dónde lo enterraremos?"

"Dijo que quiere ser acostado en el cementerio de su pueblo, o su mullo, su fantasma, no lo dejará encontrar la paz. Me dijo que había pagado por su tumba años atrás. Al lado del abedul dijo, para poder ser parte de sus raíces y viajar al inframundo. Pero no sé si solo estaba contando la historia de un murmullo. De todos modos, ¿quién dice que se va a morir? Lo estamos cuidando ahora".

* * *

Riley y Luke soltaron a los caballos de sus cadenas de enchufes y los acompañaron durante un cuarto de milla hasta donde Ambrosio había abierto una puerta de campo para permitir que los caballos entraran en el prado de flores silvestres que bordeaba el camino.

"Sé dulce para ellos esta noche", comentó Ambrosio. "Ayudará a ponerlos en forma para La Feria del Caballo de Appleby, en Westmorland en Cumbria. Tenemos que encontrarnos con Taiso allí la próxima semana".

Luke miró a su yegua premiada con orgullo. "¿La llevo al campo?" preguntó ansioso.

Riley frunció el ceño. "¿Qué te hace pensar que puedes?"

Luke sonrió abiertamente. "¡Puedo montar cualquier cosa! Podría montar un jabalí si nos quedamos en Inglaterra. ¡O incluso una de esas avestruces africanas!"

"¡Estarás cabalgando por una caída!" Riley parecía a punto de golpear a su hermano menor. Luke dio un paso atrás, riendo. Le gustaba molestar a Riley, pero la diversión estaba empezando a agriarse, ya que cada vez más crecía su pensamiento en él como débil, y solo un matón se divierte con un cobarde.

"La libertad se desperdicia en ti, hermano. ¡Tienes que vivirla o perderla! ¡Uno de estos días te despertarás y te preguntarás adónde se fue!"

Antes de que Riley pudiera responder, Ambrosio se interpuso entre ellos. "Espera hasta que lleguemos a Appleby. Pueden llevarla allí, los dos. Nos ayudará a venderla. Demasiado arriesgado montarla aquí en la oscuridad. Podría meterse en el hoyo de un conejo y bajar Entonces, ¿dónde estaríamos?

Ambrosio, un hombre de buen sentido práctico, tenía razón, por supuesto. Su mente estaba llena de pepitas de sabiduría, los frutos de cuarenta años en el camino. Luke guardó las observaciones de su padre como un tesoro secreto de monedas, pero también recogió algo más: una sensación de tristeza que rodeaba al hombre como un aura invisible sin una causa obvia. Mientras Luke ahuyentaba la impresión como un insecto irritante, Riley parecía no tener poder para desterrarlo. A veces parecía que estaba absorbido por la tristeza de su padre, como si los dos estuvieran al tanto de algún secreto inquietante.

Pero el entusiasmo de Luke no disminuyó. "¿Puedo pasearla en el Edén en Appleby, papá?"

"Ya veremos", dijo Ambrosio pensativamente. "Podríamos competir con ella en Flashing Lane. Si gana, obtendremos un buen precio para ella".

Se quedaron un rato, observando a los caballos de tiro galopar por el campo, disfrutando de su libertad. Cuando la luz se desvaneció, los caballos se acomodaron para pastar y beber en el comedero. Luego, por fin, la yegua castaña fue puesta en el campo.

"Te gano en Appleby este año, hermano", Luke se burló de Riley con buen humor. "¡Serás un perdedor!"

"¿Perdedor?" Riley frunció el ceño. "Otra palabra para un no romaní, ¿no?"

Todos se rieron. El sonido de dos disparos, seguido de una explosión repentina, los tomó por sorpresa. Las llamas saltaron al cielo en dirección al remolque.

"¡Fuego! ¡Fuego!" Ambrosio exclamó. "¡Corran, muchachos! ¡Corran!"

Cerraron la puerta del campo y corrieron hacia el fuego. Luke corrió hacia adelante, Riley y Ambrosio un paso atrás. Poco a poco se hicieron visibles a través de los árboles del lado del camino, las llamas devorando su campamento.

El tráiler era una bola de fuego. El viejo Musker y Nip no se veían por ninguna parte. Luke, Riley y Ambrosio intentaron acercarse, pero el calor los venció haciéndolos retroceder.

"¡Madre! ¡Athalia!" Luke gritó. Dio un salto hacia adelante, como a punto de arrojarse a las llamas.

Ambrosio lo agarró y lo contuvo. "Es demasiado tarde, hijo. Llegamos demasiado tarde. Hemos perdido nuestros más preciados tesoros".

Miraron indefensos el infierno que una vez había sido su hogar, con lágrimas en sus rostros.

Luke lanzó un terrible grito de desesperación. "¿Quién nos ha hecho esto? ¿Quién nos ha hecho esto, papá?"

Su padre y su hermano miraban desesperados las llamas. Sacudieron la cabeza pero no respondieron.

"¿Quién ha hecho esto?" Luke insistió. "¿Quién nos odia tanto?"

"Nadie", Ambrosio logró responder a través de sus lágrimas. "Nadie lo ha hecho". Miró a Riley para confirmar.

"Un accidente", dijo Riley, su voz ahogada por la emoción. "Solo un accidente. Esas botellas de gas son cosas peligrosas".

Luke no les creyó. No podía explicar cómo lo sabía, pero sus palabras eran huecas.

"¿Quién ha hecho esto?" gritó de nuevo.

"Nadie, Luke. Créeme". Ambrosio insistió.

"¡Un accidente, hermano!"

Pero la mente de Luke estaba gritando ¡NO! ¡NO! ¡NO! "¿Quién nos odia tanto, papá? ¡Juro por mi sangre que los encontraré y los mataré!"

2

Un edificio victoriano abandonado de cuatro pisos se encontraba cerca del centro de una ciudad en las Midlands inglesas. Construido en ladrillo pero que se desmorona un poco, fue protegido de las calles circundantes por una sólida cerca de ocho pies rematada con alambre de púas. Se podían ver algunas ventanas rotas en los pisos superiores del edificio, y una larga hilera de palomas encaramadas en la cresta del techo como adornos arquitectónicos. Al otro lado del frente del edificio estaban las palabras desvaídas: *RADFORD BUILDING SUPPLIES*.

Un área de concreto agrietado rodeaba el edificio dentro de la cerca con, a un lado, una serie de talleres de reparación para los vehículos de la empresa, que ya habían desaparecido. El patio, que una vez contuvo bloques de brisa y arena suave, estaba vacío, al igual que la tienda de cemento y yeso. Frente a los talleres de reparación se encontraban dos remolques de viajeros ocupados por los cuidadores actuales, que estaban allí para evitar las incursiones o la ocupación de los elementos oportunistas de la ciudad. Los cuidadores ya habían despojado de todo el valor, que era principalmente alambre de cobre y piezas de metal.

Los propietarios del sitio, que tenían conexiones gitanas con viajeros, no deseaban ver su propiedad invadida por extranjeros. Esperaban el resultado de una solicitud de planificación para convertir el sitio en un centro creativo, que incluía un cine y un espacio para presentaciones en vivo. Si eso fuese rechazado, el plan B era transformar el edificio en pisos, con unidades minoristas en la planta baja. Mucho menos imaginativo.

Las familias en los remolques eran Boswells, a quienes les complació dejar que uno de su clan extenso ocupara parte de un piso superior como un elemento disuasorio adicional para los intrusos. El ocupante masculino soltero se mantuvo solo, raramente entrometiéndose con las familias en los remolques, ni ellos con él.

Había poca evidencia de que alguien viviera en el cuarto piso. Un extremo del piso había sido arreglado. Un conjunto de estantes de madera que alguna vez contuvieron accesorios de agua de lluvia ahora era una tienda de equipo para ladrón de edificios: destornilladores, cerraduras, cuchillos, antorchas, cuerdas y empaques de paja. Una mochila sin marco y una pila ordenada de ropa yacían en un extremo, y una cama de plataforma simple estaba extendida en el piso.

Luke Smith, ahora de treinta años, se había convertido en un hombre alto, atlético y musculoso, con negro cabello hasta los hombros. Vestido con pantalones y camiseta, se quedó dormido en la cama de la plataforma una media tarde a principios del verano, después de haber conducido desde la feria de caballos Wickham que se había celebrado el día anterior. Había comprado dos caballos cobs, de espíritu aburrido en Wickham, los había arreglado y montado, utilizando su talento natural para llevarlos de vuelta a la vida enérgica. Luego había vendido los animales transformados, por el doble de lo que había pagado por ellos. Había sido un buen día.

Era una especie de extraño en la comunidad viajera gitana, un enigma en torno al cual circulaban rumores oscuros. ¿Cómo hizo su vongar, su dinero, preguntaban los viajeros? ¿Por qué era tan reservado? ¿Dónde había aprendido sus indudables habilidades con los animales? Luke no hizo nada para disipar los misterios; más bien los alentó por su repentina aparición en ferias de viajeros y por sus desapariciones igualmente abruptas.

Tenía fama en las ferias por cierto grado de honestidad, lo que, en términos generales, era raro. Cualquiera que le haya comprado un caballo, un perro o un halcón con más frecuencia obtuvo un buen valor por su inversión. Tenía muchos trucos para los viajeros cuando se trataba de mejorar la apariencia o la disposición de un animal, pero también tenía algo más, que los rumores describieron como un don, algunos llegando incluso a decir que tenía un toque mágico.

Este rumor particular comenzó años antes en la feria Stow, donde se había encontrado con un conocido en un estado de desesperación y al borde de las lágrimas por la furia. Resultó que un caballo que el hombre había comprado más temprano en el día se había derrumbado una hora más tarde y parecía estar a punto de morir. Luke se había ofrecido a comprar el caballo por la mitad de lo que el hombre había pagado por él. El viajero aceptó el trato con entusiasmo, pensando que el joven debía ser un poco simple de pensar. Una hora después, se vendió el mismo caballo por más del doble de lo que el hombre había pagado.

"¿Cómo lo hiciste, mi amigo?", Preguntó el viajero con resentimiento cuando se encontró con Luke más tarde en el día, al escuchar el precio por el que habían vendido el animal.

"Hablé con él", respondió Luke, luciendo serio. "Le dije que no era una forma de comportarse, y que estaba dejando que su línea de sangre se enfermara sin razón alguna. ¡Decidió levantarse para demostrarme que estaba equivocado!"

El viajero sacudió la cabeza, sin saber qué creer.

Luke no mencionó que el animal había sido drogado por su buen amigo Sy, quien se encontró con su infeliz comprador cuando el caballo se hundía en su punto más bajo. Luke había comprado la furgoneta e inmediatamente administró el antídoto a base de hierbas, más un remedio secreto que había obtenido de un viejo jinete cuyos antepasados habían sido miembros del gremio de East Anglian. Media hora después, el animal estaba tan animado como un caballo de su madurez.

"¡Fue mágico, te lo digo!" el crédulo viajero insistió esa noche en el bar. "¡Nunca he visto un caballo haber cambiado de esa manera!" El resto, como ellos dicen, es historia.

La policía tenía la foto policial de Luke en el archivo, ya que lo habían interrogado una docena o más veces en relación con robos audaces que implicaban hazañas de escalada "sin precedentes" y escapes "inconcebibles" si la alarma hubiera sido activada. Nunca había sido condenado y, por derecho, su fotografía no debería haberse conservado. Pero él fue la fuente de mucha frustración oficial y el deseo, tal vez incluso una obsesión, en varios policías de ponerlo tras las rejas.

Su reputación como un extraordinario ladrón de edificios se basó en un breve video de vigilancia en el que salió de una propiedad en el cinturón de corredores de bolsa del oeste de Londres en el acto de pasar su pasamontañas sobre su rostro. No fue suficiente para llevarlo a la corte, pero los rumores se propagaron como un virus de una policía a otra hasta que los robos que involucraban escaladas difíciles fueron calificados como Luke Smith cinco o Smith ocho.

El mundo más allá de Radford estaba lleno de él, pero nadie sabía mucho sobre él, al menos nada de lo que pudieran tener certeza, incluso dónde vivía. Los cuidadores en los tráilers, cuando escucharon el último rumor "factual", pensaron que todo era gracioso. El propio Luke, característico en él, no dijo nada...

Sonó su móvil. Estaba despierto y de pie de un salto, sacando el teléfono de un estante.

"¡Tam! ¿Cómo estás, hombre?"

Mientras hablaba, se dirigió a una ventana sucia y miró hacia afuera. Era su pasatiempo favorito. Desde su punto de vista, las vistas se extendían desde la estación de tren y la terminal de autobuses hasta la carretera de circunvalación interior y, más allá de eso, a los suburbios distantes. En el horizonte hacia el norte, a unas diez millas de distancia, podía ver el vago contorno del bosque, casi oculto a la vista por el humo de los gases de escape.

Lo que le llamó la atención fue el movimiento: los trenes principales que entraban y salían de la estación, los autobuses rápidos a ciudades distantes que se dirigían desde la terminal de autobuses, pasando su ruta fuera de la ciudad hacia las autopistas. El movimiento era algo que él entendía. Estaba en su sangre, remontándose más de mil años a la época en que su gente deambulaba por el desierto y las colinas de Rajasthan.

Escondido en su nido de águila secreto, pasó horas mirando el movimiento. Había observado los vuelos de gansos y patos salvajes durante los meses de invierno, tallando su paso entre las vías fluviales de la ciudad y sus zonas de alimentación en el campo circundante. Cada vez que veía los pájaros, su propio espíritu salvaje saltaba para saludarlos, como si estuviera a punto de unirse a ellos en su viaje atemporal.

Más cerca de su base estaban los vuelos de las aves urbanas residentes: las grajillas que descansaban en los árboles del parque, los estorninos que dormían en los viejos almacenes junto al río y las palomas que vivían en su cuadra y en la torre de la iglesia de Todos los Santos a una media milla de distancia.

La llegada al centro de la ciudad de un par de halcones peregrinos había causado cierta emoción. Habían hecho su hogar en el lado sur protegido del techo de una iglesia redundante que se interponía entre su cuadra y Todos los Santos. Las aves parentales criaban los retoños, y él había visto cómo el macho recogía palomas en el aire en su peligroso viaje desde la torre de Todos los Santos hasta el techo de la estación de ferrocarril.

Sintió una gran afinidad con los peregrinos, mientras que en su imaginación las palomas desventuradas eran los miembros del mundo establecido, los gorgios, de movimiento lento y de ingenio lento.

Los miembros del mundo establecido rodearon a personas como él con tantas leyes y pequeñas regulaciones como pudieron. Intentaron encadenar al viajero gitano porque no podían domarlo. Así que el viajero no tuvo más remedio que aprovechar sus posibilidades o sucumbir a la presión de conformarse. Había decidido hacía mucho tiempo que nunca iba a ceder.

Luke escuchó la voz del escocés al otro lado del teléfono que le decía cuán difícil era la vida en estos días y cuán ingenioso tenía que ser un distribuidor de "mercancía de calidad" simplemente para mantenerse con vida. No había nada en el discurso de Tam que no hubiera escuchado antes. Era la forma larga y sin aliento de Tam de ablandarlo para obtener algún favor o proyecto arriesgado con el que ambos ganarían suficiente dinero para poner los pies en alto durante seis meses "en Scarborough o Skegness".

Hasta donde Luke sabía, el vendedor de antigüedades nunca había estado en ninguna de las ciudades. Pero Tam, como cualquier estafador nato, nunca podría dejar de trabajar, ni durante seis meses ni incluso seis horas. Luke imaginó que el hombre incluso soñaba con hacer tratos mientras dormía.

Era cierto que había ganado mucho dinero con Tam, la mayoría de los cuales había usado para comprar tierras de pasto que alquiló a otros viajeros gitanos para el pastoreo. Incluso había comprado una pequeña granja en las colinas de Gales, donde sus propios caballos eran atendidos por una familia extensa de artesanos viajeros que usaban los edificios sin pagar la renta.

Pero no tenía interés en el dinero por el dinero en si, y para colmo, había desarrollado una aversión creciente por el escocés. Había llegado a la conclusión de que era imposible creer una palabra del vendedor, incluso a alguien como él, que lo había conocido por más de una década. Cuando Tam llegó a preguntar sobre su estado de salud, estaba listo con su propia respuesta de stock.

"¿Yo? No muy bien, hombre. Este tipo de trabajo se está volviendo demasiado arriesgado. La última vez, si quieres recordar, casi me muerden... Sé que habrá una luna, pero no estoy preparado para eso esta noche... Quieres encontrar un chico más joven para hacer este tipo de trabajo".

Mientras Tam continuaba persuadiendo, Luke buscó una lata de cerveza en un estante. Puso el teléfono en la repisa de la ventana y dio un largo trago. Casi se ahoga.

"¿Cuánto...? Me estás tomando el pelo, hombre, ¡no hay tal figura! ¿Vamos a robar a un viejo maestro? Conoces a algunos compradores multimillonarios chinos ahora, ¿verdad?"

Tomó otro trago de cerveza mientras Tam continuaba con su charla de ventas. Finalmente, como de costumbre, la curiosidad de Luke lo venció.

"Está bien, bajaré. ¡Pero no hay promesas! No me importa si es una subida fácil o no. Me das algo esta noche, mi amigo, si vas a pagar tanto... 20K por adelantado, ¿está bien? ¡Lo tienes! ¿Lo harás? Bien, te veo más tarde".

Colgó, bebió su cerveza y miró por la ventana. No debería haber estado de acuerdo. Tam McBride era un problema. Estaba tomando riesgos cada vez más grandes, o, a decir verdad, el astuto comerciante esperaba que él corriera los riesgos por él. Y Tam conocía a demasiadas personas peligrosas que podían apartar a un ladrón pobre como una pulga en la oreja de un zorro si las cosas salían mal. Pero en lo que respecta al distribuidor, siempre había un desafío que enfrentar y un montón de dinero que ganar. Tal vez podría firmar por esa granja abandonada de la colina del norte de Pennine, a solo cuarenta millas de Appleby...

3

Una hora después, después de haber salido a su restaurante favorito para una gran fritura y una taza de té, Luke comenzó a organizarse para la noche venidera. Tomó los artículos de los estantes y los colocó en su cama en orden inverso al requerido: empacar paja, paños suaves, cerraduras, una pequeña antorcha, cuchillos de punta plana, un destornillador pequeño, una cuerda de nylon enrollada, un pasamontañas y un Par de guantes de cuero flexible. Revisó los artículos a fondo, casi con reverencia. Su vida podría depender de algunos de ellos.

Se puso una chaqueta ligera con cremallera a prueba de ducha con puños elásticos, luego ensayó balanceando su mochila sin marco sobre su espalda con un peso de diez kilos adentro y cerrando la correa de la cintura. El movimiento requería un equilibrio perfecto. No podía arriesgarse a dañar los artículos en la mochila, pero podría tener que irse rápidamente.

Con mucho cuidado, colocó su equipo en la mochila, los artículos pequeños en los bolsillos laterales y el resto en el cuerpo de la bolsa. Finalmente tomó un par de guantes quirúrgicos, dobló uno dentro del otro y luego los guardó en el bolsillo interior de la chaqueta. Lo comprobó para asegurarse de que no había olvidado nada; luego, vestido con el disfraz perfecto de casco y mono, salió por la oxidada escalera de incendios. No era probable que un trabajador que verificaba el estado del edificio despertara mucha curiosidad.

A las seis en punto, conducía su viejo Renault Estate a través de un área de patios y depósitos oscuros en un sector industrial deteriorado por un revestimiento de ferrocarril en desuso. Podía oír el constante lamento de las sirenas de la policía a través de la ventana abierta del conductor. Lo llenaron, como siempre, con una mezcla tóxica de temor y odio.

La mayoría de los negocios en el polígono industrial se habían mudado o se habían arruinado en la recesión, dando al área la apariencia de un páramo abandonado. Se detuvo frente al patio de

Tam y miró el elegante cartel tallado sobre las puertas dobles:

T McBRIDE
DISTRIBUIDOR DE ANTIGÜEDADES Y
RESTAURADOR DE MUEBLES

El letrero no era más que un frente. Muy poco trato y ningún trabajo de restauración habían ocurrido en el lugar. Era como toda la vida de Tam: una fachada detrás de la cual había un mundo de engaños y decepciones. Se preguntó qué quedaría en el personaje del crupier cuando se hubiera eliminado todo el subterfugio. Nada tal vez. Silencio. Un agujero negro.

Luke se sentó un momento, acosado por nuevas dudas. Tenía la desconcertante sensación de que pasaría mucho tiempo antes de que volviera por ese camino, si es que ocurría alguna vez. ¿Lo atraparían esta noche por primera vez y pasaría cinco años en la cárcel? ¿Lo matarían? Pero su curiosidad volvió a conquistarlo. Sacó su teléfono móvil y lo miró como si fuera una bomba sin explotar, luego marcó el número de Tam y anunció su presencia.

Las puertas se abrieron remotamente, y Luke entró en el patio. Pasó una serie de dependencias en desuso y se detuvo junto a una puerta destartalada marcada como *OFICINA*. El lugar parecía aún más abandonado que la última vez que lo visitó, diseñado para respaldar el argumento de Tam, en caso de que los muchachos de Hacienda comenzaran a presionarlo, que había renunciado al comercio de antigüedades y se estaba acostumbrando a la jubilación.

Tampoco había cambiado mucho en la oficina de Tam. Había una dispersión de las antigüedades habituales salpicadas de objetos extraños de porcelana, cristalería, bronce y plata, que daban la impresión de un set de película que podía empacarse y desaparecer en minutos. Cualquier cosa de valor real se mantenía en otro lugar, en un lugar conocido solo por el comerciante astuto.

Tam, de cincuenta y cinco años, era un escocés grueso y de aspecto duro con una masa de cabello rizado canoso y rasgos floridos. Estaba sentado en su escritorio, con un montón de facturas desactualizadas a su lado, sostenidas por un busto pseudo-griego dañado.

"Tacón de Primavera Luke", sonrió Tam, "¡mi amuleto de la suerte! Me alegra que pudieras encontrar tiempo para pasar".

Algo no estaba bien, Luke podía sentirlo. Estaba recogiendo una mala vibra. "No tendré suerte esta noche, Tam. Malos augurios, hay policías por todas partes".

"La policía, ¿eh?" Tam enfatizó la primera sílaba. Su sonrisa se deslizó astutamente de lado. "¿Y a quién, me pregunto, buscarían?" Miró a Luke con una mirada inquisitiva.

Luke estaba acostumbrado a los intentos del escocés de perturbar el humor. Pero no iba a estar desconcertado. "No lo sé, Tam. Algún traficante complicado como tú quizás".

El escocés se echó a reír. "Es más que eso. Si no puedes conjurar una broma, no eres apto para un propósito". Observó a Luke pasearse inquieto por la habitación. "Es el pasado lo que todavía te molesta, ¿verdad, muchacho?" El escocés fabricó una mirada de simpatía fingida.

Luke se encogió de hombros. "¿Y si es así?" Pero no era el pasado lo que lo inquietaba. Fue más como una premonición. ¿Estaba perdiendo el valor o estaba desarrollando una segunda vista? Pero ahora que Tam lo había mencionado, las imágenes del mentiroso oficial de policía Nigel Hirst acudieron a su mente. Hirst con sus burlas y su charla de "gitanos sucios".

Tam le sirvió a su compañero una taza de café. "Silencio. Despeja tu cabeza. No puedes vivir con fantasmas en tus hombros".

Por un momento, Tam pareció ser genuinamente comprensivo. ¿Cuánto sabía él del pasado, se preguntó Luke? ¿Sabía quién había comenzado el incendio del remolque? ¿Sabía por qué? Pero estaba al tanto de que si le preguntaba, el escocés resbaladizo lo insultaría con negaciones.

Se sentó en la otra silla de la habitación y bebió el café ofrecido. No le gustaba el café, prefería el té como la mayoría de los viajeros gitanos, pero decidió evitar más fricciones. Necesitaba relajarse, o la tarea que tenía por delante podría ser la última.

* * *

El Volvo Estate de Tam se movió lentamente por las tranquilas calles suburbanas de una pequeña ciudad del condado a cuarenta millas al norte de Londres. Podría estar en cualquier parte, pensó Luke. Dormitorio anónimo de Inglaterra.

Su inquietud y ansiedad lo habían dejado al fin. Ya no podía escuchar las sirenas de la policía, lo que siempre le recordaba la tragedia en su vida y su conclusión insatisfactoria. Se sintió tranquilo, su curiosidad innata comenzó a agitarse mientras se preguntaba sobre la forma de la noche que tenía por delante.

"¿Qué tiene de especial este trabajo?" No esperaba una respuesta completamente honesta.

Tam sonrió. "Esperaba que llegaras a mostrar interés. Estamos llamando a un ex convicto rico. Es un gran tipo. El contrabando de antigüedades es su especialidad. Le gusta hacerse cargo de cosas que todavía son raras. Supongo que eso lo hace sentir especial. Algunos lo llaman excéntrico. Otros simplemente dicen que es un retorcido con sentido del humor. De común acuerdo es un poco psicópata. Vive solo. Odia a la gente".

"Suena como tú".

El escocés se echó a reír. "¡Ese es el espíritu, muchacho! ¡Hace falta conocer a uno!"

"¿Qué tiene él?"

Tam estaba sonriendo ampliamente ahora. "¡Tesoros, amigo mío! Floreros. Sellos de piedra. Bronces. Joyas. Cosas de Egipto. Un montón de botín de museos en Irak". Hizo una pausa para lograr un efecto dramático. "Pero no son lo que buscamos ahora".

Luke estaba intrigado. Se dio cuenta de que Tam lo tenía bien y realmente enganchado. "¿Entonces qué? ¡No puedo meter un paisaje de Joseph Turner en mi mochila!".

"¡Silencio! Estamos detrás de Ming Chi, muchacho. Objetos espirituales, encarnaciones del espíritu".

"¡Suenas como un maldito catálogo de ventas!"

Tam se explicó mejor. "La tumba de Tang nos representa a mí y a ti. Es un gabinete lleno. Pero nosotros solo queremos los caballos".

"¿Por qué los caballos?" Luke preguntó perplejo.

"Mi cliente cree en ellos. Es un tipo desquiciado. Cree que le traerán buena suerte".

"Es un tipo supersticioso".

"Supongo que lo es".

"¿Tiene un nombre?"

Tam sacudió la cabeza. "¡Solo preocúpate por los caballos, muchacho!"

Ese tema estaba evidentemente cerrado. "Entonces, ¿cuál es el trato?"

"C.O.D. Pago después de la entrega. Y eso depende de ti".

"Necesito un avance. ¡Y eso depende de ti!"

Tam fingió exasperación. "¡Silencio, muchacho! Te pagarán".

"Diez por ciento esta noche, Tam. Estuvimos de acuerdo. ¿Cómo sé que veré otro centavo? ¡Yo soy quien se arriesga aquí, ya lo sabes!"

"No te inquietes. Podrás retirarte a Skeggy por esto. Confía en mí".

"¡Cosas Skeggy! ¡Deberías haber tenido una carrera como comediante!"

Condujeron en silencio durante cinco minutos. La mente de Luke estaba concentrada y necesitaba respuestas.

"¿Cuál es la entrada?"

Tam viró el Volvo hacia una carretera secundaria arbolada. "Muro final a dos aguas. Solo un poco que no se ve. Has hecho cosas más difíciles".

"¿Un chico? ¿Solo uno? ¿Estás seguro?"

Tam mostró signos de impaciencia. Luke no pudo decir si eran genuinos o fingidos.

"¡Dame un poco de crédito, muchacho! El chico duerme solo en el primer piso de atrás. Ni siquiera es una escolta paga. Tiene a sus asociados de Londres todos los días, pero solo los fines de semana. La mayoría de las habitaciones no están en uso".

La mente de Luke se inundó de dudas. "¿Cómo sabes todo esto?"

"Conozco el cuerpo que instaló la seguridad".

"¿Cómo ha sido? ¿Un largo camino fuera de tu campo, no?"

"Compré sus deudas de juego. Realmente cosas pequeñas. Pero ahora, extraoficialmente, trabaja para mí".

Eso fue todo lo que Luke pudo sacar del escocés. Tendría que estar contento o cancelarlo.

El Volvo entró en una calle principal del pueblo. Propiedades caras, algunas de nueva construcción pero la mayoría antiguas, alineadas a ambos lados de la carretera. Todos estaban en la oscuridad. El reloj del auto marcaba las 1:45 de la mañana. Tam conducía más despacio, revisando sus espejos y mirando por las ventanas. Luke se inclinó hacia delante, atento.

"He cambiado de opinión, Tam. Habrá cámaras por todas partes. ¡Cada ladrillo es una barra de oro! Es demasiado riesgo".

"¿Riesgo?" Tam exclamó. "¿Qué hay de mí? ¡Soy un hombre de negocios!" Su tono se suavizó. "No te preocupes, muchacho, nuestro chico no tiene cámaras en la pared del fondo, solo adelante y atrás".

El Volvo se detuvo en un camino de campo y se detuvo bajo la cubierta de árboles. Sus faros estaban apagados. Como si estuviera sincronizada, la luna llena se deslizó libre de un banco de cúmulos.

Tam señaló una gran propiedad separada que se encontraba al otro lado de un pequeño prado. "Esa es".

Un minuto después, la sombría figura de Luke salió del auto.

4

Luke cruzó el prado, saltó una valla de postes y barandas, y luego se encontró en el gran jardín trasero de la antigua casa señorial de ladrillo de tres pisos. Por experiencia, adivinó la fecha del edificio alrededor de 1700 -1710. Podía ver a la luz de la luna que la propiedad se encontraba en extensos terrenos, con césped, rangos de dependencias y fronteras llenas de arbustos de bajo mantenimiento. Amplios caminos de grava conducían a la parte delantera de la casa. A medida que se acercaba, pudo ver que el lugar tenía un techo doble.

Siguiendo el consejo de Tam, se alejó de la parte trasera de la casa donde se suponía que había cámaras de vigilancia, aunque no pudo ver ninguna por su vida. Supuso que debía estar demasiado lejos para verlos, pero comenzó a preguntarse si el escocés había sido parco con la verdad. Mirando el diseño de la propiedad, el lugar lógico para las cámaras estaba en las esquinas noroeste y suroeste de la casa, cubriendo la pared del extremo posterior, frontal y del frontón occidental. El extremo oriental de la casa estaba unido a una serie de dependencias y estaba demasiado expuesto para ser abordado. Era cauteloso con las cámaras. Ellas fueron la única causa de su desafortunada reputación con la policía.

Se acercó, agachándose entre los arbustos y estudiando la pared del extremo a dos aguas a la luz de la luna. El muro en sí estaba en sombras, un problema solo para los intrusos sin visión nocturna. Pero ahora era obvio que no había luces sensibles al movimiento ni cámaras fijas en las paredes de la casa. ¿Cómo demonios estaba protegida la propiedad? Maldijo a Tam en voz baja. ¿Sobre qué más había mentido el resbaladizo escocés? Comenzó a tener serias dudas sobre todo el negocio, pero el atractivo de grandes ganancias lo mantuvo concentrado. Cuando le pagaran por el atraco, pasaría unos días explorando el potencial de esa granja en la colina.

Primero tenía que decidir si la escalada era posible. Después de un examen de cinco minutos, decidió que solo había una ruta, e incluso eso podría resultar demasiado difícil. ¡Maldita sea ese codicioso escocés con cerebro de avena! Tenía todo el derecho de retroceder, diciéndole a Tam que la pared no se podía subir.

Pero, como tantas veces antes, una parte de él se negó a ceder. No era que tuviera una reputación que mantener, porque muy pocas personas realmente sabían que estaba involucrado en esta línea de trabajo, todo era suposición, y los pocos que sí lo sabían, se quedaban con el secreto para ellos, no querían perder a un hombre con tales habilidades a los apostadores con bolsillos más profundos.

Era algo personal. Estaba orgulloso de que pudo alcanzar escaladas que habían derrotado a los mejores ladrones de edificios. Ocasionalmente tuvo que recurrir al equipo de los escaladores, pero sobre todo sus habilidades de escalada libre dependían únicamente de la velocidad, la fuerza y la agilidad.

Esta iba a ser una de esas subidas. Apretando la cintura de la mochila, comenzó a subir la pared a través de los desagües y la arquitectura de las ventanas. Encontró unas buenas sujeciones para los dedos donde el desprendimiento mortal lo llevaría a la deriva, así que rascó un par más con el pequeño destornillador enganchado al cuello de su chaqueta. Podría haberse ahorrado la subida de cuarenta pies rompiendo lo que supuso que era una pequeña ventana del baño en el primer piso, pero resistió la tentación. La ventana seguramente estaría cableada.

Podría haber usado un gancho de agarre. Pero él había aprendido de la experiencia pasada que cuanto más alto escalaste, más confiable será el ladrillo en una propiedad de esta edad. Si cedía, todo lo que podía hacer era bajar. Solo había caído tres veces en los últimos diez años, pero cada vez que había logrado, al estilo parkour, pasar la caída al aterrizar, salvándose de extremidades rotas y una carrera terminada.

Cuando llegó al hueco de viga superior entre las dos inclinaciones del techo, perdió el agarre de una piedra suelta y sin esmerilar y tuvo que colgar con una mano durante medio minuto mientras cambiaba de peso para poder agarrar una tolva de agua de lluvia para evitar caer. Había tenido estos momentos antes, y su pulso apenas registraba el peligro. Luego se metió en el hueco, recuperó el aliento y volvió a concentrarse.

Su desconfianza hacia los garfios fue confirmada. El ladrillo en el extremo occidental del barranco estaba seriamente dañado por las heladas y habría cedido bajo su peso. Abrió su mochila, sacó la soga y la dejó perfectamente enrollada en la hondonada, lista para escapar. La enrollaría detrás del soporte que aseguraba la tolva y la jalaría de ella cuando llegara al suelo.

Sabía que habría algún medio de acceso desde la casa al hoyo de la viga superior, y efectivamente, había una trampilla tipo buhardilla de madera y fieltro en el otro extremo. Insertó un cuchillo de hoja plana entre la puerta y el marco circundante, aliviado al descubrir que no había cerraduras. Con movimientos firmes hacia abajo, liberó las dos capturas de madera que mantenían la carpintería en su lugar, y la trampilla se abrió hacia adentro sobre sus bisagras con solo un breve chirrido. Se puso los guantes de cuero y el pasamontañas, luego desapareció por la puerta de la casa.

Estaba en un gran ático, dispuesto como un taller para reparar muebles dañados. La habitación apestaba a lacas, barnices y pegamento. Obviamente a los ex convictos ricos les gustaba participar en actividades prácticas. Cruzó a la siguiente habitación del ático y miró por la ventana. El jardín delantero yacía debajo: una amplia terraza iluminada por la luna con urnas que conducen a un jardín y arbustos. Salió de la habitación y bajó un tramo de escaleras hasta el rellano del primer piso. La luz de la luna entraba por una gran ventana sin cortinas. Las puertas del rellano estaban abiertas excepto una. Escuchó en la puerta cerrada... Silencio.

Una sala de recepción trasera en la planta baja era su objetivo. Encontró la habitación cerrada, el aire viciado y sin vida. Era simplemente un lugar para que el propietario se regodeara de sus posesiones adquiridas ilegalmente. Encontró dos grandes armarios: uno contenía figuras y piedras de sello de museos iraquíes; el otro sostenía las figurillas Tang.

Con la antorcha entre los dientes y los guantes quirúrgicos, rápidamente abrió la cerradura del gabinete. Sacó paños suaves de su mochila, tomó las cuatro figuras de caballo que Tam le había descrito, las envolvió en las telas y las metió cuidadosamente en la paja dentro de la mochila.

Cuando se acercó a la puerta, vio una luz infrarroja de seguridad parpadeando en un receso. Se congeló, sorprendido.

"¡Maldita sea, Tam, mentiroso cerebro de pescado escocés!" maldijo al traficante por lo bajo.

Luego se ajustó la pretina de la mochila y salió rápidamente de la habitación.

Salió con cautela al pasillo iluminado por la luna. Antes de que pudiera alcanzar las escaleras hasta el primer piso, sintió el frío acero de una escopeta de doble cañón presionada contra la parte posterior de su cuello.

El infrarrojo había hecho por él. Se quedó absolutamente quieto, cada facultad se extendió hasta su límite. Escuchó el argot distintivo de una voz del límite orienta londinense detrás de él. La voz parecía llena de diversión.

"¡Una pequeña y grasienta hoja de té! ¿Crees que puedes llevar mi pan y mi miel? ¿Ayudarte, así, con mis cosas? Tu especie no merece productos de calidad. Eres demasiado estúpido para apreciarlos. Pero tú ahora estás en mi mundo. Soy la única ley que existe aquí. Puedo decirte que creo en la pena capital. Y tengo un infierno especial para los infractores de la ley como tú". La voz se hizo más áspera, más autoritaria. "Baja la bolsa, hoja de té. Bájala y aléjate dos pasos".

Luke obedeció. No se ganaba nada con la heroicidad. "Puedes tenerlo, amigo. Estoy en camino. No quiero ningún problema".

"¡Pero lo hago! Disfruto un poco de Barney Rubble. Especialmente de otras personas. Es hora del castigo, hoja de té. ¡Manos sobre tu cabeza! ¡Hazlo ahora!"

Luke obedeció. Vislumbró una figura detrás de él vestida con una túnica de satén burdeos y elegantes mocasines de cuero. La figura lo pinchó con la escopeta.

"¿Ves esa puerta, hoja de té? Pasa por ella y sigue caminando".

Todo lo que Luke pudo hacer fue jugar por tiempo y observar cualquier lapso de atención por parte de quien asumió que debía ser el rico ex convicto.

"Mira, compañero, solo olvídalo, ¿de acuerdo?"

"¡Demasiado tarde, viejo plato de China! ¡Demasiado tarde! ¡Por la jodida puerta! ¡Ahora!"

Luke obedeció. Se encontró en un pasillo. Más empujones de la escopeta lo impulsaron al otro extremo.

"Gira la llave, abre la puerta y sal. ¡Devuelve las manos a tu corteza de pan! ¡Hazlo ahora!"

Luke se encontró en un patio trasero. A la luz de la luna podía distinguir los establos y otras dependencias que rodeaban un área central pavimentada. Ahora que estaba afuera sintió que sus posibilidades de escapar podrían aumentar.

"Cometí un error, compañero, ¿de acuerdo? Tienes tus cosas de vuelta. ¿Por qué no puedes dejarlo así y dejarme ir?"

Pero su captor no iba a sucumbir a la distracción del diálogo, continuando empujándolo hacia adelante con puñaladas salvajes de los cañones de la escopeta y comandos rasposos: "¡Muévete!

Luke se dio cuenta de que el hombre estaba haciendo algo con un teléfono móvil. Oyó que la cerradura se abría en la puerta de un edificio anexo delante de él. La voz de su captor llegó de nuevo: "Abre la puerta frente a ti". Él rió. "¡Nos vamos a tomar un té y pasteles!"

Obedientemente, Luke abrió la puerta del edificio anexo.

"El interruptor de luz está a la izquierda a la altura del hombro. Enciéndelo".

Luke entró en el edificio y encendió la luz. Se encontró en un gran vivero ocupado por al menos una docena de serpientes dormidas que estaban enrolladas en las ramas nerviosas de lo que parecían árboles reales y en la arena del suelo. La temperatura había aumentado al menos veinte grados centígrados.

Su captor se echó a reír de nuevo. "¡Este es el bloque de castigo, hoja de té!"

"¡Jesús!" Luke exclamó involuntariamente.

"¡Bienvenido al infierno!" Su captor se rió en gran diversión. "¡Dentro de diez minutos serás pan integral, viejo plato de China!"

Luke recordó las palabras de Tam: *de común acuerdo, es un poco psicópata*. ¿Cómo lo supo Tam? ¿Tenía contactos internos en la mafia de Londres?

Molestas por la luz, las serpientes comenzaron a desenrollarse y retorcerse hacia Luke.

"Ha pasado mucho tiempo desde que tomé su veneno", comentó su captor alegremente. "Cualquiera de ellos podría matarte de la manera más desagradable". Golpeó a Luke en la espalda con la escopeta. "¡Te dejaré saborear tus últimos momentos en esta vida y contemplar tu completa estupidez!"

Luke tuvo que hacer un movimiento antes de encontrarse encerrado. Se inclinó de repente y sopló sobre la cabeza de la serpiente más cercana. Fue una técnica introductoria que utilizó cuando se acercó a un caballo por primera vez, su aliento transmitía el misterio de su energía vital, ¡pero no tenía idea de si funcionaría con las serpientes! Luego extendió la mano rápidamente y levantó a la criatura. Se volvió para mirar a su captor, un hombre delgado y calvo de cincuenta años con rastrojo gris de diseñador, vio su mirada de asombro y miedo mientras arrojaba el animal a su cabeza.

"¡Los últimos momentos son todos tuyos *viejo plato de China*!" Gritó Luke.

El rico ex convicto cayó hacia atrás con un grito de sorpresa. La escopeta se disparó, haciendo un agujero en el techo. La conmoción del informe ensordecedor enloqueció a las serpientes; comenzaron a retorcerse decididamente hacia los dos hombres. Luke corrió, cerrando la puerta del edificio anexo cuando llegó al patio pavimentado. Escuchó los gritos de terror de su ex captor provenientes del interior del vivero...

Volvió corriendo a la casa, agarró su mochila, la colocó sobre su espalda y cerró la cintura firmemente. Abrió la puerta principal y salió corriendo del edificio cuando sonó una alarma en algún lugar de la casa. Estaba fuera, pero ¿dónde demonios estaba Tam?

Llegó al camino del campo y llegó justo a tiempo de ver al Volvo saliendo lentamente de los árboles. Alcanzó el vehículo y golpeó el techo, obligando a Tam a detenerse. Luego se quitó la mochila y la empujó hacia el asiento trasero. Se agachó cuando el escocés se alejó rápidamente.

"¿Qué salió mal allí?" Tam preguntó mientras se dirigía a la M1.

"¡Eres un mentiroso!" Luke rugió desde la oscuridad en la parte trasera del Volvo. "¡Eso fue lo que salió mal! Nunca volveré a trabajar contigo. ¡Y para demostrarlo, te mataré!"

5

De vuelta en la oficina de Tam, el escocés volvió a empacar las figurillas Tang en cuatro cajas de madera pequeñas marcadas *FRAMBUESAS ESCOCESAS*.

Luke paseó por la habitación. "¡Me ibas a dejar!" gritó, "¡Tú, montón de mierda escocesa!"

Tam se molestó con el reempaque. No pudo mirar a los ojos de su acusador. "Yo no lo iba a hacer, Luke", se enfureció. "Créeme. Sobre la vida de mi madre".

Luke, enfurecido, continuó paseando. "¡Ese tipo tenía infrarrojos! ¡Ya sabía que yo estaba allí tan pronto como crucé su maldito jardín!"

Tam extendió los brazos en un gesto de impotencia. "No lo sabía. Debe ser nuevo".

Luke barrió los papeles del escritorio de Tam. "¡Eres un maldito mentiroso! ¡Dijiste que conocías al tipo de seguridad!"

"Debe haber traído a alguien más. ¿Cómo se suponía que debía saber eso?" Tam respondió. "¡El bastardo me engañó! ¡Nos preparó para su diversión y juegos!"

La respuesta de Tam comprobó la indignación de Luke. El escocés era complicado, pero no era tonto. Nunca se habría arriesgado a enviarlo al lugar si hubiera sabido sobre la seguridad con infrarrojos. Pero la ira de Luke volvió a brotar rápidamente al pensar en su escape estrecho. "¡Podría haber sido asesinado allí! ¿Qué hubieras hecho entonces? ¡Si me hubieran atrapado, habrías hecho que todo mi clan fuera a lincharte! ¡Habrías sido eliminado!"

Esto no era estrictamente cierto. La extensa familia romaní de Luke sabía poco acerca de su vida nocturna secreta, y de todos modos, Tam negaría la asociación. También existía la posibilidad escalofriante, si el ex convicto rico se hubiera salido con la suya, que sus restos nunca hubieran sido encontrados. Los asesinatos en los niveles superiores del inframundo criminal rara vez dejaban cuerpos atrás.

"Pero estás vivo, Luke", respondió Tam. "Estás vivo, ¡y tenemos el botín!"

"Entonces, ¿cuánto valor tiene mi escape para ti?" Luke preguntó, esperando una respuesta evasiva.

Tam se encogió de hombros. "¿Como una venta privada? Yo diría que obtendríamos alrededor de 80 mil".

"¡Cojones!" Luke explotó. "¡Me prometiste cincuenta antes de que partiéramos!"

Tam frunció los labios, fingiendo un cálculo mental difícil. "Bueno... Cien entonces, puede ser. Pero tendría que ir a una subasta para conseguir eso. Y obviamente no puedo hacer eso".

La furia de Luke estalló de nuevo. "¡Estás lleno de mentiras!" Agarró un jarrón antiguo y lo estrelló contra el suelo.

El escocés levantó las manos alarmado. "Está bien, muchacho, ¡suficiente! 160 mil. Pero es algo caliente. Mi hombre solo me dará la mitad del valor".

"¿Sabes lo que pienso?" Luke respondió con frialdad. "Creo que 600K. Tu chico los hace baratos a trescientos. Quiero la mitad por arriesgar mi cuello. 150 mil. ¡Ahora!"

"¡Eres un hombre loco! ¡No tengo ese tipo de lucro aquí! ¡Tendré que esperar hasta que mi hombre me pague, y ustedes también tendrán que esperar!" Tam cerró la última de las cuatro cajas.

Luke agarró al escocés por el cuello de su abrigo y lo golpeó contra la pared. "¡No me dices lo que voy a hacer! ¡Ya no! ¡Arriesgué mi vida por este trato! ¡Me vas a pagar!"

Tam alcanzó un martillo, que había usado para cerrar las cajas. Antes de que sus dedos pudieran cerrarse sobre el mango, Luke le dio media docena de golpes duros en la cara y el cuerpo, y el escocés sin aliento cayó al suelo. Luke saltó sobre él, su cuchillo en la garganta de Tam.

"¡Por el amor de Jesús!" Tam exclamó.

"¿Te estás volviendo religioso ahora, bastardo escocés?" Luke rugió. "Bueno, este es el evangelio según Lucas: ¡Págame, o te cortaré la maldita garganta!"

Tam pareció resignarse. "Sabes dónde está la caja fuerte, muchacho".

Luke arrancó las llaves de Tam de su cinturón y abrió un armario falso que ocultaba la caja fuerte de la pared. Arrojó el contenido de la caja fuerte al escritorio de Tam. Solo había unos pocos paquetes pequeños de notas. Los revolvió, los metió en sus bolsillos interiores, luego se volvió enojado hacia Tam, que todavía estaba en el suelo y con dolor.

"No hay más de 5 mil aquí. ¿Por qué demonios me tomas? ¡Pensé que podíamos confiar lo suficiente el uno en el otro al menos para hacer el trabajo! Después de todos estos años, me ibas a estafar con un poco de dinero cuando ¡esas antigüedades valen al menos medio millón! ¡Eres una sucia escoria escocesa! ¡Un día conocerás al tipo equivocado que te dejará boquiabierto como el pequeño piojo que eres!" Golpeó a Tam otra vez. "¿Por quién es este tipo por el que arriesgué mi vida?" Tam sacudió la cabeza. "No puedo decirlo. Di mi palabra".

"¿Tu palabra?" Luke explotó de nuevo. "¡No vale nada!"

Luke volvió a golpear a Tam, luego agarró el busto antiguo y lo levantó sobre la cabeza del escocés. "¿Quién es él? ¡Quiero mi paga!"

Tam pareció ceder. "La gente lo llamó... Lucky". Su voz apenas era un susurro.

Luke bajó el busto. "¿Es un perro? ¿Lucky qué?"

Pero Tam se había desmayado. Luke lo sacudió.

"¿QUIÉN ES EL HOMBRE LLAMADO LUCKY?"

Tam estaba inconsciente, un desastre ensangrentado.

* * *

Luke condujo su Renault Estate a través de un desvencijado conjunto de sitios de viajeros semipermanentes a los que se les había permitido vagar por millas entre la autopista y un riachuelo pantanoso del río. El área estaba constantemente amenazada con avisos legales de ejecución, que inmediatamente se estancaron en disputas legales. El consejo local se mostró cauteloso al invertir el dinero de los contribuyentes en los bolsillos de los abogados, y se tomaron pocas medidas oficiales para eliminar a cualquiera. Los viajeros también tuvieron la suerte de que solo las casas pasaban por alto los límites del norte del área, y estos fueron alquilados, o más comúnmente subcontratados, por otros viajeros a una variedad de grupos gitanos afines desde poshrats hasta pikies.

Se detuvo junto a un par de puertas de hierro galvanizado, que contenían la información pintada a mano: *SMITH. MOTORS*.

Se abrió una puerta integral y Sansón, un joven gitano viajero de diecisiete años, asomó la cabeza, luego sonrió y desapareció. Las puertas se abrieron lentamente y Luke entró en el patio.

Se encontró con un caos de vehículos de segunda mano: automóviles, vans, camionetas y camiones pequeños. Los talleres, escondidos detrás de las paredes de hierro galvanizado, estaban a un lado del patio. Dos remolques de viajeros inteligentes pero sin ostentación ocupaban el lado opuesto. Luke salió del Renault y estudió la escena. Podía escuchar latidos de generadores diesel en el fondo. Sansón se paseó vigilante.

Riley, ahora un romaní delgado y moreno, apareció en la puerta de un remolque. Los hermanos se miraron el uno al otro en silencio. Ambrosio, todavía alegre, aunque los años pasaron por su rostro, apareció desde el otro remolque. Él sonrió de placer cuando vio a Luke.

Padre e hijo se abrazaron cálidamente.

"Ha pasado un buen tiempo, hijo". Ambrosio hizo una mueca de reproche. "¡Pensé que te había perdido con los extranjeros!"

Luke rio. "¿Crees que me conformaría con una vida aburrida como esa?"

Riley bajó de su remolque. "Solo cuando lo vemos es un problema".

"Buenos días, hermano", respondió Luke con una sonrisa burlona. "Feliz en el negocio del motor, ¿verdad?"

"Déjalo en paz, Riley". Ambrosio le dirigió a su hijo mayor una mirada de advertencia.

"¿Alguna posibilidad de un mejor motor?" Luke preguntó.

Riley se burló. "¿No lo sabía? Policías buscando el Renault, ¿eh?"

"Incorrecto, hermano. Me gusta un lugar para cazar hombres. Sin embargo, eso está un poco fuera de tu alcance, ¿no?" Luke sonrió a su ceño fruncido. "Necesito una mejor clase de motor".

Ambrosio se volvió hacia el joven observador. "Sam, trae el BMW. Entra, Luke. Toma un bocado del desayuno. Rose nos lo está preparando ahora".

Ambrosio y Luke siguieron a Riley hasta su remolque, donde tomaron té mientras esperaban a que Rose, la esposa de Riley, una romaní muy oscura de aspecto oriental, preparara las frituras habituales.

"¿Todavía en lo de Radford?" Preguntó Ambrosio. No quería sondear demasiado y arriesgarse a despertar el mal genio de su hijo.

"Me gusta allí", respondió Luke. Él sonrió. "Ver todo, sin ser visto".

"¿No hay nada mejor que hacer que ver extranjeros todo el día?" Riley se burló.

Luke sonrió "Halcones peregrinos. ¿Has oído hablar de ellos? Los mejores cazadores del mundo. Me enseñan algo todos los días".

Antes de que Riley pudiera responder, Rose entró de la cocina con su desayuno. Ella desvió la mirada cuando Luke la miró. Dos niños pequeños aparecieron detrás de ella.

"Lleva a los pequeños a la otra camioneta, Rose", ordenó Riley. "Tenemos charla de negocios aquí".

Rose hizo salir a los niños. Los tres hombres comieron en silencio hasta que la comida estuvo casi terminada. Riley de repente golpeó su puño sobre la mesa.

"¿Qué obtuve por un hermano, eh? ¡Somos viajeros honestos aquí! ¡Debería estar trabajando conmigo, no para pícaros como Tam McBride!"

"Deberías instalarte en mi tierra, no esconderte aquí abajo con estos vagabundos", respondió

Luke enojado. "De todos modos, ¿quién dice que estoy trabajando con Tam?"

"Estabas captado conduciendo allí anoche. ¡Tenemos más espías que la policía! Vas a arruinar a la familia con un estafador así, ¡esa es la verdad!"

"Nuestra familia fue arruinada hace quince años, hermano, ¡y *esa* es la verdad!"

"¡Lo que sucedió en ese entonces no es excusa para robar!" Riley respondió acusadoramente.

"¿Quién está robando?" La cara de Luke era una imagen de cándida inocencia.

"¿Me estás diciendo que Tam McBride es un comerciante honesto?" Riley respondió con desprecio.

"¿Sabes lo que pienso, hermano? Creo que ese fuego te quitó el espíritu. Creo que has sido como un hombre golpeado desde entonces. ¡Has estado haciendo todo lo posible para ser un extranjero!"

"¿Extranjero? ¿Yo?" Riley se puso de pie y apuntó a Luke, pero lo hizo a un lado y atrapó a su hermano en un brazo con un candado.

"¡No eres un viajero, escondiéndote aquí! ¡Soy más viajero que tú! ¡Vivo por mi ingenio y no me importa nada para mañana!"

"¡Suficiente!" Gritó Ambrosio. "Pelear no nos lleva a ninguna parte. Siéntate. Pon fin a estos insultos".

Riley y Luke retrocedieron y volvieron a sentarse en la mesa.

"Como dijeron los policías, ese incendio fue un accidente. Acéptalo, Luke", Ambrosio casi rogó a su hijo menor.

"¿Conoces a un hombre llamada Lucky?" Luke preguntó. Notó las miradas de advertencia, rápidamente ocultas, que pasaron entre su padre y su hermano.

"¿Qué diablos quieres con él?" Exigió Riley.

"¿Entonces lo conoces?" Luke trató de no sonar demasiado ansioso.

"Podría conocerlo", respondió Riley. "¿Por qué?"

"No es de tu incumbencia por qué. Tiene una deuda conmigo, eso es todo. ¿Quién es él?"

"No es nadie". Riley agitó una mano despectivamente. "Un pedazo de mierda inglesa".

"Dame su nombre", exigió Luke. "Él tiene una deuda conmigo".

"Manténgase alejado de él", respondió Riley salvajemente. "¡Saldrás peor si no lo haces! ¡Te lo digo por tu propio bien!"

Luke se puso de pie amenazadoramente, indignado por la actitud de su hermano. "¡No me dices qué hacer! ¡Puedo cuidar de mí mismo! ¡Solo dame su maldito nombre!"

Riley no quería arriesgarse a más golpes con un hombre que sabía que fácilmente podría vencerlo, pero tampoco quería perder la cara. De todos modos, razonó, su hermano se enteraría de otra persona. "Phil Yates. ¿Eres más sabio por saber eso?"

Luke había escuchado el nombre mencionado a menudo en el mundo de los viajeros gitanos, y cada vez había estado acompañado de comentarios despectivos e insultos entre dientes.

"Dueño de caballos de carreras, ¿no es así?" Luke preguntó. "Por lo que he escuchado entre nuestra gente, él no es un hombre querido".

Ambrosio retomó la historia. "Herrador viajero, Phil Yates fue una vez, como lo fue su padre antes que él. Se llama a sí mismo un poshrat, un mestizo, pero dudo que sea más un diddekai, incluso con el nombre de Yates. Se saldría de su camino para engañarnos a Romaníes si pudiera, Boswells, Woods, todos nosotros. Hicimos algunos tratos turbios de carreras con mucho dinero. Se hizo rico y se compró un gran y viejo lugar en el campo".

"¿Por qué no te gusta?" Luke persistió.

"¡Es malvado!" Gruñó Riley. "Ningún verdadero Romaní trataría con él".

"Phil Yates fue nuestro enemigo una vez". Ambrosio lanzó una mirada de advertencia a Riley. "Pero ya no hablamos de él. Ten cuidado, hijo, cuando lo encuentres. ¡Es más difícil de tratar que un nido de avispones!"

* * *

Una hora después, Luke se sentó en el BMW, esperando que Samsón abriera las puertas del patio. Ambrosio se inclinó hacia la ventana del conductor. "Me encantaría verte con una mujer. Sería una buena influencia para ti".

Luke rio. "¿No es un riesgo demasiado grande para una mujer romaní? ¡Por la forma en que Riley continúa, pensarías que llevaba la Marca de Caín!"

"No te preocupes por Riley. Se preocupa demasiado. Ve con tu tío Taiso", aconsejó Ambrosio. "Haz algunos movimientos fuertes y haz las paces con él. Date un nuevo comienzo".

Luke se opuso. "Taiso podría desterrarme. Sería peor que un mendigo. Terminaría asaltando con pikies. Y me despreciarían, porque sabrían que no soy nadie".

Su padre no estuvo de acuerdo. "Taiso es el hombre de mejor juicio que conozco. Si él considera que eres sincero en tu corazón, no tienes nada que temer de él".

Luke rio. "¡Él piensa que soy como el sacerdote con cara de zorro! La última vez que vi a Taiso apenas me habló".

"Date una oportunidad, hijo. Hablaré por ti con Taiso. Dile que quieres tener una buena vida y que necesitas casarte. No te enorgullezcas demasiado para pedir ayuda a tu gente. Recuerda eso".

Luke asintió con la cabeza. Su padre tenía buenas intenciones, pero no tenía ninguna esperanza de reconciliación con Taiso. El patriarca de su clan era un hombre duro cuya palabra era ley. Todavía no estaba listo para hablar con él.

Sansón abrió las puertas.

"¡Dogal! ¡Dogal!" Ambrosio gritó.

Mientras Luke conducía desde el patio, Riley se unió a su padre.

"Quizás deberíamos haberle contado lo que realmente sucedió en ese entonces", sugirió Riley.

Ambrosio sacudió la cabeza. "Hacemos eso ahora, estará tan perdido para nosotros como tu madre y Athalia".

"Se va a enterar", dijo Riley sombríamente, "pero de la gente equivocada. Entonces no habrá fin para el problema hasta que sea verdaderamente en un mullo, alguien que está muerto. Muerto como un hombre muerto puede ser. Y su fantasma atado a este mundo para siempre".

6

Después de cuatro horas de sueño y un cambio de ropa, Luke dejó Radford's a media tarde y condujo hacia el norte por la autopista durante noventa minutos. Se apagó, pasando por una sucesión de aldeas embellecidas, hasta que localizó el camino menor que conducía al antiguo sendero verde que recordaba de los felices días de su infancia.

Su padre le había dicho que el camino era un fragmento sobreviviente de un complejo de caminos en circulación, cuando los caballos y el ganado de Galloway habían sido llevados al sur para venderlos a los ingleses. Luke se aferró a sus palabras, imaginando a toda Inglaterra entrecruzada por estas formas antiguas, donde el conductor y el gitano eran libres y en paz, uno con la tierra.

Vivían en un carruaje abierto para el trabajo día a día en ese entonces, comerciando con caballos y perros cazadores. Ambrosio ocasionalmente lo obligaba a trepar a un roble o a un olmo para sacar un halcón incipiente de su nido; Luego le mostraba a su ansioso hijo cómo criarlo hasta que estuviera listo para la venta. En su mayoría eran cernícalos y gavilanes, con ocasionalmente merlín o pasatiempo. Pero lo que Luke quería era un azor o un peregrino. Todavía esperaba que algún día tuviera la oportunidad de criar uno.

Doscientos metros por el camino, las familias de los viajeros estaban acampadas al borde. Tres camiones y tres remolques elegantes estaban detenidos cerca de un fuego abierto.

Luke se detuvo a una distancia respetuosa y se acercó al campamento a pie. Le complació ver que las ventanas del remolque estaban oscuras y que no había generadores de ruido ni pantallas de TV parpadeantes. Todos parecían estar afuera, y ese hecho separaba el mundo de los viajeros gitanos de los gorgios. Fue un día triste cuando el viajero se vio obligado a encerrarse y se abandonaron miles de años de fogatas y convivencia.

La tranquilidad de la noche le recordó escenas similares de su infancia, la luz persistente de las tardes de principios de verano que le da a la escena una atemporalidad mágica. A poca distancia de la imaginación, las figuras alrededor del fuego parecían pertenecer a la antigüedad y a un mundo de lugares indómitos, donde la presencia invasora de los colonos nunca había ocurrido.

Un corpulento Romaní de cuarenta y tantos años se levantó del fuego y vino a saludarlo.

"Te conozco. Eres un pariente de Boswell. Nos conocimos en la feria Stow el año pasado". Le ofreció la mano. "Davey Wood".

Luke se presentó y los dos hombres se dieron la mano calurosamente. Davey le hizo un gesto a Luke para que se uniera a ellos en el fuego, donde estrechó las manos de los parientes de Davey. Veinte viajeros, desde abuelos hasta niños pequeños, disfrutaron de una cena de estofado de conejo, sentados alrededor del fuego en paz con ellos mismos y con el mundo.

Mientras Davey ponía más leña en el fuego y su hija servía tazas de té dulce caliente, el padre de Davey sacó su violín y tocó un lamento inquietante.

"Mi papá sigue siendo un gran violinista, ¿no?" Comentó Davey. "No tengo la mitad de su habilidad".

Amos Wood interrumpió su propia presentación para hacer un comentario dirigido principalmente, al parecer, a Luke. "Esta es música de la tristeza de nuestros tiempos actuales", explicó. "Me encantaría que un cantante pudiera pronunciar las palabras correctas algún día. ¡Me refiero a un cantante adecuado, no a una estrella pop gitana!"

Todos se rieron, lo que le ahorró a Luke la vergüenza de tener que responder. No conocía cantantes gitanos. Tal vez debería tratar de encontrar uno, alguien con el poder de los cantantes gitanos de España, que podría derretir tu corazón en un minuto, si tal cantante existiera en Inglaterra.

Sintió que la compañía estaba lo suficientemente cómoda con su presencia como para presentar el tema de su misión. Se acercó a Davey.

"Estoy detrás de un hombre que solía ser un artesano del metal, un herrador viajero, pero ahora tiene que ser un pez gordo en el mundo de las carreras de caballos. ¿Conoces a alguien así?"

Davey hizo una mueca agria. "Suena como si quisieras ese pequeño y desagradable engreído al que llaman Lucky Phil Yates". Hizo una pausa, frunciendo los labios pensando. "Puedo enviarle un mensaje si quieres".

"No tengo mucha prisa", advirtió Luke. "Estoy empezando un rumor. Sé todo sobre sus estatuillas de caballos de la dinastía Tang".

Davey levantó las cejas con cortés sorpresa. "¿Estás seguro?"

"Sí. Es un mundo realmente pequeño, ¿no es así? Pero no quiero conocerlo hasta que esté listo. ¿Sabes dónde puedo encontrarlo?"

Davey lo pensó un momento y luego asintió. "Lo más probable es que esté al galope a primera hora, pero necesitarás anteojos de campo. Tiene un nuevo semental castaño. Lo llama Buenos Tiempos. Resume al hombre. ¿Por qué no te encuentras con mi buen amigo Sol Boswell, el hijo de su hermano Sy, mañana en la colina? ¡Han tenido algunas aventuras juntos, tú y él, así lo escuché!" Davey señaló en la dirección general. "Digamos que te envié. Puede que tengas que ayudarlo a romper una mancha que agarró allí arriba. Me dice que el caballo no puede ser domesticado".

Luke agradeció a Davey por su ayuda. La noche los rodeaba mientras se sentaban alrededor del fuego. Bebieron más té y la conversación se centró en temas generales de viajeros.

"¿Sigue siendo un buen bronceado para los viajeros?" Luke preguntó. "Recuerdo que era un lugar de parada para mi familia hace unos veinte años".

"Lo habríamos perdido", respondió Davey. "Pero mi padre compró la tierra de pastoreo en ambos lados, por lo que realmente no pueden evitar que vivamos aquí, aunque lo intentan, ya que tenemos que cuidar a los caballos. Y dejamos que otros parientes se detengan también, por lo que se ha convertido en un buen lugar de reunión. Incluso solicitamos construir un bungalow aquí, pero el consejo nos rechazó". Sacudió la cabeza con tristeza. "Creo que preferirían que todos muriéramos antes que intentar hacernos una vida".

"Tengo un pequeño lugar que puedes aprovechar si lo necesitas. Pero es solo para gente que conozco". Luke le dijo a Davey la ubicación. "Y estoy buscando otro lugar tan pronto como esté listo con este hombre afortunado". Él sonrió. "¡Quizás no tendrá tanta suerte al momento de haber terminado!"

Davey sonrió. "Entonces sabes dónde puedes encontrarnos".

"¿Está bien me quedo en mi motor esta noche?" Luke preguntó. "Encontraré a Sy por la mañana".

"Eres bienvenido. Estaremos comiendo a primera luz".

Luke se puso de pie. "Buenas noches".

"Buena suerte".

* * *

Luke llegó primero a los vehículos: dos camionetas grandes, una enganchada a un remolque de caballos y la otra a una modesta camioneta usada como vivienda. Aparcó el BMW al lado de las camionetas para evitar conducir demasiado cerca y asustar al caballo. Un par de cientos de metros más adelante, encontró a su amigo Sy (abreviatura de Sylvano) Boswell, un Romaní muy oscuro de treinta años, con dos ayudantes varones más jóvenes, domando un hermoso semental moteado en la colina cubierta de hierba.

Sostenían al caballo con dos cuerdas mientras el juguetón animal los rodeaba. Luke se había preparado para el encuentro frotando unas gotas de una decocción de hierbas en la frente y las manos, la receta que aprendió de su contacto con East Anglian. Luego se acercó a los tres hombres a pie.

"¿Cuánto quieres por él, hombre?" Dijo Luke. Era el gambito de apertura habitual de los viajeros gitanos.

Sy se rió y dio la respuesta habitual. "No está en venta". Se abrazaron cálidamente. "Me alegro de verte, Luke".

"He estado en casa de Davey".

"Lo sé. Te he estado esperando".

Luke estaba impresionado por la fiabilidad de la comunicación del clan. Evidentemente, los teléfonos móviles habían reemplazado a la telepatía, al menos eso fue lo que algunos de los viejos le dijeron a los pocos gorgios crédulos que se preocupaban por escuchar.

No deseaba intervenir, pero después de unos minutos observando los esfuerzos sin recompensa de Sy con el caballo, sugirió con el mayor tacto posible que tal vez podría intentarlo.

"Lo compré hace una semana, pero parece que no le gusto", admitió Sy. "Todo lo que hace, como puedes ver, es tratar de romper el círculo y cojearme. Debería haberlo sabido mejor. Debería haber sido obvio para un estúpido, un completo idiota, que el hombre al que le pagué no había hecho nada por él. Pero me enamoré del aspecto del caballo. Raramente he visto un pinto y tan marcado".

Luke estuvo de acuerdo con la observación de su amigo. Las marcas del semental eran audaces y llamativas. Tenía la sensación de que el animal sabía que era único y que solo se dejaría montar por un hombre que lo considerara al menos igual.

"Por muy bueno que seas, siempre conoces a alguien más inteligente cuando se trata de caballos", dijo Luke. "Perdí un poco de dinero en la venta de un caballo el año pasado en la feria Stow. Era un hombre viejo, uno de los Herons, y debería haber adivinado que él me conocería más".

Luke tomó una de las cuerdas y caminó lentamente hacia el semental, hablando en voz baja todo el tiempo, mientras Sy y sus ayudantes desaparecían entre los árboles cercanos. Como esperaba, el caballo mostró un interés inmediato en él porque podía oler la mezcla de hierbas en su piel. Luke le quitó las cuerdas al caballo y frotó sus manos por la nariz y la boca del animal, susurrándole todo el tiempo y soplándole la nariz. El animal se acurrucó hacia él y le pasó las manos por la barbilla.

El siguiente movimiento de Luke fue caminar alrededor del círculo de cascos y esperar mientras el semental lo seguía. Luego corrió por la cima de la colina y el semental intentó ponerse delante de él para cortarlo. Pero cambió de dirección cada vez, y el caballo descubrió que estaba persiguiendo una sombra. Luke rio; el semental relinchó en respuesta. Fue muy divertido.

Después de un rato, Luke se dejó atrapar. Frotó sus manos sobre la nariz del caballo, luego saltó sin esfuerzo a su espalda. El semental se quedó quieto, rígido como una efigie, como si hubiera sido derribado y colapsaría en el suelo en cualquier momento. Luego saltó al aire, retorciéndose y sacudiéndose como un toro enloquecido en un rodeo. Pero Luke aguantó.

De repente, el semental se calmó y se detuvo. Luke lo rodeó alrededor del círculo, luego galopando por la cima de la colina. Cuando trotó con calma hacia el círculo, Sy estaba esperando.

"Nunca había visto un caballo con un espíritu fuerte encantado tan rápido", comentó Sy con asombro no disimulado.

"Le toma a uno que el otro lo reconozca", respondió Luke con una sonrisa. Sacó un paquete de notas del bolsillo interior de la chaqueta. "Di tu precio". Estaba contento de haber tomado todo el efectivo que poseía de Radford cuando se fue.

Luke ató su semental moteado recién adquirido al tronco liso de un joven sicómoro. Sintió que el caballo era un alma gemela, uno de esos animales raros que realmente sabe lo que estás pensando, que conoce todos tus estados de ánimo tan claramente como siente los cambios en el clima.

Sy hizo eco de sus pensamientos. "Te ha estado esperando. Nadie más iba a montar ese caballo".

Luke habló en voz baja al semental, sabiendo que necesitaba la tranquilidad de su presencia. Después de un rato se volvió hacia Sy. "¡No pretendía comprar un caballo esta mañana! Quería preguntarte si podrías mostrarme los galopes"

Sy se echó a reír. "¿Vas a montar tu nuevo caballo contra Phil Yates?"

Luke sonrió "¿Quién sabe? Algún día podría".

"¿Ya tienes un nombre para él?"

"Pensé que lo llamaría Prince of Thieves".

"Hombre, ¡eso es un ganador!"

* * *

Después de una caminata de quince minutos, Luke y Sy se pararon entre los árboles al borde de un cinturón de bosques en la cima de una colina, observando a cuatro jinetes ejercitar sus monturas sobre las suaves hierbas de los galopes debajo de ellos. Cuatro hombres observaron a los pasajeros a través de las gafas de campo desde un aparcamiento de tierra, donde estaban estacionados un Mercedes Clase E, un Range Rover y un Ford Focus.

"¿Reconoces a Phil Yates?" Luke preguntó.

"Como un insecto en una manta", respondió Sy con amargura.

Sy señaló a un hombre de unos cuarenta años, que resultó ser un hombre de campo pero un poco ruidoso. Llevaba una chaqueta y gorra estampada a cuadros con calzones hasta las rodillas y medias hasta las rodillas.

Luke lo observó con sus binoculares, protegiendo las lentes con su mano libre para que no atraparan el sol. "¿Entonces él es el pequeño de la elegante chaqueta?" él comentó.

"Ese es él. Cualquiera pensaría que se vistió para el recinto de los ganadores", comentó Sy con desprecio no disimulado. "Es como su ropa, un pantallero y un bocazas. El tipo grande a su lado es Harry Rooke, el guardaespaldas personal y cuñado de Phil Yates. Es otro bastardo cruel como su pequeño amigo, pero quizás no sea tan complicado".

Luke estudió al hombre grande. Vestido con ropa informal elegante, parecía tener la misma edad que Phil Yates pero un gigante en comparación. Luke estimó que el hombre debía medir seis pies y cinco pulgadas y pesar al menos ciento cincuenta kilos. "¿Quién es este Harry Rooke? Escuché el nombre, pero fue hace un tiempo y no recuerdo mucho más".

"Solía recorrer las ferias, no solo las ferias de caballos, sino también las manifestaciones de los motores de tracción y cosas por el estilo. Instalaba un ring de boxeo y desafiaba cualquiera a pelearlo por diez centavos. Si todavía estaban de pie después de eso. Tres minutos, recuperarían cincuenta. Tenía un gran reloj en un soporte que todos podían ver. Nadie lo logró durante años hasta que un joven viajero irlandés lo venció".

El interés de Luke se despertó. "Escuché sobre esa pelea, pero no significó mucho para mí en ese momento. Recuerdo que mi padre años atrás habló con un hombre del condado de Down en Wickham. ¿No se lastimó el muchacho irlandés?"

Sy continuó su narrativa. "Hace diez o doce años, cuando Harry Rooke y ese hombre irlandés pelearon. Según todos los informes, al final de los dos minutos Harry estaba siendo derrotado. No podía darle un puñetazo al Mick, que estaba regalando cinco pulgadas y muchas piedras, pero estaba pescando a Harry como quería. Ahora Phil Yates estaba cortejando a la hermana de Harry, Dorothy, ella habría hecho una gran parada cuando estaba sobria, tiene un ingenio raro, y él se hizo cargo del arbitraje de un profesional retirado llamado Jimmy Hobbs. Dicen que Jimmy habría detenido la pelea, pero Phil tenía otras ideas".

Sy hizo una pausa para encender un cigarrillo liado. "Mi tío, que estaba allí, dijo que Phil gritó: "Vamos, Harry, usa tu cabeza", y Harry debió haber pensado que tenía la intención de golpear al Mick, no de mejorar su lucha. Entonces, mi tío dijo que eso fue lo que hizo Harry, y envió a Mick con la nariz rota. ¡La multitud gritaba trampa! pero Phil levantó el brazo de Harry como el ganador. Harry solo hizo algunas ferias más antes de retirarse, así mi tío me lo contó. Algunas personas dijeron que no quería volver a encontrarse con el Mick, que estaba detrás para obtener su revancha".

Así que ese es el equipo, pensó Luke. Phil el intrigante y Harry el músculo. "¿Quiénes son esos otros dos?", preguntó.

La figura al lado de Harry Rooke parecía unos diez años mayor, un hombre que se parecía más a estar en casa con calzones y chaqueta encerada.

"Ese es Clive Fawcett, el entrenador", comentó Sy. "Es, con mucho, el mejor del grupo".

"¿Quién es el hombre al final que parece seguir murmurando al oído de Phil Yates?" Luke preguntó.

"Ese es el inspector detective Nigel Hirst, el policía más cruel que jamás haya nacido". Sy escupió para enfatizar su desprecio. "Se dice que está en la nómina de Yates. Vigila su espalda".

La revelación de Sy golpeó a Luke como un estallido. Así que este era el hombre que su padre había denunciado como criminal en uniforme. Este fue el sargento de policía que desestimó el incidente del incendio del remolque, descartándolo como un desafortunado accidente doméstico.

Luke estudió al hombre con sus binoculares: una delgada figura reptiliana de unos cuarenta y tantos años, vestido con un traje gris carbón como el gerente de un banco, excepto que el traje de Hirst estaba mal ajustado y arrugado.

Nigel Hirst. Un nombre para conjurar. Ahora un inspector detective. Hirst, un policía que sin duda pensó que era intocable.

"¡Un montón de pícaros si alguna vez dijera algo así!" Sy dio voz a los pensamientos de su compañero.

Ellos continuaron observando a los caballos, turnándose con los binoculares de Luke.

"Davey dijo que Phil Yates tiene un caballo llamado Buenos Tiempos. Tengo una idea de que es el castaño del frente, ¿verdad?" Luke preguntó.

Sy confirmó la observación de Luke. "Ese es. Un animal de buen aspecto. ¡Esa pequeña mierda que Yates no se lo merece!"

"Posiblemente correré ese caballo un día a costa del Prince of Thieves", comentó Luke pensativamente.

"Esa no es una buena idea", advirtió Sy. "Es un tipo poco fiable, Phil Yates. Mi consejo para ti sería mantenerte alejado de ese hombre". Le mostró a Luke una fea cicatriz levantada en el dorso de su brazo. "Hace años, un negocio con un caballo no funcionó. Me acusó de haberlo engañado y dijo que le había dado un estimulante al caballo para que pareciera más animado".

"¿Y tú lo habías hecho?" Luke preguntó.

Sy se echó a reír. "¡Nunca sueñes con tal cosa! Pero sale su espada". Le dio a Luke un ceño de advertencia. "¡Phil Yates no le gusta perder! ¿Qué quieres con él de todos modos?"

"Sé todo sobre sus caballos Tang". Luke se tocó el costado de la nariz y sonrió misteriosamente.

"¿Eso es así?"

"Algunos hombres quieren transmitirle eso".

7

Phil Yates y sus compañeros observaban a los caballos que fluían con gracia por el circuito vallado para el galope.

Phil se giró hacia Harry. "¡Qué espectáculo, Harry, eh! Si hay un Dios, él es un caballo, ¿lo sabes?"

Los cuatro caballos levantaron al galope. Un semental castaño brillante con un resplandor blanco distintivo se movió una distancia lejos del resto.

Phil sonrió con admiración. "Buenos Tiempos se ve bien, Harry".

Harry asintió con la cabeza. "Claro, Phil. Podrías poner tus ahorros de toda la vida en él".

"Pero tú no lo haces, ¿verdad Harry?" Phil miró al gran hombre con reproche.

"¡Él no es un hombre de apuestas!" Hirst sonrió sardónicamente.

Harry, impasible, absorbió su risa. "Puede ser, si lo fuera, apostaría mi vida por él".

"¿Tu vida dijiste, o tu esposa?" Hirst sonrió.

Harry se unió a regañadientes en la nueva ronda de risas. ¿Sabía Hirst que estaba teniendo problemas con Maureen, la linda muchacha de Kilkenny que había conocido en Liverpool y con quien había dejado a su familia y su hombre de circo para casarse? Ella había abandonado su pasado y le había instado a que se calmara. Pero no pudo.

Había conocido a Phil Yates en una feria de caballos, y se habían llevado bien. Echaba de menos el circo y la vida viajera, pero Phil ofreció lo mejor: las ferias de caballos y el circuito de carreras profesionales. Su empresa de boxeo proporcionó una introducción a una sociedad alternativa. Se ganaban la vida sanamente comprando y vendiendo gitanos. Entonces Phil entró en el sombrío mundo de la fijación de carreras. Comenzó a ganar mucho dinero y a comprar caballos de carreras. Apostaron fuerte pero discretamente por ganadores garantizados, y los propios caballos de

Phil, con la participación de Clive Fawcett, pronto se convirtieron en ganadores. Nunca habría ganado este tipo de dinero si se hubiera quedado en el circo.

Si bien Phil se adhirió principalmente al mundo de las carreras, descubrió un talento oculto para comprar negocios fallidos y darles la vuelta sin piedad. Se compraron las actividades financieras de los demás y sus contadores desaparecieron las ganancias en el extranjero.

Pero cuanto más dinero ganaba, más infeliz se volvía Maureen. No pudo entenderlo. Durante la última década, la había visto alejarse lentamente de él, como si estuviera flotando constantemente en el mar hasta que la perdió de vista. Ella lo acusó de convertirse en un extraño, pero la culpa era suya. ¿Cómo podrían ser una pareja unificada si ella no tenía interés en su nueva vida de negocios?

Lo que sí sabía con certeza era que era impotente. Desde su pelea con el muchacho irlandés, su vida sexual había empezado a ir mal. ¿Fue simplemente su humillación, o algo más profundo, algún tipo de castigo? ¿La causa de esto retrocedió aún más? Estaba desconcertado. Pero, como siempre, mantuvo sus sentimientos ocultos, incluso de Phil. Tenía buenas razones para desconfiar del hombre.

Diez minutos después, Harry y Phil salieron del estacionamiento, Harry al volante del Mercedes de Phil. Phil nunca había sido feliz al volante de un motor, y prefería viajar a pie o a caballo. Era una de las muchas peculiaridades anticuadas en la naturaleza del hombre.

"¿Ya nos encontraste un semental, Harry?" La actitud de Phil hacia el hombre grande era, como siempre, un poco condescendiente.

"Puede que tenga uno."

"Vamos Harry", dijo Phil, exasperado por la reticencia de su compañero. "Relájate. ¡No te matará si me lo dices!" Phil se preguntó qué le estaba pasando. ¿Por qué su relación viva única se volvió tan genial? ¿Harry había comenzado a sospechar de traición?

Harry disfrutaba molestar a Phil estos días. Le dio placer ver al pequeño retorcerse. Tenía suficientes intereses comerciales propios para no necesitarlo más y Phil lo sabía. Pero eran copropietarios de una cartera de propiedades que sería una tarea infernal de resolver. Sin embargo, un día pronto tendría que enfrentarlo y recuperar una vida que podría llamar propia. Quizás también podría revivir su vida sexual, pero no con Maureen...

Esperó otro minuto mientras la tensión entre ellos aumentaba, luego cedió. "Es una pequeña granja llamada Cuckoo Nest. De hecho, tengo el papeleo conmigo. Lo saqué anoche".

"¡Buena esa, Harry! Me has estado manteniendo en la oscuridad".

Así que sí, pensó Harry. Y te sirve bien, idiota de dos caras. "Los primeros días, Phil. Yo tampoco pondría dinero en esto. Al menos todavía no".

"¿Quién es el dueño?"

"Catherine Scaife. El esposo ha fallecido".

Phil reflexionó. "Sé el nombre, pero no puedo ponerle cara. ¿Deudas? ¿Dependientes?"

"200 mil al banco. Una hija de dieciséis años".

"¿Lucro?"

Harry sonrió También se complace en mostrar su minuciosa diligencia debida, cortesía de su ingenioso contador. "Apenas cubre el interés del préstamo. En mi opinión, son demasiado diversos. Deberían atribuir todo el lugar a los cultivos comerciales. ¡Pero no voy a decírselo!"

"Has hecho un buen trabajo, Harry", respondió Phil con aparente sinceridad. "Significa que tenemos algo de influencia. ¿Por qué no echamos un vistazo?"

"Lo he mirado. Es prometedor".

"Pero no lo he visto, Harry, ¿verdad?" Un toque de amenaza se deslizó en el tono de Phil. "Es mi dinero el que lo comprará".

"Eres tú quien quiere un semental, no yo".

"Está bien. Has expresado tu punto. Echemos un vistazo rápido".

El equilibrio de poder entre los dos hombres estaba completamente a favor de Harry. Cedió.

"Muy bien. Tengo un par de horas libres".

Harry giró el Mercedes y condujo hacia atrás. Media hora después, el automóvil fue detenido en el puente de la carretera que atravesaba las líneas ferroviarias interurbanas que corrían debajo. Un largo tren de mercancías pasó lentamente por una de las líneas descendentes. El camino sobre el puente nunca estaba ocupado. Era poco más que un carril que conectaba las granjas cercanas, un descendiente reciente del puente original que se había construido cuando se colocaron las líneas por primera vez.

Phil y Harry se apoyaron en el parapeto de piedra, escaneando los edificios de la granja y la tierra que los rodeaba con sus anteojos. Harry supuso que su compañero estaba interesado por el tiempo que estaba tomando mirando el lugar.

"Buenas gamas de ladrillos. Prados y un gran granero. Harry, ¡me gusta!" Phil exclamó. "¿Cuántos acres?"

"Noventa. Poco para estos días, a menos que tengas un contrato para aves de engorde o con una destilería. Los campos de cultivo se alquilan a los vecinos que cultivan taties y zanahorias para asegurar sus contratos de supermercado, pero no ingresan suficientes rentas como para producir un excedente para cuando acepte la deuda bancaria. El lugar se está deteriorando. No hay nada de repuesto para mantenerse al día con las reparaciones y renovaciones".

Phil no preguntó cómo Harry había descubierto todo esto. Los contactos de su colega en el mundo de las finanzas locales obviamente estaban contentos de aceptar a sus sobornos, o una de las chicas de compañía de Europa del Este que había comenzado a correr como una actividad secundaria. "Miremos más de cerca."

Atravesaron el puente y bajaron por el camino áspero que conducía a la granja, estacionando el Mercedes en el depósito. Se acercaron a la granja, un lugar de ladrillo que databa de la época de los recintos parlamentarios. A simple vista, era obvio que el edificio había visto días mejores. Unos mechones de grama y hierba brotaban de las canaletas, y las ventanas en el primer y segundo piso necesitaban urgentemente reparación. Las gamas de ladrillos no estaban mejores, con canalones rotos y tejas faltantes.

"Parece que están en caída", comentó Phil con optimismo no disimulado.

Harry estudió la casa y los edificios. "Nada de un mantenimiento de rutina no resolverá. Las estructuras parecen básicamente sólidas. Obviamente tienen poco efectivo".

Antes de que pudieran tocar la puerta, se abrió de par en par y dos mujeres enojadas irrumpieron en el patio.

Phil las estudió: la mujer mayor de unos treinta años, atractiva, con el pelo corto y oscuro; la versión más joven, que debía ser la hija, con su largo cabello castaño en una cola de caballo. Ambas vestidas con ropa de trabajo. Las mujeres miraron a sus visitantes con hostil sorpresa.

"¿Quiénes diablos son ustedes?" preguntó la mayor. "¿No pueden leer el letrero junto al disco? *NO VENDEDORES AMBULANTES. NO RECOGEDORES DE CHATARRA.*"

Phil sonrió con frialdad. "No estamos vendiendo o buscando chatarra, y no somos personas a las que se deba gritar. Soy Phil Yates. Este es Harry

Rooke, mi socio comercial. ¿Asumo que me dirijo a Catherine Scaife?"

Cath trató de reprimir el repentino miedo que la invadió cuando reconoció al hombre de la chaqueta a cuadros. "¿Qué quieres conmigo? Hay otra señal ahí afuera

que dice *VISITANTES SOLO POR CITA*. Le da un número de teléfono si quiere hablar conmigo".

Phil ignoró su tono helado. Su mente estaba enfocada en un solo propósito. "Bonitos potreros que tiene aquí, Sra. Scaife. Un poco del rango lateral, puede ser. Necesitan endulzarse. Ahora veo que están vacíos, pero me gustaría poner algunos de mis caballos. Pagaré bien, por supuesto".

Cath recuperó su dominio propio. "No estoy interesada, señor Yates. ¿Por qué no se anuncia para pastar en el periódico local? ¿O le pregunta a Charlie Gibb en el aserradero de allí? Conoce a todos los propietarios de los alrededores".

"Aún no ha visto nuestra oferta, Sra. Scaife". Phil miró a Harry.

El gran hombre le entregó a Cath una carpeta de papeles. "Está todo ahí. Verá que estamos haciendo una oferta que sería mejor para usted aceptarla. Léalo. Compruébelo con sus consejeros legales. Verán que es una propuesta muy generosa. Firme y envíelo de vuelta a Birch Hall en el sobre de respuesta prepagado".

La actitud de Harry era indiferente, tan impersonal como un cobrador de deudas. Pero su tono, junto con su tamaño, hizo que su presencia fuera muy intimidante.

"Se beneficiará tanto como nosotros. Es un beneficio mutuo para todos nosotros, Sra. Scaife", declaró Phil con confianza. "Esperamos tener noticias suyas. Que tenga un buen día ahora".

Sin otra palabra, los dos hombres volvieron al Mercedes y salieron del patio.

Las mujeres regresaron a la cocina donde habían estado empacando huevos para la tienda local de la aldea, una tienda bien surtida que todavía se las arreglaba para sobrevivir porque también era la única oficina de correos en kilómetros a la redonda.

Cath sintió frío. Fue un escalofrío y entumecimiento interno que comenzó en sus pies y se elevó hasta llenar todo su cuerpo, como si de repente le hubieran dicho que solo le quedaban meses de vida.

Su hija, Angélica, conocida por todos como Angie, adivinó el estado de ánimo de su madre.

"¿Qué pasa, mamá? ¿Qué pasa con este tipo Yates?"

El impacto de la inesperada visita había dejado a Cath sin palabras. Luchó por encontrar su voz. "No exagero si digo que este es el tercer peor día de mi vida", se las arregló por fin. "El primero fue cuando Matt murió".

"Claro", asintió Angie. "¿Y el segundo?"

"No quieres saberlo", fue la respuesta enigmática pero firme.

Angie nunca había visto a su madre así. Cuando ocurrió la trágica muerte repentina de Matt, fue una conmoción y un dolor posterior que los dos habían compartido. Esto fue diferente. Su madre sufría una crisis personal que parecía no tener explicación. "Entonces, ¿cuál es el problema con este Phil Yates?"

Cath respiró hondo. "Es uno de esos tipos venenosos que se aprovechan de los débiles. Quiere lo que ve y generalmente obtiene lo que quiere. Nunca se da por vencido. La gente que lo tuvo a sus espaldas dice que es como si hubieran sido objeto de tormento por un demonio. Compró Birch Hall por la mitad de su valor real porque su dueño había sido llevado a la desesperación por demandas judiciales. Phil Yates lo tenía en una esquina y, por lo que me dijeron con seguridad, le dio una paliza financiera al hombre".

Angie estaba atónita por las palabras de su madre. Su emoción dominante de indignación vino a su rescate. "¡Al diablo con ellos, mamá! ¡Son un par de malditos don nadie engreídos! ¡No tienen ningún negocio solo por venir aquí agitando sus pedazos de papel!"

Cath tenía un gran respeto por el espíritu de lucha de su hija. Fue en gran parte la mentalidad obstinada de Angie lo que las mantuvo en sus tierras después de la muerte de su esposo. Lo último que quería era socavar los esfuerzos de su hija, pero no había una cura obvia para su situación financiera. Ella suspiró. "No tenemos negocios aquí tampoco si no podemos pagarle al banco".

Angie trató de tranquilizarla. "Encontraremos la manera. Somos agricultores. Los agricultores están acostumbrados a lidiar con los problemas. Nuestro contador podría tener algunas ideas".

Podría, si aún no estuviera en la paga de Harry Rooke, pensó Cath. Pero mantuvo sus sombrías ideas para sí misma. "Terminemos los huevos. ¡Eso es efectivo y no es declarable! No queremos que los hombres de Hacienda engorden a nuestra costa ahora, ¿verdad?"

Hurra por los acuñadores de Cragg Vale". Pensó Angie. "¡No, definitivamente no lo hacemos!"

* * *

A quinientos metros de distancia, en lo alto del desván de su aserradero, Charlie Gibb, con ojos estrábicos, había estado observando a las dos mujeres con su telescopio clavado en su ojo bueno. Habló para sí mismo, como era habitual en su vida solitaria.

"Ah, Cath Scaife, los buitres están dando vueltas. ¡Solo hay una forma de liberarte de ellos ahora, y eso es hacer negocios con Charlie!" Balanceó su delgada complexión de seis pies y tres pulgadas a través de la red de vigas del techo en la parte superior del molino, emitiendo su misteriosa risa aguda a medida que avanzaba. "Tendrás que aprender una lección difícil, ¡oh sí! ¡Tendrás que arrodillarte ante Charlie Gibb!"

Bajó al primer piso y bajó las escaleras hasta su oficina, hablando consigo mismo mientras avanzaba. "Cuando haga un trato con Cath Scaife seré agricultor. ¡Seré dueño de la tierra y tendré respeto!" No era su culpa que fuera albino. No era su culpa que la gente pensara que era raro. Maldijo a su padre por no dejarle una granja y solo un aserradero.

Pero él estaría cambiando eso y pronto. Sería un granjero. ¡Sería dueño de un pedazo del planeta! Luego, cuando Phil Yates viniese a llamar, sería él, Charlie Gibb, quien estaría diciendo qué era qué.

* * *

A treinta kilómetros al sudeste de Cuckoo Nest, el Mercedes de Harry se acercaba a los imponentes postes de piedra de una pequeña finca cerca de la autopista. Mientras el Mercedes giraba hacia el largo camino privado, se podía ver claramente el nombre Birch Hall, tallado en los postes de las puertas y resaltado en pintura negra contra la pálida arenisca local.

El edificio principal era de la época jacobina, con pequeñas extensiones del siglo XVIII a cada lado. Todo el lugar era del mismo color que los postes de las puertas, a excepción del trabajo en piedra que rodeaba la entrada principal, que era un buen contraste de arenisca roja mucho más dura, transportada a un costo considerable por el propietario original del salón, un amigo y partidario del Rey Carlos Segundo.

A Phil le encantaba el lugar. Uno de sus placeres más profundos era pararse en su jardín delantero, contemplar la imponente elevación sur de la casa... Y regodearse. Él, Phil Yates, era el dueño de esta casa de campo de ocho habitaciones, que le gustaba pensar, no con precisión, como una mansión. Él, Phil Yates, nació hijo de un herrador itinerante, que había pasado los primeros veinte años de su vida en un carruaje gitano abierto ¡tirado por caballos! No es de extrañar que lo hayan apodado Lucky en el circuito de carreras de caballos.

Pero no fue solo suerte. Estaba teniendo un buen equipo. Harry había llegado con su astuto cerebro de negocios y un instinto asesino igual al suyo. A lo largo de los años, a veces por separado, a veces juntos, habían comprado barato y vendido alto: negocios en quiebra que despojan de activos, compra de propiedades y caballos. Y DI Nigel Hirst había vigilado muchos de sus tratos más resbaladizos. De vez en cuando juntos, a veces separados, habían presionado, sobornado y chantajeado para llegar a la cima, sin mencionar un poco de carreras arregladas en el camino. Entre ellos poseían casas, incluidas varias Casas de Ocupación Múltiple y un stock en expansión de excelentes caballos de carreras, con Buenos Tiempos, el pináculo de su logro.

Lo que en realidad era suyo y de Harry era un punto discutible. ¿Pero qué importaba eso? A decir verdad, también era dueño de Harry; el hombre rara vez hacía movimientos por su cuenta sin acercarse a él para hacer inversiones conjuntas. Incluso poseía el veinticinco por ciento del negocio de las damas de compañía de Harry, aunque a Harry le gustaba pensar en ellas como si fueran suyas. Ah, bueno, tenía que darle humor al hombre. Cuando se trataba de intimidación física, Harry era el mejor e indispensable.

Pero Phil estaba preocupado. Era el pobre muchacho hecho bien. Envidiado por aquellos con menos cerebro y ambición, despreciado por la aristocracia equina del viejo dinero, ocupó un incómodo término medio: próspero pero sin pedigrí de tierra. Y su dinero era indudablemente más sucio que la mayoría. La ironía de su viaje de pobreza a la riqueza era que lo había dejado acosado por una ansiedad crónica que nunca podría librarse. Cualquier día, cualquiera de sus tratos cuestionables podría volver a amenazar su precaria seguridad. Y había otros hechos demasiado oscuros para soportar que tuvieron que ser enterrados en el abismo más profundo de su memoria...

Brian y Steve, dos cuidadores musculosos, ejercitaban a un par de Dobermans en el amplio jardín delantero. Saludaron a Phil y Harry cuando sus jefes salieron del Mercedes para ascender el largo tramo de escalones hasta la entrada principal.

Solo Harry condescendió para devolverles el saludo.

Cuando Phil y Harry entraron al comedor con paneles, encontraron a Dot, la esposa de Phil y la hermana menor de Harry, sentadas con Maureen tomando un desayuno tardío que el cocinero no residente había preparado. Dot había vertido en secreto brandy en su vaso de jugo de naranja. Levantó el vaso cuando los dos hombres entraron.

"Esto es para los esposos. ¡Que recuerden quiénes somos!"

Phil y Harry la ignoraron, ambos esperando que ella no fuera a crear una escena. Se sirvieron del carro de la anfitriona.

"Tengo un buen presentimiento sobre Cuckoo Nest", comentó Harry mientras colocaba grandes cantidades de champiñones y tomates en su plato.

"Yo también", respondió Phil. "Sabes, siempre he querido un semental. Ha sido un sueño mío desde que era niño". No sabía si su afirmación era estrictamente cierta, pero le gustaba fingir que así era.

Dot miró amargamente a Phil sobre su jugo de naranja. "¿Qué soy entonces, el rudo despertar?"

Phil le dirigió a su esposa una mirada fulminante. Estaba en uno de sus estados de ánimo, y cuanto menos él dijera que la antagonizara, mejor.

Harry besó a Maureen en la mejilla. "¿Todo bien, amor?"

"Bueno, no se me cayeron los brazos ni las piernas cuando bajaba las escaleras, así que supongo que debo estarlo", respondió ella encogiéndose de hombros.

Maureen miró a Phil mientras ocupaba su lugar en la mesa. La mirada transmitía el más leve indicio de algún secreto continuo entre ellos. Phil evitó su mirada y se concentró en su salchicha y papas fritas. Harry, como siempre, absorbió la situación.

"¿Tendremos otro ganador el sábado, Phil?" Preguntó Maureen con una sonrisa ingenua.

"Es un certificado. Buenos Tiempos está listo". Phil se rio. "¡Incluso Harry se está emocionando!"

Harry resistió su risa. Echó un vistazo alrededor de la mesa mientras comía su jamón y huevos y se preguntó cuánto tiempo pasaría antes de que sus relaciones se volvieran insoportables. Tal vez debería recordarles cuánto mejor estaban en comparación con sus humildes comienzos. Pero siempre era lo mismo con las personas: tenían recuerdos cortos cuando les convenía, y los recuerdos cortos a menudo eran el preludio de una desaparición.

Después de todo, era solo el dinero lo que los mantenía unidos. Los lazos complejos que trae el dinero. Si cortaban sus conexiones con Birch Hall, los vientos de la vida los esparcirían por la tierra como tantos extraños.

8

Luke condujo rápido por un largo tramo vacío de carretera secundaria. Estaba furioso consigo mismo por involucrarse en un atraco con tantas preguntas sin respuestas. Debería haber presionado a Tam para obtener más información y retirarse cuando el escocés se negó a dársela. En cambio, se había precipitado de cabeza hacia un peligro casi suicida, cegado por la meta que se había propuesto de comprar tierras para ayudar a su gente.

Maldijo a la sociedad de gorgios que había causado tantos problemas a los viajeros gitanos. Él criticó a los viajeros por aceptar lo inaceptable y encadenarse a sitios fijos. Su tarea de liberarlos era imposible. Las únicas personas con las que podía trabajar eran personajes poco fiables como Tam McBride, quien no tenía otro objetivo que ganar dinero para sí mismo. La difícil situación de los gitanos no lo había afectado.

Debería haberse dado cuenta de que Tam no habría podido pagarle el monto total por adelantado por un gran atraco. Lamentó su salvaje ataque contra el escocés, lo que no alentaría al vendedor a pagarle pronto. Pero su violencia fue causada por la desesperación.

Su único consuelo fue que Sy le había dado la dirección de Phil Yates. Pero cuanto más había aprendido acerca de este hombre Yates, menos probable era que estuviera dispuesto a pagar 300 mil por los caballos Tang. Tenía prisa y necesitaba el dinero porque quería mirar la pequeña granja de la colina que estaba a la venta, a una hora en coche al noroeste. Esperaba, si el lugar era bueno, que pudiera persuadir a algunos de su clan para que compartieran acciones con él, si no podía encontrar el precio total de compra por sí mismo. Esto dependía, por supuesto, de si podía encontrar a alguien que confiara en él. Su arraigado secreto y su oscura reputación le habían hecho pocos favores.

Demasiado tarde notó el carro patrullero estacionado al lado del camino. Su corazón se hundió cuando miró en su espejo y lo vio salir y perseguirlo. La luz azul parpadea. Luego, oyó el odiado gemido de la sirena.

No tuvo más remedio que tratar de escapar de él. El BMW tuvo un buen giro de velocidad, pero no habría sido su primera opción como vehículo de escape. Pisó el acelerador, pero la patrulla se aferró a su cola. La persecución continuó durante cinco millas, Luke esperaba que en cualquier momento apareciera un segundo vehículo policial adelante, bloqueando la carretera. Su atención dividida por las miradas en su espejo retrovisor, no pudo registrar las obras viales y el semáforo temporal en la curva que tenía delante hasta que fue demasiado tarde.

Un equipo de mantenimiento de carreteras del condado estaba extendiendo el asfalto. Un camión volquete estaba disparando una carga de virutas de piedra sobre la superficie de la carretera recién puesta. Luke frenó, pero bien podría no haberse molestado. Pasó la luz roja y se detuvo repentinamente, los neumáticos del BMW estaban cubiertos de virutas y asfalto mojado. Había pasado su vida adulta tratando de mantener la invisibilidad, pero ahora, en su imaginación, estaba tan desnudo como un pollo sacado del escaparate de una carnicería.

La figura familiar de policía del Condado Noel Bailey, flácida y pálida, tocó su ventana. Luke lo abrió una pulgada.

Bailey apenas podía hablar de la risa. "¡Bueno, ahora, mi viejo amigo Lulú! Creo que es hora de que te llevemos y te hagamos algunas preguntas difíciles".

Luke cerró los ojos, resignado. Cinco minutos después se encontró esposado a Bailey en el asiento trasero de la patrulla. El policía del Condado Alan Pearson, compacto y musculoso, estaba detrás del volante. La última vez que Luke vio el BMW fue cuando un camión de carreteras del Condado lo remolcó hasta el borde de la hierba.

"Solo hombres culpables corren, ¿verdad, Al?" Bailey comentó con una sonrisa.

Pearson estuvo de acuerdo. "Es culpable, está bien. Puedes olerlo en él". Abrió su ventana, desviando el aire con la mano.

"No tienes derecho a esposarme", protestó Luke. "No estoy bajo arresto. No soy un peligro para nadie".

"No queremos perderte ahora que te tenemos". Pearson se echó a reír. "No veo que haya mucho que puedas hacer al respecto. Y pronto podemos hacer arreglos para arrestarte en cualquier momento que queramos".

"Te resbalaste esta vez, Lulú". Bailey sonrió de lado. "Se dejó caer en nuestros brazos como un bebé".

Luke fingió desconcierto. "¿Qué está pasando? Estaba llegando tarde a una cita".

"¿Una cita?" Bailey hizo eco. "Ahora eres un gran empresario, ¿eh?"

"No es de tu incumbencia, Bailey," espetó Luke.

Bailey sacudió la cabeza. "Malas noticias para ti, Lulú. Quien sea con quien te ibas a reunir va a tener que esperar mucho tiempo. Y tengo noticias aún peores". Él se rio. "Tenemos un muerto esta vez".

"Encantador de serpientes ahora, ¿eh?" Pearson comentó. "Aprendiste en la jungla de donde viniste, ¿verdad?"

El corazón de Luke se hundió. Esto era serio. Pero tenía que seguir jugando a ser inocente.

"¿En qué demonios están ustedes dos?" preguntó en una muestra de exasperación. "¡Solo porque me viste en un motor no significa que puedas acusarme de todos los crímenes del país! Y ese motor es legítimo, por cierto. Pertenece a mi hermano. Te demandará por incautación injusta".

Los policías se rieron a carcajadas, como si les hubiera contado el chiste del siglo. Bailey se inclinó hacia delante y susurró al oído de su compañero oficial. Pearson asintió sin decir nada.

"¿Quién está moviendo el botín, Lulú?" Bailey preguntó. "Tam O'Shanter, ¿verdad? Mira, lo sabemos. Nunca creerías lo inteligentes que somos en estos días".

Luke estaba furioso. Alguien había estado hablando, pero ¿quién? Ni Tam ni los Boswell. Y seguramente no los Woods. ¿Tal vez el incidente había estado en las noticias locales de televisión? Y estos dos policías, solo por el placer de hacerlo, habían pensado que podrían tratar de pegarle a él, por una simple razón: era un gitano. Fue una suposición afortunada, pero no había forma de que pudieran probarlo. Al menos se había enterado de que el ex convicto rico había muerto. Servirle, maldita sea, el maldito psicópata.

Pero había más que eso. ¿O estaba allí? ¿Fue solo la cuerda abandonada en el techo lo que llevó a la policía a pensar en él? Un *Luke Smith nueve*, caso cerrado. No había dejado huellas digitales, usando los guantes quirúrgicos hasta que los quemó en la vieja estufa Potbelly de Tam. Se había puesto el pasamontañas hasta que se arrojó en el asiento trasero del Volvo. ¿Se había recogido el coche con una cámara local? Seguramente no. Seguramente Tam había elegido una ruta sin cámara, cuidando de sí mismo, como siempre, dejando que el ladrón de edificios se arriesgara. Si hubiera sido interrogado, habría invocado a sus hombres legales y habría salido caminando. Había sucedido muchas veces antes cuando valiosas antigüedades habían desaparecido.

Tenía que haber sido una noticia de televisión. Y el resto era simplemente una conjetura, además, por supuesto, su reputación. No tenía nada que temer. Pearson había avisado a su cuartel general que lo habían recogido, pero aún no había sido arrestado. Estaría libre para mañana por la mañana. Solo tenía que mantenerse fresco.

Una tormenta repentina estalló sobre ellos, con truenos, relámpagos y fuertes lluvias. Las ventanillas del auto se abrieron. Los limpiaparabrisas de Pearson apenas podían hacer frente.

"¿De dónde vino esto?" Bailey exclamó.

"¡Yo lo hice!" Luke rio. "¡Te maldigo! Puedo cambiar el clima cuando quiera. ¡Esa es otra cosa que los gorgios no sabían!"

"¡Como el infierno que puedes!" Bailey respondió enojado. "¿Dónde guardas tu caza nubes? Simplemente mételo en el culo y explota, ¿eh?"

Pero Luke podía decir que, a pesar de toda la valentía de Bailey, su voz tenía una pizca de inquietud detectable.

Pearson parecía estar teniendo problemas con su manejo. "Maldita sea esta lluvia. ¡El camino está viscoso como la mierda! No puedo ver más de cincuenta yardas".

Una granja se alzaba a través de la lluvia. Un tractor estaba afuera en una puerta de entrada, con las ruedas delanteras en el camino. Pearson, aun luchando al volante, no parecía haberse percatado de la presencia del vehículo.

"¡Mira ese maldito tractor!" Gritó Luke.

Pearson se desvió para evitar al tractor, luchando con el volante. "¡Estamos patinando!", gritó. "¡No está respondiendo!" Intentó alejarse del tractor, pero no lo consiguió. Pisó los frenos. "¡Oh Dios!"

El auto derrapante se estrelló contra la hierba a cincuenta metros de la entrada de la granja. Hubo un fuerte sonido como un disparo. Los tres hombres en el auto se dieron cuenta de que fue un reventón.

"¡Oh Cristo, Al!" Bailey gimió.

La patrulla giró a través del camino, chocó con el borde derecho, luego se recuperó y golpeó el borde opuesto. En este punto, el vehículo salió de la pista. Los hombres en el auto escucharon los horribles sonidos de rasgaduras y crujidos cuando el auto se rasgó a través del hombrillo de la vía.

La patrulla rebotó y rodó por un campo inclinado, volteándose una y otra vez a medida que avanzaba, y finalmente se detuvo sobre el techo, con el motor todavía funcionando.

Luke levantó a Bailey que estaba sobre su pierna derecha con el pie izquierdo, luego tomó las llaves del cinturón del oficial y abrió las esposas.

"Adiós, gorgios".

Antes de que los oficiales de policía pudieran recuperar el juicio, él trepó por la ventana trasera rota y desapareció en el crepuscular atardecer.

Luke se apoyó en una puerta de madera al final del campo y miró hacia la escena del accidente. Bailey y Pearson habían salido del auto y se alejaban tambaleándose del accidente. Entonces el vehículo estalló en llamas y explotó, y los oficiales se arrojaron al suelo.

Luke ya había visto suficiente. Saltó la puerta y desapareció entre los árboles.

La pista a través del bosque conducía a una puerta más y, más allá, a otro campo inclinado que se nivelaba y terminaba en las líneas del ferrocarril. La luz se desvanecía rápidamente y su rodilla derecha estaba empezando a dolerle. El maldijo. Lo que parecía un golpe de buena fortuna se estaba convirtiendo rápidamente en lo contrario. Cojeó por el campo y siguió las líneas del ferrocarril, sabiendo que iba hacia el norte, por su sentido innato de orientación.

¿Cuánto tiempo podría seguir caminando con una pierna lesionada? ¿Una hora? ¿Dos horas? ¿Y qué? No podía entrar a campo abierto con una pierna que empeoraba rápidamente. Tendría que seguir las líneas del ferrocarril y esperar que condujeran a un pueblo donde pudiera agarrar un motor. Comprar uno ahora estaba fuera de discusión. Necesitaba aferrarse a su efectivo restante ya que su futuro se había vuelto incierto.

Pero su escape y un motor robado pronto se conectarían. Tendría que cambiar su plan, regresar a la ciudad y acostarse en Radford's. ¿Pero sería capaz de conducir? Su rodilla derecha le dolía más con cada paso que daba. Maldijo su mala suerte. ¡Había escapado de la ley para que su propio cuerpo lo tomara, prisionero!

Cuando salió la luna llegó a un túnel. Miró fijamente la abertura negra de su entrada a la luz de la luna. Se sentó en un riel por un minuto masajeándose la rodilla y preguntándose qué debería hacer. No le gustaba la idea de entrar en el túnel, pero no tenía el lujo de elegir.

Se dirigió cautelosamente al túnel. Estaba completamente negro, y su antorcha se perdió en el BMW. Casi se da vuelta. Pero tenía la extraña sensación de que era algo incorrecto. Lo que sea que lo esperaba, sintió que su futuro estaba más allá del otro extremo del túnel.

Oyó un tren de mercancías entrando en el túnel detrás de él. Intentó correr, pero su rodilla no respondía. En el último momento se arrojó a un hueco en la pared del túnel y observó al monstruo mientras pasaba. Luego se arrastró de nuevo a las líneas y cojeó resueltamente hacia adelante.

Cath y Angie recogieron los huevos de sus profundas casas de anidar. Era una tarea que realizaban todas las mañanas después de ordeñar sus cabras en la sala de ordeño. Un tren interurbano pasó a toda velocidad por las líneas cercanas del ferrocarril.

Cath hizo una mueca de resignación. "Esas son las órdenes de mañana. Con eso podríamos pagar la factura de electricidad".

"¡Será mejor que nos registremos con Phil Yates lo más rápido que podamos! Un tipo así podría borrar nuestras deudas sin pestañear". Angie, provocativa como siempre, observó la reacción de su madre.

"¡Eso nunca!"

A pesar de la inflexible respuesta de Cath, Angie no estaba convencida. La falta de contacto visual y el lenguaje corporal conflictivo de su madre contaban una historia diferente. Angie la estudió mientras recogían el último de los huevos. Cath parecía cansada y comenzaba a perder su vivacidad. ¿Cuánto tiempo pasaría antes de que ella simplemente abandonara la lucha?

Donde algunas hijas hubieran tenido ganas de llorar por esta triste observación, Angie estaba llena de indignación. ¿Por qué deberían tener que luchar tanto para ganar lo suficiente para comer y mantener a raya a los depredadores? No había dinero fácil para ellas, ya que no recibían subsidios agrícolas. Cada centavo que ganaban era el resultado del trabajo duro.

Vio otro expreso interurbano pasar en la dirección opuesta. Su actitud hacia las líneas de ferrocarril había cambiado. Durante los primeros quince años de su vida, sus sentimientos hacia ellos habían cambiado de fascinación a irritación leve. Ahora estaban tomando un aspecto más siniestro; estaban comenzando a simbolizar el estado dividido de la nación.

Los trenes expresos simbolizaban el futuro, que se alcanzaría acelerando indiferentemente a través de un interior de vidas tambaleantes. Si lo lograbas, estabas en el tren, el mundo sufriente más allá de las ventanas no era más que un borrón sin sentido. Si no estabas en el tren, eras un mero espectador indefenso, hundiéndote en tu pantano personal, viendo a los ganadores pasar rápidamente. El hecho de que nadie en el tren, condicionado como estaban por la noción de progreso, tuviera la más remota idea de hacia dónde se dirigían, no se le ocurriría por un tiempo más...

En su camino de regreso a la casa y al empaque de huevos que ocupaba cada media mañana, Angie miró las dos casas de campo vacías que se encontraban a solo treinta yardas de las líneas de ferrocarril. Habían pasado muchos años desde que habían alojado a los empleados de la granja. Su madre había tratado de dejarlos permanecer allí, pero nadie se había quedado por mucho tiempo, ya que las familias en estos días preferían la calefacción central, en lugar de agacharse alrededor del fuego abierto en las noches de invierno. Los alquileres vacacionales estaban fuera de discusión, ya que la proximidad de las líneas ferroviarias, así como los interiores no modernizados, las habían condenado a no tener posibilidades de éxito.

Las cabañas comenzaban a deteriorarse como el resto de los edificios de la granja. Angie sintió ganas de gritar de frustración. Era un desperdicio criminal que no se pudiera hacer nada con ellas. ¿Las expectativas habían cambiado tanto que incluso las personas sin hogar las rechazarían? Pero entonces, los pobres urbanos nunca podrían hacer frente a un entorno tan básico. Ella y su madre estaban descendiendo rápidamente hacia el nivel de los campesinos transilvanos. ¿Cuánto tiempo pasaría antes de que solo tuvieran un caballo y un carro en los que confiar?

Alejó sus pensamientos negativos y comenzó a ayudar a su madre, realizando las tareas de rutina que podía hacer con los ojos cerrados. Pero ella sabía que esto era solo una supervivencia ciega. La vida yacía en otra dirección. No en el la fantasía del expreso interurbano sino en algo más creativo. Era su deuda la que estaba matando sus vidas. ¿Fue el segundo peor día en la vida de su madre el día que ella y Matt sacaron el préstamo?

Una vez que terminaron de empacar los huevos, madre e hija se sentaron en el asiento del jardín junto a la puerta trasera, bebiendo té y fumando cigarrillos, su última indulgencia restante. La mañana de mayo era soleada y cálida, y compartieron el breve placer en silencio. Un destello de luz desde la parte superior del aserradero cercano les llamó la atención. Angie se puso de pie de un salto, descubriendo sus senos.

"¡Jódete, Charlie Gibb!"

"¡Angie!" Cath exclamó consternada. "¡No vayas a darle ideas!"

"¡Él no sabría qué hacer conmigo si tuviera la oportunidad!" Angie respondió con desprecio furioso.

"No le des ánimo, ¡nunca sabes lo que podría pasar!"

"¡No pasará nada! Les tiene miedo a las mujeres. Solo busca nuestra tierra".

"¿Estas segura de eso?" Cath preguntó.

"Por supuesto. Ha tenido muchas oportunidades de atraparme cuando he estado trabajando solo en la granja. Es un fisgón". Ella rió. "Fin de la historia".

* * *

Charlie Gibb se bajó del desván al primer piso y luego bajó las escaleras de madera abiertas a su oficina en la planta baja. La conmoción de ver a la joven así lo había dejado caliente y confundido. Por un minuto no supo qué hacer, ya que un torrente de imágenes reprimidas caía en cascada por su mente. Estaba perturbado por las imágenes, asustado por su poder. Solo había una forma segura de silenciarlos, y salió corriendo a los arbustos.

Regresando a su oficina, se sentó en el escritorio lleno de cicatrices de tiempo que ocupaba la longitud de una pared, puso su amplio sombrero flexible sobre su mechón de pelo albino y ajustó el parche que cubría su ojo de pared. Tomó un archivo de papeles de un cajón y estudió el contenido, con la cabeza vuelta hacia un lado como un pájaro. Murmuró para sí mismo mientras leía.

"Esto te arreglará, Cath Scaife. Entonces tendré el par de ustedes para mí solo. Podría haber sido un abogado. ¡Nadie es tan inteligente como Charlie Gibb!"

Devolvió el archivo al escritorio y luego se recostó en su silla, sonriendo para sí mismo. Había pasado por los cambios que haría cuando tuviera el control de Cuckoo Nest miles de veces, y lo que haría con las dos mujeres mil veces más. Solo tenía que esperar hasta que la presión de Phil Yates les afectara demasiado. Y lo haría; las desgastaría como una enfermedad. Entonces él haría su movimiento. Sería el señor Gibb entonces, no solo Charlie como lo era ahora. Tendría respeto.

Su ensueño fue interrumpido por el sonido de su teléfono de escritorio. Fue un pedido de un agricultor local, uno de sus muchos clientes habituales, para puertas de campo y cercas. "Hola, Charlie, ¿puedes correrte mucho?" Por supuesto que podía. Charlie pudía. Pero no cuando fuera el señor Gibb. El señor Gibb tendría el poder de hacer esperar a la gente. Cerró el molino, colocó su marco de repuesto en su viejo Land Rover y se dirigió a la granja para hacer unas medidas.

* * *

Después de comenzar a esparcir estiércol de caballo a mano alrededor de los arbustos de frutas en su huerto, Cath y Angie regresaron a la granja para almorzar. Era un trabajo pesado sin un tractor, y el suyo se había negado a arrancar durante los últimos dos meses.

Angie se ofreció para cocinar, dejando que su madre descansara en el sofá de la sala. Ella quería sorprenderla con algo sabroso. El problema era que no era muy buena cocinera. A pesar de los innumerables intentos de producir algo delicioso, siempre habían terminado en decepción. Para empeorar las cosas, su madre siempre le hizo ver que los disfrutaba.

Hoy el resultado no fue diferente, la mejor parte de su comida fue la taza de té de su madre, elaborada en la vieja tetera que había traído con ella a su matrimonio.

"Lo siento", dijo Angie disculpándose. "Parece que las tortillas no son lo mío".

Pasaron la siguiente hora trabajando en el huerto, luego llegó el momento de inventar suplementos alimenticios para los cabritos recién nacidos.

"Estas cabras son un trabajo bastante tedioso", se quejó Angie mientras cruzaban el patio. "Ganaríamos más dinero si tuviéramos ganado".

"Las cabras usan mucha menos tierra", respondió Cath. "Y las facturas del veterinario no son tan altas. Me gustan las cabras. Son todos unos personajes".

Angie dejó de discutir y entró en el granero. Estaba levantando un saco de suplemento en una carretilla cuando captó un movimiento en la esquina de su ojo. Ella agarró una horca.

"¡Sal de ahí!" ella gritó. "¡Sal, maldito ladrón! ¡Mamá, toma la escopeta!"

Luke emergió de las sombras, cojeando pesadamente con una escoba como una muleta improvisada. Cath apareció en la puerta del granero con la escopeta. Las dos mujeres avanzaron sobre él.

"¡Estás en el lugar equivocado, amigo!" Angie llamó acusadoramente. "¡Disparamos a ladrones de gallinas por aquí!"

"¿Qué demonios estás haciendo en nuestra propiedad?" Cath exigió saber.

"Estaba durmiendo", reveló Luke con una sonrisa, sin intentar avanzar más. "Supongo que soy un madrugador".

Angie sondeó la esquina oscura del granero con la horca. "¿Quién se esconde allí?"

"Una pandilla de ratas gordas", le dijo Luke con una sonrisa. "Comiéndote y riéndose como una guarida de ladrones".

"¿Qué le pasa a la pierna?" Cath preguntó, notando que el pie derecho de Luke estaba levantado del suelo.

"Aplastada por un policía de dos toneladas", respondió, todavía sonriendo.

Cath dio un paso adelante agresivamente. "¿Estás huyendo, eh? ¡No queremos criminales aquí! ¡En tu camino, amigo! ¡De lo contrario te reportaré!"

"¿Recibimos una recompensa si te entregamos?" Angie preguntó de repente.

Luke rio. "Claro. Soy Lucky Lucan".

Sacó un pequeño paquete de notas de su bolsillo interior. No tenía nada que perder, así que hizo su lanzamiento. "Sy Boswell dijo que podrías ayudarme. Puedo pagar". Extendió el dinero, revolviendo las notas.

"¿Con dinero robado?" Cath dijo acusadoramente. "¡Eso no va a suceder!"

No estuvo de acuerdo. "No es robado. Me deben mucho más que esto". Le tendió las notas. "Toma lo que quieras".

Angie parecía interesada. Cath, todavía cautelosa, bajó la escopeta.

9

Cinco minutos más tarde, Luke se sentó en una vieja silla de comedor de madera en la cocina de la granja, con los jeans en un gancho y la pierna derecha lesionada apoyada en un taburete de ordeño. Cath se sentó en otra silla inspeccionando su rodilla hinchada. Angie se encaramó en el borde de la mesa de pino con la escopeta a su lado.

Cath empujó la rodilla de Luke y frunció el ceño. "El cartílago está por todas partes. Tomará un tiempo para que esté bien".

Él sonrió. "Tengo el resto de mi vida. Parece que soy todo suyo, señoritas".

Cath lo miró con severidad. "No vale la pena escapar, ya sabes".

Él se encogió de hombros. "¿Quién está corriendo?"

"Tenemos una cabaña para alquilar", dijo Angie de repente, llamando la atención de su madre.

Cath estaba impresionada con el oportunismo de su hija. "Doscientos por semana", dijo. "Tómalo o sigue tu camino".

Pensó un momento. ¿Valía la pena regatear? El nombre de Sy lo había llevado tan lejos. Decidió no empujar su suerte. Y su rodilla estaba hinchada y dolorosa. "Lo tomaré", dijo con alivio.

Sacó un rollo de notas, despegó diez veintes y las extendió. Angie los alcanzó, pero Cath la golpeó.

Ella se levantó. "Voy a buscar una venda para la rodilla".

Cath comenzó el masaje, sacudiendo unas gotas de aceite con olor dulce en el área inflamada de una pequeña botella marrón, luego aplicando suavemente el aceite en la carne alrededor de la rodilla. Después de unos minutos de masaje, envolvió la rodilla con fuerza en el vendaje, luego ella y Angie lo ayudaron a cruzar el patio y pasar los ponederos. Apoyó su peso en un bastón que Matt había usado al empujar ganado lento en su camino hacia pastos frescos. El palo era sobrante ahora, al igual que el ganado, vendido poco después de la muerte de Matt.

Llegaron a las cabañas, pero antes de continuar, Luke las detuvo, confundido.

"No sé si esto es normal para ustedes, pero vi que habíamos tomado una ruta muy aproximada para llegar desde la casa. ¿Por qué no vinimos aquí directamente? ¿Por qué todo ese rodeo esquivando los cobertizos?"

"Nos mantuvimos detrás de los edificios de la granja", explicó Cath. "No queremos que Charlie te vea".

La respuesta de Cath le causó nuevas preocupaciones. "¿Quién demonios es Charlie? ¿Es tu amigo?"

"Charlie no tiene nada que ver con nosotras. Él es el bicho raro en el aserradero". Cath señaló en la dirección del molino, que no se podía ver desde donde estaban parados. "Nos espía con su telescopio".

Angie se rio. "¡Somos las únicas mujeres en su vida!".

Sufrió una punzada de ansiedad. No quería más confrontaciones, y ciertamente no con una pierna lisiada. "¿Aserradero Charlie no es dueño de esta granja entonces?"

"No, gracias a Dios", respondió Cath con alivio no disimulado. "¡Está demasiado cerca como está!" Hizo un gesto hacia las cabañas. "¿Cuál quieres?"

Él rió. "¿Tengo una opción?"

"Ambos son más o menos lo mismo, por dentro y por fuera", le dijo Cath.

"Tomaré la que está del lado de las líneas del tren".

Un tren interurbano de pasajeros pasó velozmente mientras hablaban. Cath notó su reacción, la energía en su mirada se centró en el tren.

"Pensé que querrías la cabaña más tranquila", comentó ella.

"Me gusta el movimiento", confesó. "Cualquier tipo de viaje. Ha estado en la sangre desde el día en que mi gente llegó al mundo del tiempo".

Angie estaba sorprendida por su extraña respuesta. Iba a preguntar dónde vivía su gente antes de que llegaran a tiempo, pero la oportunidad pasó cuando Cath abrió la puerta de la cabaña.

Cojeó delante de ellas por las habitaciones de la planta baja. Pudo notar de un vistazo que la casa se estaba deteriorando; las áreas de yeso se habían desprendido y varios trozos habían caído detrás del aparador y el sofá, que eran los únicos muebles en la sala de estar, aparte de un par de sillas de comedor desgastadas y una mesa extensible barata.

La cocina, como la sala de estar, era básica, con un profundo fregadero de porcelana anticuada y una vieja cocina independiente Belling alimentada por gas de cilindro. Aunque nunca había vivido en una casa, pudo ver que tendrían que gastar una buena cantidad de dinero antes de poder atraer a un inquilino a largo plazo.

"Eres el primero en alquilar el lugar en este año", anunció Cath, tratando de ocultar su vergüenza por el estado de descuido del lugar.

No estaba sorprendido. Él sonrió a sus acompañantes. "El primero, ¿verdad? Te haré saber si el jacuzzi funciona".

"¿Qué esperas por doscientas libras, un valet?" Angie bromeó.

Sabía que lo estaban estafando, pero no estaba en posición de discutir. A pesar de su aversión y profunda desconfianza hacia todos los gorgios, sintió un raro momento de simpatía por sus compañeras, que obviamente carecían de dinero y luchaban. Pero la emoción pasó tan rápido como había llegado. Eran granjeras. Si se vendieran la propiedad mañana, valdría al menos el doble del valor de su robo de caballos Tang. Mucho más si tenía una superficie grande.

Sabía que su evaluación era precisa porque había estado mirando los precios de la tierra durante unos pocos años y ya había comprado pequeños bloques de tierra de pastoreo y una granja remota en una colina. El precio que había pagado estaba muy por debajo del promedio nacional; en algunas partes del país, la cifra había subido a más de 10 mil por acre. Rápidamente se dio cuenta de que solo los principales empresarios, algunos de ellos multimillonarios de China y Oriente Medio, podían permitírselo. ¡Habla de una invasión!

Se dio cuenta de que si habías trabajado una parcela de tierra toda tu vida, debía ser difícil separarse de ella. Tu propio espíritu se había fusionado con la tierra sobre la que caminabas todos los días. Pero también significaba que tenías que cuidarlo porque era una extensión de tu vida. Si no te importaba, ¿qué decía eso de ti? Decía que no respetabas la vida. Simplemente estabas solo por ganar dinero.

¿Y qué hiciste con el dinero? Siempre puedes convertirte en un caballero del campo y comprar serpientes venenosas para reír, por un poco de Barney Rubble.

Tragando su repentina ira, se dirigió hacia la empinada escalera, usando la barandilla y el palo para subir tres escalones a la vez. Las mujeres detrás de él compartieron una mirada de sorpresa ante su fuerza y agilidad.

Las dos habitaciones del primer piso estaban tan escasamente amuebladas como las habitaciones de la planta baja, con camas dobles económicas, armarios con astillas y mesas de noche desvencijadas. Para mayor sorpresa de las mujeres, eligió la habitación que daba a las líneas de ferrocarril. Él yacía sobre el colchón desnudo mirando a Angie mientras ella se arrodillaba en los asientos de la ventana colgando cortinas limpias en las dos pequeñas ventanas. Una de las ventanas daba al ferrocarril, la otra a los edificios de la granja. Cath se sentó en una silla de madera curvada que necesitaba una capa de roble oscuro.

Frunció el ceño a sus compañeros. "Confío en ustedes si les digo mi nombre. Espero que no lo usen en mi contra".

"Soy Cath", se ofreció Cath, "y la trabajadora en la ventana es mi hija, Angie".

"I'm Luke".

"¿Cómo conoces a Sy Boswell?" Cath preguntó.

"Somos del mismo clan", respondió. "Mi puradad, ese es mi abuelo, se casó con una Boswell. Pero antes teníamos sangre de Woods, Bucklands y Lees. ¿Cómo te conoce Sy?"

"Sus hermanas vienen aquí a recoger frutas".

"Ustedes deben ser uno de los últimos", reflexionó, "dando trabajo agrícola a los gitanos. Ahora se le dan trabajo principalmente a las pandillas de trabajo extranjeras".

"Supongo que estoy pasada de moda. Creo en la lealtad. Los viajeros gitanos han realizado trabajos estacionales en Cuckoo Nest durante años". Luego agregó, después de una pausa, "No creo que tengamos una superficie lo suficientemente grande como para atraer a equipos extranjeros".

Se puso de pie cuando Angie terminó las cortinas.

"Quédate tranquilo", aconsejó. "Mantén tu peso fuera de la pierna".

Se veía incómodo de repente. "Ya sabes, no es tan probable, pero los policías podrían venir a buscarme".

Tenía que advertirla, pero sus palabras dejaron un silencio tenso en la habitación. Ella lo miró pensativa, luego pareció tomar una decisión.

"La policía no molesta a los agricultores respetuosos de la ley".

La mirada que le dirigió transmitió la clara implicación de que ella no lo delataría. Estaba impresionado. Ella era una no gitana muy rara. Una mirada de respeto mutuo pasó entre ellos, con un toque adicional de curiosidad de su parte.

Ella se giró para irse. "Traeré algo de comida y ropa de cama más tarde".

Él sonrió. "Soy su prisionero, doctora."

* * *

Cuando les dieron su alimento extra a los cabritos y movieron las cuerdas de las cabras nodrizas para que pudieran alcanzar un nuevo barrido, Cath y Angie regresaron a la granja. Prepararon comida para ellas y para su nuevo inquilino, comida que cocinarían cuando el día de trabajo en la granja terminara.

Cath parecía preocupada. "Tal vez no deberíamos haber comenzado esto".

"¿Por qué no?" Angie se opuso. "Él tiene dinero. Nosotras no".

"Es un problema". Cath se dio cuenta de que estaba dando voz a sentimientos que aún no entendía completamente. En ella surgían emociones poderosas que no había experimentado en años. Estaba ansiosa pero extrañamente eufórica, lo que la hacía sentirse confundida.

"¿Puedes mostrarme a alguien en estos días que no sea un problema?" Angie respondió con una convicción inexpugnable. "El banco está activo cuando estás obteniendo ganancias, cuando no lo estás, se apoyan en ti como si fueras un alumno problemático que puede ser intimidado. Los vecinos están felices de ayudar, pero solo con la intención de conseguirlo". Agarrar la tierra si nos hundimos. Los elefantes tienen más compasión".

Cath se sorprendió al escuchar esos pensamientos cínicos de su hija. Obviamente había estado ocultando sus sentimientos por algún tiempo.

"Sigue siendo un problema". Podría obligarme a enfrentarme, pensó. ¿Seré lo suficientemente fuerte?

Angie sonrió. "Sin embargo, es un apuesto problema. Buen cambio por Charlie Gibb, ¿no?"

"Será mejor que estemos atentas", advirtió Cath. "Si Charlie cree que está pasando algo que no sabe, seguramente vendrá a espiar".

"Es un ejemplo de lo que acabo de decir. El vecino con una mente solo para su propio beneficio. La raza humana me enferma".

Cath se horrorizó en privado. Su hija solo tenía dieciséis años. ¿Cómo sería ella para cuando tuviera treinta? ¿Hubo tal cosa como un estado de inocencia en estos días? ¿Había solo la desesperación del sabio y el olvido del resto, con solo un vacío aullante entre ellos?

"Eres demasiado joven para ser tan triste, Angie. Al menos nos tenemos la una a la otra".

"Eso es cierto. Podemos abrazarnos mientras nos hundimos en el abismo".

* * *

Charlie se agachó en el desván del aserradero, escaneando la granja a través de su telescopio. Buscó en el huerto, el área alrededor de los ponederos, el depósito. No pasa nada allí. Las luces de la cocina de la granja estaban encendidas, lo cual era normal a última hora de la tarde. Pero algo había cambiado: podía sentirlo en el aire. Las dos cabañas, ¿era eso? Ah, sí, había cortinas marrones en la habitación de arriba la última vez que miró, y ahora eran verdes. Pero no había visto a nadie entrar para cambiarlas. Bajó el telescopio.

"¿Qué estás haciendo, Cath Scaife?" él murmuró. "¿A quién tienes ahí?"

Echó un vistazo a las cabañas nuevamente, pero no había señales de movimiento. Si había nuevos inquilinos en ocupación, no había evidencia de un vehículo, lo cual era un misterio en sí mismo. Nadie bajó a estas partes sin un vehículo. No había transporte público en cinco millas, y luego solo cuatro autobuses al día. Se sintió molesto y frustrado, como si hubieran elegido deliberadamente atormentarlo con un nuevo desarrollo secreto.

"Voy a vigilarte, Cath Scaife", gritó, lo suficientemente fuerte como para asustar a una paloma encaramada en el extremo de la cresta del techo. "¡Tienes algo que hacer y crees que puedes esconderte de mí! Pero lo descubriré". Bajó a su oficina, sus labios apretados por la irritación. "¡No ha nacido nadie que pueda engañar a Charlie Gibb!"

* * *

Luke cojeó cautelosamente desde la cabaña con la ayuda del bastón, haciendo todo lo posible para mantener su peso sobre la pierna derecha. Se había acostado en la cama con la idea de que podría dormir, pero no podía relajarse. Se le ocurrió pensar que debería tener una llave para la puerta de la cabaña, y se dirigió hacia la granja para pedir una. Nunca se había preocupado por las llaves antes, pero con gorgios como Aserradero Charlie, era mejor no arriesgarse.

Cath y Angie aparecieron, entrando en lo que parecía un cobertizo de tractores. Se puso en camino para unirse a ellas. Al mismo tiempo, Charlie se acercó a la granja a través de la franja pantanosa de madera de sauce que se extendía entre Cuckoo Nest y el aserradero. Justo a tiempo, Luke vio la figura alta con el parche en el ojo y el sombrero flexible y se metió en una puerta cercana para mirar.

Cath y Angie intentaban encender su viejo tractor Ford.

Angie sacudió la cabeza. "No es bueno. Tendremos que sacar a alguien".

Cath se sentó en una caja de herramientas y encendió un cigarrillo. Angie se ayudó a sí misma de la cajetilla de Cath.

"No vendrán", dijo Cath desesperadamente. "Saben que no podemos pagarles".

"Deberíamos comprar uno más nuevo. ¿Por qué no hablas con el banco?"

"No puedo ver que el banco esté dispuesto a ayudar. No puedo pagar el interés del préstamo a tiempo como está".

Charlie apareció en la entrada del cobertizo. Hizo una pausa, mirando a las mujeres con su ojo bueno. "Problemas con la máquina, ¿eh?" Emitió su risa espeluznante. "Ahora podrás permitirte uno nuevo".

Cath se sorprendió. "¿Qué demonios quieres decir, Charlie? ¿Sabes algo que nosotros no sabemos?"

Hizo una suposición descabellada, esperando que de la falsedad surgiera la verdad. "Vendiste una de esas cabañas, ¿verdad?"

"¿Qué te hace pensar eso?" Angie preguntó. "No es que sea asunto tuyo".

"Nuevas cortinas. Sin vehículos. Creo que alguien le ha pagado un cheque grande y gordo y se mudarán el primero del mes próximo".

"¿En qué tipo de mundo de fantasía vives?" Angie le preguntó al albino acusadoramente.

"Estamos decorando el lugar, Charlie, eso es todo", dijo Cath. "Haciendo algunas reparaciones. Podría pensar en vender una vez que hayamos terminado. Pero no es probable que suceda hasta la próxima primavera, si es que alguna vez lo hacemos".

Él no le creyó. Nadie iba a comprar una casa atrapada entre una granja y una línea de ferrocarril. Intentaría dejarlos de nuevo, aunque no estaba preparada para admitirlo. No es que ella pudiera cobrar mucho el alquiler en el estado en que se encontraban. Cuatrocientos al mes como máximo. ¿Los había ofrecido a una asociación de vivienda? Si lo hubiera hecho, tendría que poner calefacción central. Los habitantes de la ciudad no podrían hacer frente a los incendios abiertos.

Decidió que era hora de hacer su presentación y ver cómo reaccionaba ella. "Si yo fuera un socio aquí, podría arreglar ese tractor. Haría más de eso. Te quitaría el banco de la espalda. No necesitarías dejar esas cabañas. Las derribaría y construiría unas nuevas lejos de las líneas".

"Eso no es asunto tuyo, Charlie", dijo Cath con firmeza, tratando de ocultar su creciente ira. La idea de construir nuevas casas de campo había existido desde la época de su esposo. El albino sabía que no podía permitirse el lujo de construirlas. Él estaba frotando su nariz en su penuria.

"Haría que el lugar pagara", insistió Charlie con una sonrisa torcida. "Sería un buen granjero".

Agitó un fajo de papeles hacia ellos. "Firmas esto y no habrá más problemas. Puedo hacerle servicio a esa máquina y a ustedes dos igual de fácil".

Su extraña risa parecía repentinamente más amenazante.

Cath estaba furiosa. "¡No hay trato, Charlie! ¿Lo has entendido bien? ¡Esa es mi última palabra al respecto!"

"¡Fuera de aquí!" Gritó Angie.

Se aferró a su ira. Sabía que no podía perder. "Te arrepentirás del día que me hablaste así, Cath Scaife. Estarás en bancarrota dentro de un año. Luego vendrás a mendigar, ¡con tu coño y todo!"

Salió del cobertizo.

Angie maldijo por lo bajo. "¡Uno de estos días mataré a ese Charlie Gibb!"

"¡No si lo mato primero!" Cath siseó con los dientes apretados.

Luke las miró pensativamente desde la puerta cercana. No le gustaba el aspecto de las cosas en esta granja. Esperaba que su rodilla se hubiera recuperado para el final de la semana y pudiera seguir adelante.

10

El Coach and Horses Inn estaba a un lado del prado en un pueblo a pocos kilómetros de Birch Hall. La posada databa de mediados del siglo dieciocho y había sido una importante posada en la Gran Carretera del Norte entre Londres y Escocia. En los últimos años, el A1 había sido trasladado unas pocas millas hacia el este y enderezado para acelerar el creciente volumen de tráfico y la posada había perdido su fuente principal de costumbre. Ahora era frecuentado solo por lugareños y nunca estaba ocupado, excepto los fines de semana.

Temprano en la noche de un día laborable, Sy y sus dos asistentes estaban sentados bebiendo cerveza en una mesa de la esquina del bar público. La habitación estaba vacía por lo demás. George, el camarero, salió de la bodega donde había estado cambiando barriles, justo cuando Phil Yates y Harry Rooke entraron y caminaron hacia el bar. George se preguntó si se opondrían a que sirviera a los gitanos, una política no oficial que se había convertido en la norma en los pocos pubs locales sobrevivientes. Pero no le importaba mientras no causaran problemas. Esperaba lo mejor y tomó un vaso.

"¿Lo de siempre, Phil?" preguntó con una sonrisa.

"Haz un doble, George. Consigue uno para ti. Estoy de buen humor". Luego, casi como una ocurrencia tardía: "¿Jugo de naranja, Harry?"

"¿Por qué no?" Harry estuvo de acuerdo.

Phil y Harry se sentaron en una mesa con vistas al prado del pueblo. Sy, con un vaso medio lleno de cerveza, se acercó a ellos.

"Me gustaría una palabra contigo, Phil", dijo en voz baja.

"Te daré dos", respondió Phil con una sonrisa condescendiente. "Por los viejos tiempos."

Los dos hombres se miraron, el aire entre ellos se cargó de odio mutuo.

Sy mantuvo su expresión inexpresiva. "Un viajero gitano preguntaba por ti".

"¿Oh sí?" Las facciones de Phil mostraron completa indiferencia.

"Sí", repitió Sy. "Un verdadero Romaní. Sangre negra: el Kaulo Ratti, Sangre Verdadera. El mejor jinete que he visto".

Los ojos de Phil se entrecerraron. "Quizás no los hayas visto a todos". Pronunció las palabras como si cada sílaba tuviera púas.

Sy tomó un trago de su cerveza. La tensión entre los dos hombres se volvió eléctrica. Harry se movió un poco para que su asiento estuviera frente al gitano.

La mirada de Sy se oscureció y pareció adquirir una intensidad más profunda. "Dijo que sabía todo sobre tus caballos Tang".

Phil estaba visiblemente conmocionado por las palabras del gitano e incapaz de ocultar su impacto. "¿Qué más dijo él?" se las arregló por fin.

"Te envió sus saludos. Por los viejos tiempos".

Phil estaba nervioso. Luchó por recuperar la compostura. "¿Este verdadero Romaní te dio su nombre?"

"Dijo que lo recordarías. Parece que te conoce muy bien".

Todavía sosteniendo los ojos de Phil, Sy levantó su copa para tomar otro trago. Hubo un momento, cuando los ojos del gitano se endurecieron, cuando parecía que fácilmente podría haber estrellado el vidrio en la cara de Phil. Antes de que pudiera hacer otro movimiento, Harry se levantó con sorprendente velocidad y agarró la muñeca del gitano. Los dos asistentes de Sy se pusieron de pie, con las manos sobre los cuchillos enfundados en sus cinturones. Phil también estaba de pie.

"Fin del juego, deporte" gruñó Harry.

George intervino. "¡No quiero problemas en el bar! ¡Llévenlo afuera por favor!"

Harry soltó la muñeca de Sy. Sin prisa, sin ningún signo visible de emoción, el gitano tomó un sorbo lento de su cerveza. Todavía sostenía los ojos de Phil, ignorando a Harry por completo. "Quieres volver a pensar, Phil. Quizás te acuerdes de él entonces. Me dijo que te iba a buscar.

Sy terminó su bebida, colocó su vaso en el centro de la mesa de Phil y luego se dirigió a la puerta con sus dos asistentes.

Se giró en la puerta. “Buena suerte.”

Los tres gitanos salieron del bar público. Tan pronto como se fueron, las facciones de Phil se arrugaron con emoción reprimida. Echó el whisky hacia atrás, llamó la atención de George y levantó el vaso. El arrendador le trajo otro doble.

"¿Todo bien, Phil?" George preguntó con una mirada de preocupación.

"Todo está bien, George". Phil forzó una sonrisa. "Era solo un tipo que no gusta de mí. Un caso triste, de verdad". Se echó a reír para demostrar que no tenía importancia. "Un resentido de mi éxito, supongo".

George regresó al bar, aliviado de que Phil no lo hubiera gritado por servir a los gitanos.

"Alguien ha estado hablando" dijo Harry en voz baja.

El móvil de Phil, colocado frente a él en la mesa, sonó dos veces. Él lo miró. "¿Adivina quién?" él respondió con veneno no disfrazado.

El Volvo Estate de Tam estaba estacionado junto al Mercedes en la esquina más alejada del estacionamiento de la posada. El comerciante esperaba deshacerse de los caballos Tang y cobrar. Ya le habían costado una paliza de Luke y una visita de la policía, que había convertido su casa al revés por el mero hecho de hacerlo, porque no pudieron encontrar ninguna evidencia para atribuirle el atraco.

Tam salió del Volvo cuando Phil y Harry se acercaron. Su rostro tenía las marcas del asalto de Luke.

Tam sonrió dolorosamente. "¡Phil! ¡Harry! Es bueno verlos".

"Te ves bien en estos días, Tam". Harry sonrió ante la incomodidad de Tam.

Tam estrechó la mano de los dos hombres. "Estamos viviendo tiempos peligrosos".

"¿Nunca lo fueron?" Phil respondió. "Vamos a verlos, Tam".

Tam levantó la puerta trasera del Volvo, retiró el pesado material de la cortina que cubría su carga y reveló las cuatro cajas marcadas FRAMBUESAS ESCOCESAS. Él apreció abrir una caja para la inspección de Phil. "Empacado por los tuyos con amoroso cuidado verdaderamente". Sacó la figura de su caja y se la entregó a Phil.

Phil miró maravillado su nueva adquisición, una escultura de terracota esmaltada en Tang Sancai de un caballo sin jinete con la cabeza ligeramente girada y la boca un poco abierta.

Tam señaló. "¿Ves el pequeño giro de la cabeza y la boca abierta? Los coleccionistas matarían por eso, ¿sabes?"

"¡Oh, qué belleza!" Phil exclamó de alegría. "Calidad absoluta, ¿eh? ¿Y qué obtenemos en estos lamentables tiempos modernos? Copias baratas, ¡nada para comparar!" Besó la estatuilla y la volvió a colocar en su caja. "Estará perfecto en mi habitación, vigilándome toda la noche". La inseguridad crónica de Phil, por un breve momento, fue desterrada de su mente. La voz de Tam lo trajo de vuelta.

"Ese pequeño tío estaría en el mercado a 190K". Tam señaló las cajas en la parte trasera del Volvo. "Seis cuarenta en total, como dije que sería. Acordamos tres veinte, caballeros, según recuerdo". Él sonrió tan desafortunadamente como pudo.

Phil o Harry no correspondieron a su sonrisa.

"Dame las llaves de tu auto, Tam". Harry exigió fríamente.

"¿Eh?" El escocés estaba estupefacto. Se tragó su creciente miedo. "¿Cuál parece ser el problema, caballeros?"

Harry guardó las llaves ofrecidas por Tam. Phil apuntó una pistola, equipada con un silenciador, al comerciante.

"¡Jesús y María sálvanos!" Tam exclamó.

"Ellos no lo harán", respondió Harry lacónicamente.

"¡Pero teníamos un trato!" Tam los miró implorante.

Phil miró al escocés con furia fría. "Claro. *Teníamos*. Descarga las cajas".

Tam, a punta de pistola, tomó las cajas del Volvo y las colocó cuidadosamente en el maletero del Mercedes.

"Phil, por favor..." El comerciante estaba a punto de suplicar.

"¡Cállate!" Phil espetó. "Sube al Mercedes. Vamos a dar un paseo".

* * *

Harry condujo lentamente por caminos densamente arbolados. Phil, como siempre, ocupó el asiento del pasajero. Tam se sentó con aprensión en la parte de atrás.

Phil abrió su ventana. "Escucha ese canto de los pájaros. Primavera en Inglaterra, o lo que queda de este triste y viejo país. Magia, ¿eh, Tam? Me encanta. Cuando era niño, me sentaba en los escalones del vagón y escuchaba".

Tam, con la garganta tapada por el miedo y la boca seca como una bolsa de polvo para aspiradora, no pudo hablar. Phil descansó su brazo sobre la ventana abierta, dejando que su cabello soplara libremente en la corriente.

De repente cerró la ventana. "¿A quién le dijiste, Tam?"

La voz de Tam no era más que un ronco susurro. "Nadie. Lo juro. Sobre la vida de mi madre".

"Ella murió hace diez años, Tam", dijo Harry con voz ronca.

"Alguien sabe más de lo que debería". Phil se giró en su asiento para mirar al escocés. "Alguien sabe sobre los caballos Tang, Tam. ¡Alguien sabe!"

Tam sacudió la cabeza. "No dije una palabra". Trató sin éxito de lamerse los labios secos con la lengua seca. "No lo hice. Ni siquiera mientras dormía. Me arrestarían si lo hiciera".

El comerciante tenía razón. Phil cambió de táctica.

"¿Quién subió, Tam?" Phil preguntó. "¿Quién lo consiguió en la televisión y en todos los malditos periódicos?"

Tam trató de tragar. Se ahogó y tosió. Phil esperó, tamborileando con los dedos impacientemente en la puerta del pasajero.

"Solo un hombre", comenzó el traficante, "el único que podía manejarlo. Fue atrapado... Por el tipo con una escopeta. Pero se escapó y consiguió los caballos". Se atragantó de nuevo. "Arriesgó su vida por ellos, Phil. Y no le han pagado un centavo". La implicación colgó brevemente en el aire de que tampoco él había.

Phil extendió la mano y sacó su pistola de la guantera. "Pregunté *¿quién hizo la escalada?*"

"Un gitano que uso. Nadie".

Phil le disparó a Tam en la pierna. El escocés gritó de sorpresa y dolor.

"Nombre, Tam. ¡Dame su maldito nombre!"

"Luke Smith", confesó el traficante.

Phil le disparó a Tam en su otra pierna. El escocés gritó.

"¡Tú maldito bastardo estúpido!" Phil gritó. "¡Maldito idiota y pendejo escocés!"

"¡Lo hice por ti!" Tam exclamó con considerable pasión. "¡Arriesgué mi vida por esos caballos! ¡Te he sido fiel todos estos años! Estuve allí, en el campo contigo y con tu padre, ¿recuerdas? He sido un amigo fiel desde entonces. Lo hice ¡por ti, Phil! Yo iba a superar a ese gitano inteligente. ¡Lo juro! Pero él me saltó".

"Eres un mentiroso", dijo Phil con frialdad. "¡Hiciste toda la puta cosa por dinero!" Apuntó su arma a Tam. "Por dinero, Tam. Tan simple como eso. El lucro es la única lealtad que conoces".

La cara del escocés se arrugó de terror. "No, Phil. ¡No!"

"Cállate", dijo Phil en voz baja. Volvió a colocar la pistola en la guantera. "Solo cállate."

Condujeron en silencio. La desesperación se apoderó de los rasgos de Tam.

* * *

Diez minutos más tarde, después de atravesar varios kilómetros de paisaje cultivable, el Mercedes se detuvo en una pista de tierra que conducía a través de un pinar alto. Tres figuras salieron del auto, Tam salió sin ayuda del vehículo y cayó boca abajo en el barro.

Las figuras recorrieron el camino a través de los pinos, Tam se arrastró dolorosamente hacia adelante sobre sus antebrazos, mientras que Phil y Harry, con estudiada indiferencia, deambulaban lentamente a cada lado de él.

Phil miró al escocés que luchaba. "No muy lejos a partir de ahora, Tam. Entonces podrás descansar un rato".

Tam había dejado de suplicar. Había dejado de hablar por completo. Agotado, sudando con esfuerzo y dolor, jadeando y sin aliento, luchó hacia adelante, como un hereje confeso obligado a someterse a una penitencia intolerable.

Después de poco menos de media milla, Phil y Harry se detuvieron al borde de un barranco empinado. No se oía ningún sonido entre los árboles, excepto por la dispersión fina del canto de los pájaros y el silbido de Tam. Sus esfuerzos habían generado grandes cantidades de mucosidad y saliva, que brotaban de su nariz y boca y goteaban de su barbilla. Yacía en el barro y las agujas de pino, recuperando el aliento y parpadeando el sudor de sus ojos. Su abrigo estaba sucio, sus pantalones empapados de sangre.

"Está bien, Tam", la voz de Phil cortó el silbido de la suave brisa en los pinos, "ahora tómatelo con calma. Acuéstate todo el tiempo que quieras y disfruta con las maravillas de la naturaleza".

Tam trató de hablar. "Phil..."

"Cállate". Phil presionó el silenciador de su pistola contra la parte posterior de la cabeza de

Tam. "¿Crees que hoy será tu largo *Viernes Santo*? ¿Lo crees, Tam?"

Tam permaneció en silencio, demasiado aterrorizado para decir una palabra.

Phil continuó la conversación unilateral. "¿Sabes? Si no fuera un hombre razonable, te mataría ahora y Harry patearía tu cuerpo al límite. Nunca te encontrarían. Pero puedo ver que eres víctima de tu propia estupidez. Entonces, estoy preparado para dejarte vivir. Pero solo con una condición: dime dónde puedo encontrar a Luke Smith. Tienes hasta mediados del verano. Si fallas o si mientes sobre su paradero, eres un hombre muerto, caminando. O, en tu caso, con muletas. ¿Entendido?

"Está bien, Phil", logró Tam. "Lo encontraré. Lo prometo".

"Ni un día después del verano. Esperaré noticias tuyas".

Phil y Harry dejaron a Tam al borde del barranco y regresaron a través de los pinos.

"Creo que deberíamos revisar bien en el Volvo", dijo Phil pensativo. "Le tomará un tiempo a Tam volver a hacerlo".

"¿Qué estamos buscando?" Pregunto Harry.

"¿Quién sabe? Cualquier cosa de la que podamos beneficiarnos. Y también podríamos dejarle sus llaves. Ahora llamará a sus lacayos para que lo lleven a algún lugar para que le quiten las balas". Phil se rio. "No queremos que muera de una infección, ¿verdad?"

"Pensé que simplemente lo reventarías y terminarías con eso", dijo Harry, sonando tan desconcertado como decepcionado.

"Este negocio no ha terminado", explicó Phil. "Como decían en alguna parte de las películas, él nos usa más vivos que muertos. Y les dice a Bri y Steve que limpien el Mercedes tan pronto como regresemos. No queremos que la sangre se seque demasiado".

Subieron al Mercedes y se alejaron a través de las largas sombras proyectadas por la suave luz del sol de la tarde de mayo.

11

Cath y Angie antes de cruzar la caseta hacia la cabaña, esperaron hasta que oscureciera lo suficiente como para que Charlie no pudiera verlas en su telescopio. Cath había razonado que si Charlie pensaba que estaban dando refugio a un viajero gitano, y la apariencia de Luke estaba muy lejos de la anglosajona blanca, deberían tratar de mantener su presencia en secreto si podían. Charlie era impredecible. ¿Quién podría decir lo que podría hacer? ¿Iniciar rumores infundados? ¿Llamar a la policía? Cuanto menos supiera el albino, mejor.

Llegaron a la cabaña al anochecer con una bandeja de comida cubierta por un paño de cocina y una bolsa grande con sábanas y mantas. Prepararon la cama mientras Luke se metía en la comida. Cuando regresaron a la sala de estar, encontraron a su inquilino limpiando su plato con un trozo de pan.

"¿Cuándo fue la última vez que comiste?" Preguntó Cath, asombrada de haber terminado la tarta casera de carne y verduras tan rápido.

Él respondió con la boca llena de pan. "Desde el amanecer de ayer. Pero estoy acostumbrado. La mayoría de las veces mi gente solo cocina dos veces al día. Cuando estoy solo en el *drom*, esa es nuestra palabra para el camino, nunca como hasta que me siento seguro. Solo quieres tener el estómago lleno cuando puedes relajarte. Cuando viajas necesitas tu ingenio, tienes que ser astuto. Siempre hay policías o alguien que quiera molestarte".

Cath estaba intrigada por su charla. "Sé que en estos días es más difícil para su gente moverse por el país. Las hermanas de Sy a menudo mencionan la falta de lugares para detenerse".

Parecía ansioso por elaborar. "Empeora cada año. Los lugares donde podríamos parar se han ido, arados o cercados. La gente local que nos conocía está abandonando las aldeas porque ya no pueden permitirse el lujo de vivir en ellas. Solo recibimos odio de gorgios ricos que tomaron su lugar. Y el trabajo agrícola ya no está allí, a excepción de algunas personas como tú. Como dije, hay pandillas de trabajadores extranjeros que ahora hacen lo que hacíamos, y trabajan por centavos. Chatarra y caballos, y algunos de nosotros ganamos dinero decente. Pero muchos de nosotros estamos atrapados en sitios fijos y no nos movemos mucho. Algunos han sido forzados a entrar en casas y no tienen trabajo y tienen que vivir de los beneficios. Es casi tan malo como puede ser. Muchos jóvenes romaníes no conocen la vida en el drom. Son viajeros gitanos que no viajan. No hay dromengros, ni hombres de la carretera, no más. Trato de moverme todo lo que puedo, en mi motor, por supuesto, no como en los viejos tiempos con un caballo y un remolque. Mucha de mi gente se enferma realmente fácil ahora porque la vida saludable al aire libre que una vez tuvieron se fue".

Cath se conmovió por su franqueza y la tristeza de su historia. Se dio cuenta de que él confiaba y las respetaba. No podía decir exactamente por qué, pero decidió en ese momento que, pase lo que pase, no debían traicionarlo.

"¿No hay forma de que puedan darse un futuro?" preguntó ella, esperando escuchar más historias deprimentes. Para su sorpresa, él sonrió.

"Algunos de nosotros estamos comprando tierras, por lo general solo pastizales ásperos. Pero podemos poner nuestros caballos en él y podemos asentarnos, porque les decimos a los policías y a los muchachos del consejo que estamos protegiendo a nuestros animales de los robos. Nos obligan a mudarnos, pero siempre hay alguien más para ocupar nuestro lugar. Algunos han construido bungalows para sortear las reglas sin parar, pero es difícil obtener el permiso de los consejos". Él se encogió de hombros. "Tenemos un largo camino por recorrer".

"¿Has comprado tierras?" Cath hizo la pregunta sin motivo oculto, pero lo vio tensarse. Las cosas se estaban volviendo demasiado personales. "No tienes que responder eso", agregó rápidamente. "No quiero entrometerme".

Se relajó un poco ante sus palabras. "Está bien. He comprado algunos trozos aquí y allá. Y quiero comprar más. Es solo tierra en mal estado que no quieren los givengros, es decir, agricultores gorgios, así que las obtengo a un precio más barato. Si podemos seguir así, nosotros podríamos darle un circuito a nuestra gente. No somos nada si no somos dromengros, y tenemos que encontrar la manera de volver a ser dromengros". Él rió. "Incluso si tenemos que viajar en nuestros motores y no con carruajes abiertos".

"¿Qué pasa con la adivinación?" Angie preguntó.

Él la miró fijamente, evaluando la profundidad de su interés. Angie sonrió, sosteniendo su mirada. "Todavía hay un poco de *dukkerin* o adivinadores de la fortuna", continuó, "pero no tanto. Mucha de nuestra gente está en sitios fijos del consejo y no conoce a tantos gorgios ahora. Pero los verdaderos romaníes no se sienten libres viviendo así. Necesitamos nuestra propia tierra, entonces podemos movernos como solíamos hacerlo. Como dije, algunos de nosotros hemos comenzado con eso, pero es lento. A muchos jóvenes romaníes les gustaría ayudar, pero no tienen dinero. Te digo", la miró con una mirada penetrante, "si solo estuviéramos los romaníes en la tierra, el lugar sería como nuevo. Lo que digan las personas que nos odian, son los gorgios y los vagabundos los que hacen todo el desorden. Y mira los montones de escombros y el plástico en el mar. Nosotros no hicimos nada de eso. Y podríamos vivir con rinocerontes y elefantes, no los mataríamos por un poco de marfil. Solo tomamos lo que necesitamos para el día, como lo ha hecho la gente viajera durante miles de años".

Cath estaba impresionada con su pasión y sentido de propósito. "¿Cuál es tu habilidad especial, si tienes una?"

Casi se rio. Ladrón de edificios extraordinario, pensó. "Soy bueno con los caballos. Creo que me quedaré con eso". Hizo una mueca sombría. "Iba a ver una pequeña granja en las colinas que está a la venta". Él se encogió de hombros. "Supongo que no lo logré".

Cath preparó el té con la tetera eléctrica y la jarra para té de cerámica que había traído de la granja. Él había respondido algunas de sus preguntas, pero había más que necesitaba preguntar. ¿Por qué estaba huyendo? ¿Qué había estado haciendo para que la policía lo persiguiera? ¿Era peligroso? ¿Fue violento? ¿Debería mantener a Angie lejos de él?

Ella le dio una llave de la cabaña y lo dejaron bebiendo su té. Esas preguntas tendrían que esperar otro día.

* * *

Phil Yates se levantó a primera luz como siempre. Dejó a Dot durmiendo y, con su bata y zapatillas, bajó las escaleras a través de la casa silenciosa hasta su oficina en la planta baja en la parte trasera de la propiedad. Alguna vez había sido la sala de billar, pero Phil se había deshecho de las alfombras y el papel pintado en relieve, prefiriendo un entorno empresarial más clínico y afilado.

Él y Harry habían llevado las cajas que contenían los caballos Tang a la oficina y las guardaron bajo llave antes de reunirse con sus esposas en el comedor para la cena, como se habían acostumbrado a llamar su comida de la noche. Había querido desempacar los caballos inmediatamente después de que habían comido, pero tuvo que retrasar el anhelado momento debido a otros asuntos. Había arreglos para la reunión de la carrera del sábado y una larga llamada a Clive sobre la aptitud de los tres caballos con los que estaba participando. Luego, finalmente, había hablado con el inspector detective Nigel Hirst.

Hirst le informó sobre el accidente y la fuga de Luke Smith, quien, en ese momento, estaba siendo interrogado en relación con el robo de "ciertos objetos valiosos" y la extraña muerte de su dueño. "Un caso de mordedura si alguna vez lo hubo".

"¿Es el Luke Smith?" Phil había preguntado, una sensación repugnante en su estómago, esperando que el detective le dijera lo peor.

"No lo sé", había respondido Hirst. "Estoy haciendo todo lo posible para averiguarlo. Pero hay tantos gitanos sucios con el mismo apellido que tomará un tiempo. Me pondré en contacto con usted cuando esté seguro".

"Eres un hombre de juego, Nigel, ¿cuáles son las probabilidades de que sea él?"

"Yo diría cincuenta y cincuenta, ni más ni menos en esta etapa".

Phil tuvo que arreglárselas con eso. Pero su confrontación con Sy Boswell y la revelación de Tam habían despertado a los fantasmas del pasado y aumentado su paranoia. Había sufrido una noche inestable. Pero esta mañana, en el silencio previo al amanecer, se sintió tranquilo al abrir la oficina y sacar los caballos Tang de su embalaje.

Allí estaban: cuatro bellezas que se encontraban una al lado de la otra en su escritorio, reflejando la primera luz del día que entraba por la ventana que casi parecía darles vida. Acercó una silla y se sentó durante mucho tiempo regodeándose con sus posesiones. Ahora eran suyos, cuatro seres mágicos para colocar alrededor de su propiedad para mantenerlo a él y a su mundo a salvo. En el pasado lejano, los reyes y los jefes tribales habían utilizado las cabezas cortadas de los enemigos para la tarea de protección. Phil sintió que los caballos mágicos eran mucho más civilizados.

Pero la experiencia alegre se había estropeado. Podía vivir con el hecho de que Tam McBride sabía que los caballos estaban en su posesión porque Tam tenía demasiado miedo de pronunciar una palabra. Era el ladrón de edificios que había usado lo que arruinó la experiencia, y hasta que Hirst confirmara su identidad, no podía comenzar a disfrutar de sus nuevos tesoros.

Volvió a colocar los caballos en sus cajas y casi lloró de decepción y frustración. Tenía que saber quién era el ladrón. Tenía que averiguarlo para que, si fuera necesario, pudiera ser removido. Solo entonces podría comenzar a apreciar completamente la maravilla de sus nuevas posesiones.

Cuando cerró la puerta de la oficina, se dio cuenta de que le temblaban las manos. Maldito sea ese ladrón, pensó. Quienquiera que fuera, tenía que deshacerse de él. Y así. No podía arriesgarse.

* * *

Tam McBride fue despertado por el dolor en sus rodillas. Le habían retirado las balas y le habían vendado, pero luego tuvo que preguntarle al amable paramédico si creía que alguna vez volvería a caminar.

"Necesitas ir a una fisioterapeuta", le había dicho el paramédico. "Te daré su número de teléfono. Ella te ayudará a salir de ese estado, pero necesitarás una billetera llena".

A pesar del dolor, o tal vez por eso, Tam estaba enojado. Lo que había sido el mayor atraco de su larga carrera, uno que proporcionaría el pago final por su retiro a la isla mediterránea de sus sueños, se había convertido en la peor de todas las pesadillas posibles. Era pobre e inválido y estaba condenado a muerte.

Tenía que encontrar a Luke Smith. Entonces, tal vez, podría persuadir a Phil Yates para que le pague por los caballos Tang. Si fracasaba, tendría que huir, sus planes de jubilación no se realizarían, y solo esperaba que Phil no enviara a un sicario tras él. Pero Phil Yates tenía una larga memoria, y él era un hombre que guardaba rencor. Un día, mientras estaba desayunando en un restaurante en el centro de Marsella, una persona pudo detenerse en una motocicleta y golpearlo tan casualmente como a un hombre de hojalata en un puesto de tiro de feria.

Tenía que encontrar a Luke Smith. Pero ni siquiera podía comenzar la búsqueda hasta que estuviera lo suficientemente bien como para conducir de nuevo. ¿Y a dónde miraría? Tendría que comenzar a mezclarse en círculos de viajeros gitanos, pero si Luke supiera que lo estaba persiguiendo, su propia vida estaría amenazada por cualquier joven Romaní con reputación por labrarse dentro del clan. Y solo tenía hasta mediados del verano, a menos de cinco semanas.

Tam se tragó dos analgésicos con un vaso de whisky. Maldijo su desafortunado destino. Pero quería más que nada retirarse con dignidad. Quería vivir en su isla soleada elegida. No quería estar mirando sobre su hombro por el resto de su breve vida. Tenía que encontrar a Luke Smith. Y solo había un hombre al que podía recurrir en su difícil situación: su peligroso hermano gemelo, pero de principios, Malcolm.

* * *

Una hora después del amanecer, Cath, sudando por su trabajo, salió de la unidad de cerdos de Cuckoo Nest. Se quitó la mascarilla y los guantes. Podía escuchar las hojas de sierra de Charlie ya funcionando y supuso que estaba ocupado con un pedido grande.

Miró pensativamente a través del patio hacia las cabañas. Si el viajero gitano iba a estar dando vueltas hasta que su rodilla estuviera completamente reparada, tenía que conocerlo mejor.

Él no había dejado la llave que ella le había dado en la cerradura, así que ella usó la suya. ¿Esperaba que ella le trajera el desayuno? Si es así, tendría que esperar. Para su sorpresa, escuchó pasos detrás de ella. Al girar hacia la puerta vio a Angie acercarse con comida en una bandeja.

"Tocino, huevos y pan frito", anunció su hija con una sonrisa. "Un desayuno apto para cualquier viajero".

"Eso es todo lo lejos que puedes llegar", dijo Cath con el ceño fruncido. "Lo tomaré desde aquí". Cortó a Angie antes de que pudiera objetar. "No debes estar a solas con él hasta que sepamos más sobre él. Me gustaría que empezaras con el ordeño. Me reuniré contigo tan pronto como pueda".

Angie frunció el ceño. "¿Cuándo es eso?"

"Pronto".

"Eso no es una respuesta".

"Es la mejor que vas a conseguir".

Cath tomó la bandeja de su hija ceñuda y esperó para asegurarse de que se dirigía a la sala de ordeño, luego entró en la cabaña. Luke parecía no haber escuchado sus voces. Estaba sentado en el asiento de la ventana mirando un tren interurbano que pasaba a toda velocidad. Aunque, por lo que ella podía ver, no había hecho ningún sonido, él debía haberla sentido detrás de él. Se giró rápidamente, alejándose de la ventana, su mano sobre el cuchillo en su cinturón.

"Desayuno", dijo ella, sonriendo. "¿Cómo está la rodilla?"

Él le devolvió la sonrisa, con bastante ingenuidad, pensó con alivio.

Él se encogió de hombros. "Me despertó en la noche, pero volví a dormir".

"Debes acostarte derecho tanto como puedas. Se curará más rápido".

Él sonrió de nuevo. "Como dije, me gusta ver cosas en movimiento. Me da buena vibra. Simplemente no veo por qué estos trenes necesitan ir tan rápido".

Ella rió. "Creo que es parte de nuestra obsesión por conquistar el tiempo".

Puso la bandeja en el asiento de la ventana, luego fue a la cocina y preparó té para los dos. Cuando ella regresó, él ya estaba a la mitad de su comida.

"¡Esta comida es buena! ¿La crías tú misma?" De nuevo la sonrisa abierta y sin complicaciones.

"Los huevos y la carne son nuestros. El pan se compra a una panadería local".

"Lo haces bien. Tienes una buena vida. Vivo principalmente de cerveza y comida para llevar". Vació y volvió a llenar su taza de té. "¿Ustedes, dos encantadoras damas solas?"

Su pregunta parecía lo suficientemente honesta. ¿Esperaba una respuesta igualmente franca? ¿Era tan genuinamente amable como parecía, o era un hábil manipulador? Ella decidió decirle la verdad, esperando no vivir para arrepentirse.

"Matt, mi esposo, se cayó de una pila hace tres años y se rompió el cuello".

"¡Jesús!" el exclamó. "¿Pero ustedes dos aún pueden manejar el lugar?"

Ella hizo una mueca. "No ha sido fácil".

Llenó su té, dejó su plato vacío en el asiento de la ventana y se sentó frente a ella en la otra silla del comedor. Aceptó uno de sus cigarrillos y fumaron un rato en silencio.

"Nunca los compro yo mismo", admitió. "No soy un tipo de hábitos. Ahorro cada centavo para poder comprar tierras. Si tienes un mapa de Inglaterra en tu casa, puedo mostrarte los lugares donde compré cosas. Cuanto más compro, mejor oportunidad tendrá mi gente para encontrar un lugar donde detenerse. Como están las cosas ahora con la contaminación y todo eso, a veces creo que los gorgios se hundirán y morirán. Pero todavía estaremos aquí. Tenemos que seguir el ritmo las habilidades de nuestros viajeros o vamos a caer con ellos".

Había comenzado a fascinarla. Se dio cuenta de que era un hombre con una misión. Pero había algo más en él, algo que la preocupaba, que era peligroso y para nada idealista.

La estaba observando atentamente. "No serás viuda por mucho tiempo", dijo, luciendo serio.

Ella sintió la repentina carga intensa entre ellos, el poder en su observación. "¿Estás diciendo mi fortuna?"

Se encogió de hombros y sonrió. El momento pasó. "Es solo un sentimiento. Pero no soy bueno para adivinar la fortuna. Mi madre sí, que Dios la descanse. Sin embargo, no pudo ver su propia muerte".

Se quedaron en silencio otra vez. Ella lo estudió mientras él bebía su té. Luego, en uno de sus raros destellos de intuición, se dio cuenta de lo que la estaba molestando.

"Estás buscando a alguien, ¿verdad? Estás en cacería".

Un aspecto sombrío se apoderó de él. No solo en sus ojos y rostro, sino que todo su ser parecía oscurecerse. Incluso la parte de la habitación donde estaba sentado parecía perder algo de su luz, como si la estuviera atrayendo para alimentar su propósito.

"Estoy cobrando deudas".

No dio más detalles. Sintió que su energía repentinamente se volvía contra ella y la rechazaba suavemente. Se levantó para irse, llevándose la bandeja con ella.

"Regresaré más tarde. Descansa. Mantente fuera de la vista".

Él la observó mientras ella salía de la habitación pero no dijo nada más.

* * *

Cuando las cabras salieron a pastar, Cath y Angie regresaron a la granja. Cath lavó el desayuno de Luke mientras su hija pelaba papas para la cena.

"Tenías años en la cabaña", dijo Angie acusadoramente. "Pensé que debías haberte mudado con él".

"Solo estuvimos hablando. Pensé que era una buena idea tratar de conocerlo. Él podría estar con nosotros por unos días".

"¿Y tú...? *¿Llegaste a conocerlo?"*

Cath estudió a su hija y percibió un fuerte impulso de resentimiento. Ella eligió sus palabras con cuidado. "Oh, solo rompí un poco el hielo. Fue muy educado y nos felicitó por la calidad de nuestra comida". Le pareció prudente no mencionar que su inquilino estaba buscando a alguien que le debía dinero.

"Llevabas mucho tiempo rompiendo el hielo. Debe haber sido bastante grueso".

Cath descubrió que no podía guardar sus percepciones para sí misma después de todo; Las impresiones que había obtenido durante su visita a la cabaña se habían fortalecido a medida que pasaba la mañana. "Tengo el sentimiento más extraño sobre él".

Angie dejó de pelar papas. "¿Qué tipo de sentimiento?" Su tono tenía indicios de alarma y curiosidad.

"No lo sé... Como si no fuera solo una casualidad lo que lo trajo aquí. Como si fuera..." Buscó la palabra. "Como si fuera el destino".

Angie se volvió para mirar a su madre. "¿Qué estás tratando de decir?"

"Todavía no estoy segura. Parece que nos hemos visto atrapados en asuntos pendientes".

"¿Qué negocio, el suyo o el nuestro?"

"Ambos".

12

La oficina de Phil estaba cerrada y desierta. Los archivadores, la caja fuerte de pared, el amplio escritorio con sus dos computadoras portátiles y la elegante lámpara de escritorio y sus sillas de oficina tapizadas, se encontraban bajo la polvorienta luz del sol que entraba por la ventana orientada al este. Una pequeña mesa de comedor y sillas estaban a un lado del escritorio. Las cajas de frutas que contenían los caballos Tang estaban apiladas en una esquina esperando que su nuevo dueño decidiera su futuro.

Phil y Harry regresaron del galope, fueron directamente a la oficina y se sentaron a la mesa del comedor. Maureen les trajo el desayuno en el carrito de anfitrión y se fue sin decir una palabra, no queriendo invadir su sombrío estado de ánimo. Los dos hombres hablaron mientras comían.

"Estos caballos Tang... Quiero decir, ¿de quién fue la idea?" Harry preguntó con genuino desconcierto, mirando las cajas en la esquina.

"Vi fotos de ellos en una revista de coleccionistas de antigüedades", dijo Phil. "Pensé que eran hermosos, y solo tenía que tener algunos para mí, para traernos buena suerte en las carreras". Le pareció conveniente incluir a Harry, pero no dijo nada sobre su papel como protectores. Harry se habría burlado de eso. "Quería hacer un trato privado y pregunté por ahí. Lo mantuve muy en secreto. Fue Tam McBride quien los localizó. Dijo que podía hacer arreglos para conseguirlos para mí".

"¿Nunca dijo nada sobre ellos en una colección privada?" Preguntó Harry.

"Ni una palabra. Dijo que no sería un problema conseguirlos. Pensé que los iba a comprar. ¡No se mencionó a los ladrones de edificios ni las serpientes! ¡Lo primero que escuché fue en las noticias de televisión! Me dijo lo que pensaba que tendría que pagar, y acordamos un precio, dando a Tam un poco de ganancia. No era el dinero lo que me importaba, sino los caballos y sus poderes mágicos".

"¿No crees que mucha gente ya sabe demasiado sobre estos caballos?" Harry miró a Phil directamente a los ojos. "Quiero decir, debe ser del conocimiento común en el circuito de coleccionistas de antigüedades que fueron robados".

"Demasiadas personas lo saben con certeza". La cara de Phil se nubló. "Tendremos que reducir su número".

Llamaron a la puerta. Harry se abrió para dejar entrar a Nigel Hirst.

"¡Nigel!" Phil exclamó. "¡Qué bueno que hayas venido tan rápido!" Hizo un gesto hacia el carro de anfitrión. "Tómate un desayuno".

"Descuida si lo hago". Hirst se sirvió una generosa porción de salchichas, huevos y tostadas.

Mientras Hirst desayunaba, Phil habló por teléfono con Clive Fawcett y Harry verificó con Brian, el cuidador, que sabía que los acompañaría a las carreras el sábado y que pasarían la noche allí.

Cuando Hirst pasó a su segunda taza de café negro, Phil sintió que había tenido suficiente hospitalidad. "¿Está huyendo, este tipo gitano? ¿El que mencionaste por teléfono anoche?"

Los rasgos de Hirst se establecieron en su expresión habitual de desagrado amargo. Algunos que no lo conocían simplemente lo habrían llamado burlón. "Hizo rodar uno de nuestros motores. Dos de nuestros mejores oficiales están en el hospital con quemaduras".

"¿Este gitano hizo eso?" Phil preguntó sorprendido.

Parecía que la verdad era dolorosa para Hirst de relatar. "Bueno, no, no exactamente. En realidad, sufrieron un estallido en una carretera limosa. Tenemos un testigo ocular, un granjero local, que lo vio todo desde la cabina de su tractor". Él tiró de su rostro amargo. "Sin embargo, no hizo nada para ayudar, aparte de llamar a los servicios de emergencia".

Phil no estaba seguro de si Hirst había esperado que el granjero arriesgara su vida y sus extremidades. Tenía una pregunta más importante. "¿Estás seguro de que este es el Luke Smith del que hablamos? ¿Ya sabes, desde hace tiempo atrás?"

"Es el mismo. Quince años mayor, como todos nosotros". Le sonrió torcidamente a Phil. "Quince años más peligroso".

Phil estaba empezando a preocuparse. "Nos está buscando, ¡lo sé! Debe haber descubierto lo que sucedió. Debe haber descubierto sobre nosotros".

Harry introdujo la voz de la cordura. "No lo sabes, Phil. Ese gitano solo querría pagar el robo".

Phil no parecía convencido. "Quizás sí... Quizás no. ¿Tus chicos piensan que él fue el ladrón?"

"Diría que estamos noventa y cinco por ciento seguros", respondió Hirst. "Estaba conduciendo un BMW 4 x 4 registrado a nombre de Riley Smith cuando lo recogimos. Fue una casualidad realmente, y nuestros oficiales aprovecharon el momento. El BMW es completamente legítimo, por cierto. Estamos buscando a este tipo Riley a fin de traerlo para interrogarlo, pero hasta ahora no hemos tenido suerte. Obviamente, registró el motor desde una dirección conveniente. Es casi imposible vigilar a estos gitanos. Todavía hay algunos de ellos que se mueven fácilmente por el país, a pesar de estar en nuestra base de datos nacional. Luke Smith desapareció y el BMW está estacionado en nuestro complejo. ¿Quién sabe si alguien lo reclamará alguna vez? Necesitamos saber si este Riley tiene un padre llamado Ambrosio. "El Luke Smith que recogimos será el ladrón y el último hombre en Inglaterra que quieres conocer".

Phil guardó silencio un momento, sumido en sus pensamientos. Hirst se sirvió la última tostada mientras Harry se movía al escritorio y comenzaba a trabajar en su computadora portátil. Phil se volvió hacia el detective.

"No podemos arriesgarnos, Nigel. Debemos asumir que este tipo es el indicado. Tenemos que actuar como si lo fuera".

"Fue un gran éxito", comentó Hirst. "El gitano podría estar herido. Podría estar escondiéndose".

"Encuéntralo, Nigel", dijo Phil con furia fría. "No oficial".

"Claro, Phil. No te preocupes. Es una prioridad".

Phil asintió, pareciendo tranquilizado.

Hirst se levantó para irse. "Agradecería un poco de compañía esta noche, si no me necesitas". Miró a Harry.

El gran hombre reflexionó un momento. "Tengo un dulce dieciséis de Eslovaquia. O una criatura salvaje de quince años recién llegada de Riga". Harry sacó sus imágenes en su computadora portátil.

Hirst estudió las fotos. "¡Gracias a Dios por las niñas, especialmente de Europa del Este! Tomaré la letona". Se dirigió a la puerta. "Te veo luego."

Cuando la presencia tranquilizadora de Hirst desapareció, la ansiedad de Phil se disparó. "Por amor a Cristo, Harry, deshazte de esos caballos

Tang". Hizo un gesto hacia las cajas en la esquina. "No queda suerte en ellos ahora. No desde que Smith los tocó". Parecía casi a punto de llorar. "No puedo acercarme a ellos". Pensó un momento. "Ponlos en la vieja casa de hielo. Hazlo tú solo. Es nuestro secreto".

Harry sabía que discutir era inútil. Phil, correcta o incorrectamente, había decidido. "¿Y qué?" preguntó, esperando que Phil tuviera un plan. Su respuesta demostró que no lo había hecho.

"Esperaremos unos años y luego los venderemos".

"¿Cómo? No hay tantos, así que cada distribuidor se preguntará si son calientes. Si no puede demostrar una procedencia convincente, lo único que puede hacer es devolvérselos a Tam. No has pagado por ellos ¿O sí? No tienes nada que perder".

"Tam podría no tener mucho futuro", respondió Phil fríamente.

"Entonces, ¿qué quieres hacer con ellos?" Harry comenzaba a sonar exasperado.

Phil agitó los brazos con impaciencia. "¡Solo ponlos en eBay, uno a la vez! ¡Caballo sin hogar en busca de un nuevo dueño!

Harry rio. Phil se unió, dándose cuenta de que había dicho involuntariamente algo gracioso.

Pero todos los viejos temores se agolpaban sobre él, como espíritus vengativos surgidos de sus tumbas.

* * *

Cath llenó bandejas de huevos. Angie estaba ocupada en la cocina, asando tocino y morcilla, friendo huevos y pan.

"Podrías colaborar con algo de ayuda aquí", dijo Cath, irritada. "Puedes poner esa comida en el horno para mantenerla caliente".

"Estoy ocupada", respondió Angie brevemente. "Es mi turno de tomarle el desayuno y quiero que lo disfrute. No quiero servirle huevos secos y tocino rizado. No debemos darle comida que no comamos nosotras mismas".

Cath estaba preocupada. Su astuta y cínica hija seguía siendo, en algunos aspectos, ingenua y vulnerable. No quería ser una madre sobreprotectora, pero había momentos en que la precaución era esencial. "Es demasiado viejo para ti".

Las palabras de Cath invadieron la cabeza de Angie con el frío de una repentina tormenta de nieve de verano. "¿Quién dice?" soltó sin pensar. "Es un tipo interesante".

Cath se dio cuenta de que sus sospechas fueron confirmadas. "Mira, ¡no lo hagas!"

Angie se volvió enojada. "¿No haga qué?"

"Sabes a lo que me refiero. Es un viajero gitano. Seguirá adelante".

"No si se enamora de mí. ¡Se quedará aquí para siempre!"

Cath miró a la sabia y ridícula chica que la miraba. Era como verse en un espejo, verse a sí misma a la misma edad, embarazada de Matt, que era veinte años mayor que ella. Pero al menos Matt se instaló en la granja, sin pensar en ir a ningún otro lado. Este arreglo le había convenido a Cath, pero ¿qué experiencia de la vida del viajero había tenido Angie? Incluso si Luke la quisiera, la vería como un obstáculo. "Ten cuidado o saldrás lastimada".

"Estas cosas que dices no significan nada. ¡Solo las dices porque estás celosa!" Angie lanzó las palabras acusadoramente a su madre. No tenía la más remota idea de si ella misma se las creía.

"¡Lo loco que dices! Él no es nada para mí, o para ti. ¡Solo ha estado aquí cinco minutos!"

"El tiempo no tiene sentido si estás enamorado". Angie salió de la casa desafiante con la bandeja de desayuno de Luke.

Cath no tenía el corazón ni la energía para detenerla. Solo esperaba que prevaleciera la desconfianza de Luke hacia los gorgios. Charlie todavía estaba ocupado con una orden, sus hojas de sierra habían estado gritando desde las seis de la mañana, así que no había muchas posibilidades de que espiara en la granja. Pero no podían seguir así; tenían que ser sensibles y más cautelosas, o las cosas podrían salirse de control.

* * *

Luke abrió la puerta a la llamada de Angie y la dejó entrar en la cabaña con su desayuno. Ella puso la bandeja sobre la mesa del comedor y se sentó enfrente mientras él comía.

"No tienes que mirarme, ya sabes", comenzó un poco irritable. "Los viajeros comen igual que otras personas. ¡No nos metemos la comida en los oídos! ¿Por qué no me preparas un té?"

"Lo siento." Angie, avergonzada, fue obedientemente a la cocina. No había sido un comienzo auspicioso.

Cuando regresó con la tetera de cerámica, vio que casi había limpiado su plato. Sirvió té para los dos, esperando que él no considerara su acción presuntuosa.

No podía reprimir su curiosidad por más tiempo. "¿Me hablarás de los viajeros gitanos, Luke?" ella preguntó esperanzada.

"¿Qué quieres saber?"

No hubo rechazo. Él estaba sonriendo. Sintió un cálido resplandor de tranquilidad. "Todo. ¿Cuánto tiempo llevan todos ustedes viajando?"

"Por siempre. Me han dicho por lo menos mil años".

Estaba sonriendo de nuevo. Ella había elegido un tema del que le gustaba hablar. Pero ella estaba preocupada por él. "Leí un libro hace un tiempo que decía que ustedes podrían desaparecer en la historia".

Él frunció el ceño, luciendo muy serio. "¡Suficiente, suficiente, no, para nada! Estaremos aquí hasta que la última parte de la libertad se haya ido. La vida no vale la pena vivir de todos modos". Se puso de pie y miró por la ventana, con la mirada perdida, mientras recordaba los cuentos junto al fuego de su infancia. "Los viejos tiempos eran los mejores. Lo que ellos llaman el *Tiempo del Vagón*. Son grandes lecturas y carretas de Ledge rodando por toda Inglaterra". Se volvió hacia ella, su rostro brillaba de entusiasmo, como si hubiera vivido esos años él mismo. "¡Ese fue el mejor momento para nosotros! Esos cien años a partir de 1850 más o menos. Saltar a recoger. Recoger guisantes. Detenerse donde quisiéramos. El verdadero Romaní nunca suplicará. Trabajará, más duro y más que nadie"

"¡Ojalá fuera así ahora!" Angie exclamó, atrapada en su estado de ánimo nostálgico.

"¿No lo hacemos todos? Culpados de todo ahora, ¿no lo somos? Si falta un motor o un caballo, siempre somos nosotros. Pueblos llenos de habitantes, preocupados por el precio de sus casas. Los policías juegan su juego haciéndonos mudar".

Ella sirvió más té, queriendo estar allí para siempre, bañada en la magia de su conversación.

Regresó a la mesa y bebió su té. "Todavía hacemos algunas de las ferias en nuestros tráilers rápidos. Todavía criamos caballos en los campos que hemos tenido que comprar. Todavía conservamos los recuerdos de las viejas formas. Pero no es lo mismo".

"Oh... es muy triste". Se sintió como con ganas de llorar.

"Sí. Los gorgios han hecho todo lo posible para encajonarnos. Pero todavía hay muchos de nosotros. Supongo que hay alrededor de cinco mil romaníes verdaderos como yo. En cualquier caso, tan cierto como nunca lo conseguirás en estos días. La mayoría de los romaníes tienen sangre no gitana en alguna parte".

"¿Cinco mil en Inglaterra?", ella preguntó.

"Sí. Y en Gales. Sangre negra real en Gales. Han durado mejor allí, porque no han estado tan presionados".

"Ustedes llenarían un pequeño pueblo".

"No parece tanto cuando lo pones así. Pero entonces, supongo, hay todo lo demás".

"¿Cuáles demás?"

"Tenemos nombres para ellos, pero no tienen nombres para si mismos. Los llamamos poshrats, eso significa mestizos en romaní, y diddecoys, que son los romaníes de media casta o sangre mixta. Obtuvieron un poco de la sangre negra real, pero se diluyó". Luego están los tinkers: irlandeses y escoceses. Están manejando el recinto ferial y vendiendo antigüedades. Y están los ingleses que han sido vendedores ambulantes, tejedores de canastas, farriers, que son de origen otomano y demás. Y gente pobre que han sido mumpers”.

"¿Qué son los mumpers? Nunca había escuchado la palabra antes", admitió.

"Han estado rondando mucho tiempo. Casi tanto como nosotros. Son mendigos en su mayoría. Ladrones. No tienen nada, ninguna tradición. Los llamas vagabundos. Algunos de ellos solían hacer un trabajo informal. Pero ahora todo se ha ido. Solíamos verlos en el camino. Pero ya no. Han muerto o se han ido a las ciudades".

"Entonces, ¿de dónde vienes, al principio?"

"Nosotros, los romaníes, venimos de India. Hace mucho, mucho tiempo atrás. Hace tanto tiempo que nadie puede recordar. Pero he leído sobre eso, puedo leer, ya sabes, y he aprendido. Salimos a través de los desiertos y las montañas hasta que nos extendimos por todas partes. Hay unos pocos de nosotros en Estados Unidos, pero no sé cuántos son verdaderos romaníes".

"¿Por qué se fueron de la India?"

"Nadie puede recordarlo. Fue tal vez porque nos dieron un mal momento, porque tuvimos éxito. Al igual que los judíos. Donde sea que se detengan, lo intentan bien. También lo hacemos si tenemos media oportunidad. Así que ambos somos odiados".

Ella colgaba de cada una de sus palabras. "Sabes mucho. No sé nada. Soy tonta como un terrón".

"No digas eso". Su voz tenía el tono de sinceridad. "Si no fuera por ustedes, no habría huertos creciendo. Sin carne, sin huevos, nada. Excepto lo que crece salvaje. Si no fuera por los granjeros, no habríamos tenido trabajo en tiempos de carretas. Pero en aquel entonces la mayoría de la gente era pobre. No había tanta diferencia entre los gitanos y los colonos. La gente de las aldeas no tenía electricidad y solo bombas en el borde de la carretera para obtener agua. No tenían baños interiores, ni externos. Fue solo desde que los gorgios se hicieron grandes ideas sobre ellos mismos que se separaron de nosotros y nos quitaron nuestro trabajo".

"¿Crees que hay espacio para todos nosotros, los terrones y los romaníes?" preguntó, asustada por un momento por lo que él podría decir.

Él sonrió ampliamente. "Por supuesto. Si amas esta tierra, tienes un lugar en ella. Harás tu mejor esfuerzo para cuidarla y aun así poner comida en tu estómago. El problema es que hay demasiados colonos que no hacen nada por la tierra. Solo toman. Las cosas se han salido fuera de control".

Ella lo miró fascinada. "¿Las cosas empeorarán para ti?"

"Sí. Supongo que lo harán. Pero tenemos que elevar nuestro espíritu de nuevo. Tenemos que luchar".

Lágrimas de dolor y esperanza brotaron de sus ojos cuando escuchó sus palabras. Pero ella no tenía idea de por qué.

13

Tam tuvo que admitir que había tenido suerte. Todavía no podía conducir, o caminar sin la ayuda de muletas, pero la fisioterapeuta le había asegurado que se recuperaría por completo al final del verano. Sin embargo, si Phil Yates había sido serio en lo que dijo, entonces eso era demasiado tiempo para que él esperara.

Tenía que localizar a Luke Smith sin salir de su casa. Hubiera sido una tarea relativamente fácil con cualquier otra persona, pero el hecho de que el tipo fuera un viajero hizo que su tarea fuera casi imposible. No había nadie confiable al que pudiera preguntar quién sirviera de puente entre el mundo establecido y la comunidad itinerante. Conocía a un par de traficantes que tenían contactos con los Boswell, pero no se podía confiar en ninguno de ellos. La información costaba dinero, y seguramente sería estafado.

La policía ya lo había interrogado sobre el robo y la extraña muerte del dueño de las antigüedades. Había negado cualquier conocimiento, y su cojera debería haber sido su completa exoneración. Pero los detectives no se rendirían. Habían allanado su patio y su oficina, e incluso su casa, pero por supuesto no habían encontrado nada.

Y no habían encontrado a Luke Smith. Bueno, lo habían hecho, pero él había escapado de la custodia. Ahora podía estar en cualquier lugar, y el verano se estaba acercando. Vio las noticias de televisión, pero la poca capacidad de atención de los medios se había trasladado a otros delitos y criminales.

Luchó con las muletas hacia su oficina en la gran casa adosada en la ciudad que todavía estaba tristemente obligado a considerar como su hogar y su base oficial. Uno de sus sobrinos y la novia del joven también vivían allí, con alquiler gratis para la tarea no demasiado onerosa de cuidarlo.

Fueron Dougie y Sheila quienes lo rescataron del bosque y lo llevaron al médico y a la fisioterapeuta. No se podía confiar en nadie más para guardar su desventura para sí mismos. El acuerdo fue que Tam le enseñaría a la pareja todo lo que sabía sobre antigüedades y el mundo del trato encubierto. A cambio, ellos vigilarían su seguridad y serían guiados a través de acuerdos pequeños pero significativos que les permitiría hacer los negocios por su cuenta.

Sus dos hijos en Morag, su esposa fallecida, Murdo y Donald, se habían ganado la vida en Escocia, el primero como arqueólogo universitario, el segundo como erudito gaélico y una autoridad emergente en estudios celtas. Se habían distanciado a una edad temprana de las actividades de su padre y solo se reunían con Tam si hacía el viaje hacia el norte en Año Nuevo o la cena de la Noche de Burns. Dougie se parecía más a Tam, un aventurero que había encontrado su nicho en el a veces sombrío mundo del comercio de antigüedades. Sheila se consideraba una entusiasta compañera y co-conspiradora ocasional.

La seguridad en la casa de Tam no era poca cosa. Había visto con consternación cómo la ciudad a su alrededor había cambiado durante los veinte años que había vivido allí. La amplia y tranquila calle arbolada en la parte delantera de la propiedad se había convertido en parte de la carretera de circunvalación interior de la ciudad, llena de tráfico a todas horas del día y de la noche. El ruido y los faros eran irritantes pero casi tolerables. Fueron los cambios en la parte trasera de la casa lo que lo deprimió y lo preocupó.

El gran bloque de viviendas alquiladas de los años sesenta que debían ser demolidas en el año en que Tam compró su casa adosada, todavía estaba allí. El desarrollo de pequeñas casas pegadas de ladrillo que se habían planeado como viviendas de reemplazo, nunca se había materializado. En cambio, las viviendas habían permanecido, cada vez más deterioradas a medida que pasaban los años y ahora habitadas por traficantes de drogas y sus clientes drogadictos.

El lugar también se estaba convirtiendo en un laberinto de proxenetas de bajo nivel y prostitutas, con incidentes de violencia casi nocturnos. Si Tam no hubiera tenido un espacio privado con puertas cerradas y alambre de púas en la parte trasera de su casa, nunca habría mantenido su Volvo seguro o la furgoneta Renault de Dougie. Tal como estaba, tuvo que instalar persianas de seguridad de acero sobre las ventanas y puertas de la planta baja.

Los cambios se habían apoderado de él, como lo hacen en estas situaciones, un deterioro gradual pero constante que redujo el valor de mercado de su casa y lo cual hizo casi imposible deshacerse del lugar. Dougie estaba comprando un piso en una zona más tranquila y no necesitaba la casa de Tam. Lo único que Tam podía hacer con ella era alquilarla, como lo había hecho la familia de al lado, pero su casa ya había sido subarrendada a una sucesión de traficantes y proxenetas.

Tam solo tenía que escapar, y ya había hecho planes para comprar una espaciosa villa en su isla mediterránea favorita. Pero su traslado a esa propiedad ahora estaba en espera debido a la situación de pesadilla que rodeaba a los caballos Tang. Lo único que podía hacer en su angustia era comprometerse a una acción extrema.

Le había llevado unos días decidir porque nunca antes había pedido un favor de esta naturaleza, pero finalmente levantó el teléfono de su escritorio para contactar al único hombre en el que podía confiar para comprender sus problemas y salvar su piel, un hombre quién no esperaría el pago pero quién creía fanáticamente en la justicia. Marcó el teléfono de Malcolm y esperó lo mejor. La conversación entre los hermanos fue algo como esto:

"¿Eres tú, hermano?"

"No, nadie, es la Parca. ¿Quién demonios crees que estaría en este teléfono?"

"¿Tienes algo de tiempo libre? Tengo serios problemas aquí".

"Consigue un nuevo móvil y llámame con el segundo número que te di. Voy a colgar".

El teléfono se cortó. Tam le gritó a Dougie que le trajera un móvil nuevo del compartimiento oculto debajo del piso de su habitación, y el ritual comenzó de nuevo.

"¡Malcolm!"

"Por supuesto. Estoy pensando que debiste haberte involucrado con un trato que salió mal".

Tam explicó la compleja saga de los caballos Tang y que la única forma en que podía salvarse era encontrar un viajero gitano llamado Luke Smith, que llenaba a su cliente, Phil Yates, con miedo al diablo. Pero estaba arrodillado y confinado a su casa, y no era mejor que un hombre muerto caminando y con muletas, por si acaso.

Malcolm escuchó sin interrupción, grabando la llamada telefónica como siempre hacía con negocios de esta naturaleza. Cuando Tam terminó, le pidió que repitiera los nombres y direcciones, conocidos, de "los principales jugadores en la situación", los cuales Tam le proporcionó de inmediato.

"Está bien, hermano, déjalo conmigo". Malcolm colgó. Su siguiente movimiento fue comprar un mapa de la encuesta de ordenanza del área en cuestión y estudiarlo durante una hora, al mismo tiempo buscar en Google el diseño visual más amplio de carreteras, carriles y aldeas. Luego llamó a ciertas personas que podrían necesitar sus servicios para avisarles que estaría fuera "visitando a un pariente enfermo" hasta nuevo aviso. La justicia para Tam era ahora su única prioridad.

* * *

Cath y Angie trabajaban en el granero, buscando paja limpia para la cama de las cabras. Angie le pasó un fardo de paja de la pila a Cath, quien la clavó en su horquilla. Luego, doblando y usando el tenedor como palanca, levantó la paca detrás de ella. Se alejó con la paca perfectamente equilibrada, el tenedor tomando la tensión, su eje descansando sobre una almohadilla de saco en su hombro y sus manos agarrando el mango del tenedor.

En ausencia de un tractor en funcionamiento, tuvieron que recurrir a las viejas formas de hacer las cosas. Aunque todavía podía manejarlo, Cath se preguntó si estaría tan dispuesta a trabajar tan duro en diez años. La granja Land Rover estaba fuera para su inspección técnica y no volvería hasta las cinco de la tarde. ¡Reglas! pensó. ¡Era una maravilla que alguien pudiera hacer algo!

Regresó al granero por otra paca y estaba a punto de levantarla detrás de ella cuando el sonido de un motor salió del patio. "¿Estamos esperando a alguien?" ella preguntó.

"Podría ser la ley buscando a Luke", respondió Angie, repentinamente aprensiva. Bajó de la pila y siguió a su madre al patio.

Phil y Harry salían del Mercedes cuando Cath y Angie salieron del granero. Nadie notó a Luke, quien los observó desde las sombras del cobertizo del tractor.

"¿Qué pasa ahora?" Cath preguntó, tratando de reprimir su creciente ira y miedo.

Los modales de Phil fueron bruscos hasta el punto de la franqueza. "No he tenido noticias suyas, Sra. Scaife. ¿Hay algún problema?"

Phil le pareció a Cath en ese momento como la personificación de todo lo que estaba mal en el mundo: toda su codicia e insensible interés personal resumidos en un solo hombre. Se preguntó, si hubiera tenido un arma en la mano, si le hubiera disparado, su odio fue repentinamente tan intenso.

"No", respondió fríamente, "no hay problema".

Harry se apoyó en el auto vigilante al momento que Phil con ansiedad daba un par de pasos hacia adelante.

"¿Usted firmará?

Cath sacudió la cabeza. "Todavía estamos pensando en eso. Su oferta está con nuestros asesores legales", mintió, jugando por tiempo. "Volverán con nosotros".

Ella sintió que Phil no le creía. Su actitud se hizo más insistente. "Parece que no entiende que le estoy haciendo un favor. No más preocupaciones de dinero. Le pago al banco. Usted mantiene la granja. Traigo algunos caballos. Todos somos ganadores".

No, usted es el ganador, pensó Cath. Una parte legal de la granja acompañaría la compensación de la deuda. Sería el extremo delgado de la cuña. Él querría más campos, alojamiento permanente para muchachos. Arreglaría las cabañas, erigiría más edificios, nivelaría y revestiría el patio. Quitaría el huerto, las cabras y los cerdos, y traería más caballos. Y cada movimiento que hiciera implicaría una mayor parte del negocio hasta que lo poseyera todo. Lo había hecho antes con otras almas pobres; ella conocía las tristes historias.

"Yo le haré saber", respondió ella. "Por favor, váyase para que podamos continuar con nuestro trabajo. ¡No quiero más problemas!"

Phil y Harry no hicieron ningún movimiento. Angie se lanzó hacia adelante y les gritó. "¡Ustedes la escucharon! ¡Largo de aquí!"

Phil no estaba acostumbrado a que le gritaran. No le gustó ni un poquito. Su rostro se oscureció. Harry dejó de apoyarse en el auto y dio un paso adelante para unirse a él.

"¿Prefiere que el banco la cierre? Lo harán. Luego compraremos el lugar para una canción y usted será la más pobre".

Cath se dio cuenta de que ese sería su próximo movimiento: un acuerdo con el banco. La obligarían a vender para evitar acciones legales. No habría ofertas rivales. Obtendrían la granja, como lo habían hecho con Birch Hall, muy por debajo de su valor en papel. ¿Debería aceptar solo para alejarlo de su espalda? Ella todavía podría comprar otra casa y un pequeño jardín de mercado. Antes de que ella pudiera calmar sus pensamientos dándole vueltas en la cabeza, Harry intervino.

"Si pagamos sus deudas, obviamente nos va a deber. Nadie lo niega. Pero podemos resolver esto como socios comerciales generosos, o puede luchar contra nosotros, aunque puedo decirle que ahora perderá su tiempo y el poco dinero extra que podría recaudar. Le daremos cuarenta y ocho horas para que se decida".

Phil y Harry subieron al Mercedes y se fueron. Angie se volvió hacia Cath con furia. "¿Por qué demonios no les dijiste? ¡No los queremos aquí!"

Cath estaba al borde de las lágrimas. "¡No empieces tú también! No es tan simple como crees". Se sentó de repente sobre un fardo de paja. "Si compra nuestras deudas, no pasará mucho tiempo antes de que sea dueño de toda la granja y nos eche. Así es como es. Pero no puedo pagarle al banco y él lo sabe. No puedo ganar, ¿puedo? Haga o no haga, ¡este lugar está perdido!" Se puso de pie con cansancio y se dirigió hacia la casa. "Ya he tenido suficiente de todos ustedes. ¡No me casé con Matt para terminar así!"

Angie se apresuró a seguirla. "¿Mamá? ¡Mamá, podemos luchar contra esto! ¡Háblame! ¡Por favor!"

Madre e hija desaparecieron en la granja cuando Luke, profundamente preocupado, salió de las sombras del cobertizo del tractor. Estaba a punto de acercarse a la casa, pero regresó al cobertizo cuando Charlie Gibb apareció en el patio.

Charlie se dirigió a la puerta de la granja y la golpeó furiosamente. No hubo respuesta. Golpeó impaciente la ventana de la cocina. "¡Te he visto con ese Phil Yates! ¡Te sacará! ¡Quieres firmar conmigo!" Golpeó en la puerta. "¡No es bueno esconderse allí! ¡No hay futuro sin mí! Si soy un socio aquí, estarás a salvo conmigo. Seré un buen agricultor. ¡Seré más amable contigo que el banco o Phil Yates!" Todavía no hubo respuesta. Charlie se volvió enojado y se dirigió hacia el aserradero.

* * *

El aserradero estaba lleno como un mercado de subastas agrícolas con tractores, pilas de madera en bruto, nuevas puertas de campo, postes de cercas cortadas, divisores de troncos hidráulicos, montacargas y gruas.

Charlie cruzó el patio y entró en el molino. Luke, todavía un poco cojo, lo siguió a través de la madera de sauce pantanoso y luego al patio. Charlie parecía haberse desvanecido. Luke entró en el piso principal de corte del aserradero. No tenía dónde esconderse, así que abandonó cualquier idea de ocultamiento.

El lugar parecía completamente desierto. Máquinas, cinturones, cuchillas y bancos estaban todos inactivos. El viento silbaba a través de los huecos en el ladrillo por encima de su cabeza. Cortinas de polvo colgaban a la luz del sol. El olor a aserrín le recordaba a los circos que había visitado cuando era niño con Ambrosio, que había estado comprando caballos para el círculo, los cuales habían pasado su mejor momento.

La balanza del aserradero era increíble. Una vasta red de barras y vigas se alzaba sobre él como el andamio de construcción para un nuevo trasatlántico. Los tramos de escaleras abiertas de madera desaparecían en la malla de carpintería de arriba.

Luke deambulaba fascinado. Sin previo aviso, una gigantesca hoja de sierra, a centímetros de su mano, tomó vida con un ruido. Retrocedió en estado de shock y sorpresa. Un momento después, una espada detrás de él se puso en marcha, con la voz de un demonio chillando. Se volvió, momentáneamente confundido y vulnerable. Más cuchillas saltaron a la vida, como controladas por una fuerza laboral de fantasmas. Alarmado, se apartó de las cuchillas y salió del aserradero.

En lo alto del aserradero, Charlie introdujo códigos en su teléfono móvil que apagaban las hojas de sierra. Se llevó el telescopio a su ojo bueno. "Hay algo pasando aquí que no me gusta", murmuró. "Algo que podría ser malo para Charlie". Recogió la figura de Luke en su telescopio mientras cojeaba por el tramo del bosque pantanoso de regreso a Cuckoo Nest. Charlie gimió suavemente para sí mismo, un espeluznante lamento". ¿Quién es él, eh? ¿Qué está haciendo en lo de Cath Scaife? Ella está tramando algo y yo voy a averiguar qué. ¡Nadie se toma una a cuenta de Charlie Gibb!"

* * *

Tan pronto como la oscuridad tomó posesión silenciosa de la granja, Luke cruzó el patio y llamó a la ventana de la cocina de la granja.

"Pensé que era hora de que hiciéramos un poco de fuerte sacudida", dijo con el ceño fruncido cuando Cath abrió la puerta. "Necesitamos hablar de manera clara y honesta. ¿Está bien eso para ti?"

Ella lo dejó entrar a la cocina antes de responder. "No veo por qué no". Echó el cerrojo a la puerta y corrió las cortinas sobre la ventana. "También miraré tu rodilla mientras estés aquí".

Angie entró del lavadero con dos gallinas desplumadas. "Puedes comer aquí con nosotras esta noche. Y puedes comerlo mientras esté caliente".

Luke se sentó, como antes, con el pie en un taburete de ordeño, mientras Cath examinaba su rodilla.

"Está mucho mejor. Simplemente no la presiones". Ella aplicó más aceite y trabajó suavemente en el cartílago, luego volvió a vendar la rodilla.

Él la observó en silencio mientras ella trabajaba y mientras Angie quitaba las patas de las gallinas y las ponía en el horno. Cuando Cath terminó, él la miró acusadoramente. "¿Qué clase de lugar loco es este? ¿Gente yendo y viniendo y gritando todo el día? Se supone que debo estar descansando".

"Me temo que se ha convertido un poco en una zona de guerra", respondió Cath disculpándose.

"Ese aserradero Charlie, ¡el tipo es un completo psicópata!"

"Hay otros aún peores", respondió Cath.

¿Debería ella decir más? No podría tener ningún interés en sus problemas. En uno o dos días podría estar avanzando... Ella lo miró. Sus rasgos enmarcaban una pregunta no formulada. Ella dio el paso:

"Recibimos la visita de un pez gordo local llamado Phil Yates". Sintió que su pierna se tensaba bajo sus dedos al mencionar el nombre.

"¿Qué tipo de pez gordo?" preguntó.

Ella se encontró con su mirada. "Solo hay un tipo de pez gordo, ¿no?"

Él rió. "Supongo que es verdad. ¿Qué pasa con este?"

"Phil Yates quiere pagar nuestras deudas y usar el lugar para sus caballos. Es su forma de conseguir un haras barato. Así es el hombre: quiere el lugar sin tener que pagar el precio de mercado".

"¿Por qué no alquila los potreros?" Luke preguntó. "De esa manera seguirías siendo la jefa".

"¿Alguna vez intentaste hacer un trato con el diablo? Poco a poco, año tras año, él tomaría el lugar. Seríamos extraños en nuestra propia tierra. No podría soportarlo. Preferiría hacer un trato con Charlie Gibb".

Los ojos de Angie brillaron con furia. "¡No mientras viva aquí! ¡No quiero que Charlie Gibb me fastidie! Preferiría que vendiéramos y abandonáramos el lugar".

"Tenemos que hacer algo", admitió Cath. "El banco podría obligarnos a salir en cualquier momento. Dicen que no hay futuro para este tipo de agricultura mixta, pero no quiero cambiar las cosas, y no quiero ver el lugar donde se recorte el efectivo de tal manera que pierda su corazón. Matt sacó el préstamo bancario el año anterior a su muerte. Su sueño era comenzar una pequeña escuela de equitación. Significaba nuevos edificios, mejor acceso y, por supuesto, los caballos. Antes de que pudiéramos comenzar, murió y un granjero más abajo del camino robó la idea. Ahora él tiene una escuela de equitación próspera y nosotras no tenemos nada".

Su revelación hizo pensar a Luke. "¿Por qué no traes a este Phil Yates como socio? Tienes la tierra, él tiene el dinero. ¿No puedes resolver algo?"

Ella sacudió la cabeza con tristeza. "Es como un gusano en una manzana. Se come tu mundo desde del interior. Él es un veneno. Nadie sale ganando con Phil Yates".

Mientras cenaban, los tres juntos alrededor de la mesa de la cocina, Luke reflexionó sobre las palabras de Cath. Confirmaron lo que Sy le había dicho: Phil Yates era un trabajo desagradable, un hombre que generalmente obtenía lo que quería y que no le gustaba perder.

Ese tipo buscaba las debilidades de sus oponentes y las usaba como armas. Cualquier persona con deudas o intereses ilegales era fácil intimidarla y chantajearla para someterla. Con el pretexto de ofrecer soluciones, destruían vidas sin posibilidad de reparación. Y Phil Yates le debía. Parecía que podría ser complicado que le pagaran por los caballos Tang después de todo.

"¿Este tipo de Yates vive por aquí o lejos?" Luke hizo la pregunta tan casualmente como pudo. No las quería involucrar en su cacería humana.

"Es dueño de una mansión jacobea llamada Birch Hall. Es una casa grande a una milla a este lado de la autopista", le dijo Cath. "Ha estado allí un par de años. Antes de eso vivía cerca de Newmarket, eso dicen los rumores".

Ya conocía el lugar de Yates. Había pasado sus imponentes postes en el BMW el día anterior al accidente automovilístico y se había preguntado a quién pertenecía. "Me ha gustado el lugar. Es una extensión justa. ¿Cómo es que un herrador viajero podría comprar un lugar como ese?"

"Hubo todo tipo de rumores", dijo Cath, "más que todo todo sobre el arreglo de carreras. Pero nunca se ha probado nada. La gente dice que consiguió barato a Birch Hall porque el dueño enfrentaba cargos de dopaje de caballos. Cómo la gente legal de Phil Yates consiguió sacarlo es un misterio. Pero lo tenían en un rincón y tuvo que vender barato".

Luke sonrió de agradecimiento al otro lado de la mesa. Hubo algo inesperadamente cómplice en la forma en que Cath le devolvió la sonrisa.

Él persigue a Phil Yates, pensó. Estaban del mismo lado.

14

Luke no regresó a la cabaña. Esperó a que se apagaran las luces de la habitación en la granja, luego encendió el viejo Land Rover de Cath y se alejó tan silenciosamente como pudo. Media hora después pasó por la entrada de Birch Hall. El camino menor que pasaba por el pasillo estaba en silencio. Ese camino no se usaba mucho ya que el diseño de la carretera local había cambiado cuando se modificó la ruta de la autopista. Estacionó el Land Rover en el bosque y apagó las luces.

Era una noche de luna nueva y luz de estrellas. Un observador perspicaz pudo haber visto la figura de Luke que cruzaba la calle hacia los terrenos del Salón. Se mantuvo a cierta distancia de la casa, estudiando el diseño del jardín delantero, jardines y dependencias. Poco a poco se acercó, notando las cortinas abiertas en las ventanas de la planta baja y los interiores bien iluminados. Evidentemente, los ocupantes se sentían seguros de una privacidad ininterrumpida.

Observó las luces y las cámaras en las esquinas de la propiedad y tuvo cuidado de no acercarse demasiado. Desapareció en las sombras al este del frente de la casa para ver a un Mercedes alejarse del camino y sobre el césped delantero. El vehículo se detuvo en la hierba áspera al borde del bosque en el límite sur del césped.

Intrigued by this activity, he circled the lawn and moved closer. The boot of the Intrigado por esta actividad, rodeó el césped y se acercó. La bota del Mercedes estaba abierta, y la gran figura de Harry Rooke, que llevaba una antorcha en la cabeza, llevaba pequeñas cajas de madera por un tramo de escalones hacia lo que Luke supuso que era una vieja casa de hielo. Al principio se preguntó si el lugar contenía un alijo secreto de armas, pero las cajas parecían familiares. Harry murmuró para sí mismo mientras trabajaba, y Luke pudo captar algunas palabras enojadas:

"Todo este maldito asunto se está volviendo imposible. ¡El hombre se va a exceder y todos vamos a caer! Le ha sucedido a las civilizaciones, y le sucede a las personas que no aprenden. Toda esta culpa y paranoia. ¿No puede simplemente disfrutar su vida y estar satisfecho? ¡Cuanto antes encuentre a ese tipo, mejor!"

Dos Doberman habían viajado en el asiento trasero del Mercedes, y olfatearon la hierba cerca del auto. Mientras Harry bajaba la última caja por las escaleras, hubo un indicio de movimiento en los arbustos al borde del bosque. Los Doberman gruñeron. Harry cerró la puerta de la casa de hielo y subió apresuradamente los escalones. Los perros se quejaron, olfateando el aire. Harry brilló su antorcha a los perros. "¿Qué pasa, muchachos?" Los Doberman comenzaron a ladrar.

Los arbustos se balanceaban en la suave brisa nocturna, revelando el más mínimo indicio de una figura. Los perros se fueron después. Harry saltó al Mercedes y los siguió.

Los perros corrieron por el jardín delantero y llegaron al camino por los escalones de la entrada principal. Harry los siguió, tocando la bocina. Vislumbró una figura corriendo en sus faros por una fracción de segundo, luego la perdió de nuevo. Sonaba su bocina continuamente.

Brian y Steve aparecieron en los escalones de la entrada. Harry dejó el Mercedes y corrió hacia ellos.

"¡Un intruso!" el grito. "¡Sigan a los perros!"

Los tres hombres corrieron detrás los Doberman.

La figura de Luke huyendo corría entre arbustos, estanques ornamentales y gamas de dependencias en la parte trasera de la casa. Doscientos metros detrás, los perros lo perseguían. Se encendieron las luces de seguridad. La sombra voladora de Luke jugó fugazmente a través de las paredes de las dependencias.

Harry, Brian y Steve sacaron sus pistolas y soltaron algunas rondas a la sombra. Los perros llegaron a la pared en el límite norte de la propiedad. Se quejaron y echaron a andar confundidos. Los tres hombres los alcanzaron. Irrumpieron a través de una puerta integral en un sendero que conducía a la carretera asfaltada. Cuando siguieron a los perros hasta el camino, vieron un Land Rover que se alejaba a toda velocidad en la distancia.

"¿Pudieron echarle un vistazo?" Pregunto Harry.

Brian sacudió la cabeza. "De ninguna manera. Era solo una sombra".

"Fue un gitano", afirmó Steve. "Eso tuvo que ser."

Brian estuvo de acuerdo. "Nadie más se mueve así".

"¡Mierda!" Harry maldijo por lo bajo.

Ellos ataron a los perros y caminaron de regreso hacia la casa.

"¿Un gitano?", Preguntó Harry. "¿Están seguros?"

"Somos positivos", respondió Steve.

* * *

El salón con paneles en Birch Hall, que originalmente era el salón principal de la casa jacobea, estaba iluminado por luces de pared y dos candelabros de cristal. Pinturas de caballos de artistas menores y escenas rurales idealizadas adornaban las paredes. La habitación estaba cómodamente amueblada con sofás de imitación de épocas pasadas y sillones. Un gran televisor estaba fijado a la pared, y un bar bien abastecido ocupaba una esquina.

Phil, con una bata de seda llamativa, estaba sentado viendo un DVD de Eagle's Wing, uno de sus westerns favoritos. Lo había visto media docena de veces antes porque le fascinaba la historia de la lucha entre dos hombres por poseer un caballo maravilloso. Dot, indiferente a los caballos, estaba profundamente dormida en un sofá, con la cabeza apoyada en una pila de cojines regordetes.

Harry entró, y Phil presionó el botón de pausa. "¿Qué es todo el alboroto?" Preguntó irritado. "¡Estoy tratando de ver una maldita película!"

"Hemos tenido un intruso". Harry pensó que era conveniente no mencionar que era casi seguro que era un gitano.

La noticia llevó a Phil a sus pies. "¿Oh sí?"

"Un tipo joven. Rápido".

"¿Lo miraste?"

Harry negó con la cabeza. "No pudimos acercarnos lo suficiente".

"¿Estaba solo?"

"Los perros no encontraron señales de nadie más".

"¿Las cámaras mostraron algo?"

"Nada más que una sombra. No hubo una definición clara".

"¿Quién está esta noche?" Phil preguntó.

"Steve".

"Dile que camine por los jardines y que siga revisando las cámaras".

"Por supuesto. Es una rutina". Harry no le dijo a Phil que la cámara en la esquina sureste de la casa había captado una imagen clara del intruso, pero desafortunadamente su rostro no era visible. Si le mostrara la imagen a Phil resultaría en ataques de pánico y más paranoia.

Se preguntó de nuevo, como tantas veces antes, si adquirir el Salón valió la pena. Su socio comercial se había convertido en un caso clásico: cuanto más tienes, más temes perder. Ningún número de nuevas adquisiciones lo curaría. En todo caso, empeorarían las cosas.

Phil hizo un gesto a Dot. "Lleva a tu hermana, Harry. Quiero ver el final de la película".

Harry levantó a Dot sin esfuerzo y la llevó a la puerta. Dot no se despertó.

"Ella no puede seguir así, Phil. Tendremos que secarla".

Phil mostró signos de impaciencia. "Está bien, Harry. Lo haremos".

Harry parecía a punto de protestar, pero Phil ya había reiniciado la película. Sacó a su hermana de la habitación.

Una hora después, Phil entró en su habitación y miró a Dot en la cama. No se había despertado cuando él encendió las luces, lo cual era inusual. Por un momento pensó que estaba muerta, y tuvo que acercarse para escuchar si todavía respiraba. Aliviado, se quitó la bata y se metió con cuidado en la cama. Sería un gran inconveniente hacerla morir en este momento. Se acomodó y se durmió rápidamente, pero después de poco tiempo comenzó a soñar.

Estaba corriendo por un desierto en tonos sepia en una espeluznante penumbra. Se parecía un poco al seco paisaje mexicano del ala del águila. Había algunas rocas dispersas y árboles atrofiados, pero no había señales de una vivienda. Una figura apareció detrás de él, apenas más que una sombra, pero sabía que estaba huyendo de ella. No importa cuán rápido corriera, y parecía que podía escuchar su propia respiración dificultosa, la figura seguía el ritmo de él.

Llegó a un desfiladero rocoso, pero no pudo distinguir si había agua en el fondo. ¿Debería intentar cruzar? ¿Se ahogaría? Agonizó por lo que pareció una era. La figura sombría se estaba acercando. Antes de que pudiera hacer un movimiento, un monstruoso caballo, como un cruce entre el Ala del Águila y una estatuilla Tang horriblemente distorsionada, salió del desfiladero y se alzó sobre él. El caballo sacudió la cabeza salvajemente y puso los ojos en blanco. No pudo superarlo. Se volvió para mirar a la figura sombría, pero se transformó en Tam McBride, quien le disparó en las piernas. Con terror y desesperación, se volvió para enfrentarse al caballo que abrió las fauces y se lo tragó, de cabeza.

Phil se despertó, agarrando el borde de su edredón como un salvavidas. "¡Maldita sea!" Se giró hacia Dot. Ella todavía estaba dormida. "¡¡Dot! ¡Dot!"

Se despertó y vio a Phil inclinado sobre ella. "Jesucristo, ¿qué?"

Parecía a punto de hablar pero cambió de parecer.

"¿Qué demonios está pasando, Phil?"

"No es nada. Vuelve a dormir".

"¡Maldita sea, Phil! Necesito descansar. ¡Tenemos las carreras mañana, por amor a Cristo!" Se dio la vuelta y se volvió a dormir.

Se levantó de la cama, se puso la bata y salió de la habitación.

En la habitación contigua a la de Phil, Harry estaba profundamente dormido en su cama súper extra grande hecha a medida. Maureen yacía despierta a su lado. Su móvil sonó suavemente. Revisó el mensaje, luego se levantó de la cama con cuidado, se puso la bata y salió de la habitación en silencio, llevándose el móvil.

Tan pronto como la puerta del dormitorio se cerró, Harry abrió los ojos, se sentó y miró el lugar vacío de su esposa. Sacó su enorme cuerpo de la cama y se quedó indeciso en medio de la habitación. Luego agarró una lata de bolas de algodón y, con un gruñido salvaje, la aplastó con furia. La tapa voló y las bolas de algodón de colores explotaron por todo el piso. Arrojó la lata al otro lado de la habitación, donde sacó la foto de su boda del tocador. La foto se hizo pedazos contra la pared.

* * *

Precisamente a las cuatro de la mañana, Malcolm McBride recogió su ropa y dejó a su actual compañera durmiendo. Apoyó una nota ya preparada contra su reloj de viaje en la mesita de noche: Los negocios, podrían ser algunos días, por favor mantengan el lugar tan ordenado como lo encontraron. Estaré en contacto. Sabía que ella estaba demasiado asombrada de su reputación para aprovechar su ausencia.

Se metió en la sala de estar de su piso de generosas proporciones en Bethnal Green, se vistió rápidamente y revisó su bolso de viaje para asegurarse de que no se hubiera olvidado nada. Luego tomó el ascensor hasta el piso del estacionamiento. Su equipo de camuflaje, el rifle de francotirador y la mochila ya estaban en su automóvil. Cinco minutos más tarde, se dirigía hacia el norte en su amado Jaguar Tipo X en el viaje de tres horas y media para ver a su hermano herido.

Malcolm era un hombre de principios y un firme creyente de que cualquier castigo que pudiera imponerse debería ser proporcional al crimen. En el inframundo de Londres era respetado y temido en igual medida. Apodado M, en una subversión serio-cómica de la franquicia de Bond, fue el hombre que fue convocado cuando el equilibrio de poder se vio amenazado por elementos rebeldes y despiadados. Si M te visitara, generalmente él era la última persona que verías en este desafortunado mundo, si tienes suerte. La mayoría de sus víctimas no vieron ni oyeron nada.

Fue un cambio bienvenido conducir más allá de la M25. Malcolm resolvió hacerlo más a menudo. Él quería retirarse. El tipo de personas para las que trabajaba en estos días eran simples sombras en comparación con una generación anterior de hombres. ¡Eran hombres de verdad! Hombres en cuya palabra se podía confiar, que manejaban sus negocios de acuerdo con valores anticuados como el respeto y el trato justo.

Siempre supiste dónde estabas con hombres así. Si solicitaban tu experiencia, siempre fue bien fundada. Fue para mantener el mundo en equilibrio. No hay erupciones volcánicas. Sin colisión de placas tectónicas. Solo negocios como siempre. No desorden. No como el estado de las cosas ahora.

Ahora era un juego gratuito para todos. Un embrollo de facciones rivales. Lealtades cambiantes. Asesinatos casuales. Traiciones tan comunes —y tan inevitables— como moscas en un cadáver. Una pésima procesión de muertes escuálidas a manos de hombres sin carácter. Cuando el viejo orden se desvaneció, estos hombres se empujaron hacia adelante. Los hombres que sonaban, e incluso se parecían entre ellos. Hombres sin escrúpulos. Sin atributos más finos que un toro shorthorn en un museo de arte. Ya no podía trabajar para esos brutos vagos, hombres tan vacíos.

El individuo que murió en su casa de serpientes era uno de estos advenedizos. Un hombre que disfrutaba infligiendo dolor, tanto si era merecido como si no. No lo extrañarían. El vacío que había dejado ya había sido llenado por una facción rival. Lo que le interesaba a Malcolm era la muerte del hombre, lo cual era apropiado. Su misteriosa némesis era alguien a quien le gustaría conocer.

Malcolm tenía claro que Tam había sufrido una injusticia. Después de un riguroso interrogatorio por teléfono, parecía que su hermano había actuado de buena fe y no había justificación para el uso de tal violencia contra él. El hecho de que los perpetradores no pudieran significar que deberían hacerlo. Era su deber entregar un recordatorio oportuno de que las acciones innecesarias y autocomplacientes podrían tener consecuencias desagradables. El equilibrio de poder, aunque sea provisional e imperfecto, tenía que mantenerse, o el mundo se convertiría en un caos.

* * *

La manija de la puerta del dormitorio de Luke giró con un chirrido y una figura sombría entró en la habitación. Luke salió de detrás de la puerta y llevó su cuchillo a la garganta de la figura antes de darse cuenta de quién era.

"¡Cath!" exclamó sorprendido. El la soltó. "No sabía quién eras en esa cosa". Él sonrió ante su apariencia, vestida con su viejo impermeable. Se pararon muy cerca. Ella parecía avergonzada.

"Vine a ver a mi paciente. ¿Cómo está la pierna?"

Él rió. "Está bien, doc. Tienes un don para la curación. Nosotros los Romaníes estaríamos orgullosos de ti. Te llamaríamos una verdadera drabhani, mujer de medicina".

La carga se levantó entre ellos. Se quitó el impermeable y reveló su desnudez. Entendió el significado de su sonrisa en la mesa de la cena.

Echó hacia atrás las sábanas. "Mejor entra. Podrías resfriarte".

Se deslizaron debajo de la ropa de cama. Se abrazaron, cautelosamente al principio, luego con más pasión, abrazándose con salvaje abandono. Después de un rato, se separaron y se quedaron quietos.

"¡Necesitabas eso!" ella rió.

Se unió a su risa. "¡Y tú también!"

Ella apoyó la cabeza sobre su hombro. "Sé que tomaste el Land Rover". Ella guardó silencio un momento. "Estás detrás de Phil Yates, ¿verdad?"

"¡Ese bastardo me debe!" No hizo ningún intento por modificar su ira.

"Tengo la impresión de que te debe más que dinero", dijo pensativa.

"Hay cosas personales", admitió.

"¿Quieres contarme al respecto?"

Él la miró, obviamente reacio a decir más. Se acariciaron por un momento en silencio.

"Háblame", le preguntó de nuevo. "Podríamos ayudarnos recíprocamente".

Él rodó sobre ella. "No quieres saber mis problemas".

Ella rodó sobre él. "Pruébame."

Él rió. "Está bien, doc. Tú ganas". Él la estudió. "Nos detuvimos en un lugar de acampado llamado Hob Moor. Está bajando el camino cerca de aquí. Estábamos pastando los caballos, dándoles un poco de pastizal gratis".

Cuanto más hablaba, más animado se volvía. Ella lo miraba con creciente fascinación.

Se sentó, recostándose con la almohada contra la cabecera. "Hubo un incendio en el remolque. Mi dai, mi madre, y mi hermana murieron. Este policía, este Hirst, dijo que mi madre probablemente había estado bebiendo. ¡Ella nunca tocó más que té en toda su vida! Dijo que fue probablemente la causa del incendio, ya que los gitanos ¡estaban todos borrachos! Ese día estuve en la corte, pero comencé a gritarle a Hirst y a llamarlo mentiroso, así que me echaron".

"¿Crees que Hirst estaba cubriendo a alguien?", ella preguntó.

"Sí", respondió con vehemencia. "Pero no tengo pruebas". Se detuvo un momento, luego decidió continuar. "Creo que mi padre y mi hermano saben algo sobre el por qué sucedió. Pero no lo dicen".

"¿Sospechas de Phil Yates?"

Él se encogió de hombros. "Puede ser. No lo sé".

"Necesitarás ayuda si vas a enfrentarte a un hombre así".

"¿Es eso una oferta?"

"Es una promesa".

Una hora después, a la pálida luz antes del amanecer, Cath salió de la cabaña mientras un largo tren de mercancías se dirigía hacia el sur en la línea ascendente. Mientras regresaba a la granja, no pudo ver a Angie mirando detrás de las cortinas del dormitorio.

* * *

Angie estaba sentada a la mesa del desayuno, hosca y con los ojos rojos. Cath se apresuró a la cocina, abrochándose la camisa de trabajo. Miró a Angie con preocupación.

"¿Qué sucede contigo?"

Angie fulminó con la mirada a su madre. "¡Depredadora!"

Cath, sorprendida, se perdió por las palabras.

"Te vi, ¿no? ¡Regresando sigilosamente de la cabaña!"

La ira de Cath se despertó. "¡No he estado a escondidas en ningún lado!"

"¡Papá se revolcará en su tumba!" Angie anunció acusadoramente.

"¡No me harás sentir culpable, señorita, así que no tienes que intentarlo! ¡Tengo todo el derecho de ir y venir aquí como quiera!"

Angie no se rendiría. "¡Eres una ladrona! ¡Yo lo quería! ¡Y ahora lo he perdido para siempre!"

Cath se echó a reír. "No seas una reina del drama. Es demasiado viejo para ti".

"¿Y supongo que papá no era demasiado viejo para ti? ¡Como si tuvieras dieciséis años y él treinta y seis!"

Cath se encontró perdiendo su argumento. "Solo lo estoy cuidando". Se maldijo por ofrecer una respuesta tan débil.

"¡Mentirosa! Te fuiste por bastante tiempo. ¡Nos has destruido!" Angie salió de la habitación, cerrando la puerta detrás de ella.

Cath lanzó sus manos al aire con frustración. "¡Niños!"

15

Brian y Steve ejercitaban a los Doberman, como siempre, mientras sus jefes desayunaban. Siguieron el circuito habitual alrededor de los terrenos, primero el patio trasero y el área del garaje, luego los estanques y arbustos en la parte trasera de la casa, terminando con un paseo por los bordes del jardín delantero. Realizaban la rutina dos veces al día, con la excepción de cualquier día en que Phil requiriera que estuvieran con él en reuniones de carrera y eventos públicos. Observaban a los perros de cerca, buscando cualquier cambio en el comportamiento que pudiera indicar la presencia de intrusos.

Hoy fue una de esas raras ocasiones. Los perros captaron el aroma del intruso de la noche anterior, y los dos hombres les dejaron husmear hasta que finalmente perdieron interés en un sendero que se estaba volviendo cada vez más frío.

"Quienquiera que haya sido no regresó", observó Brian. "Podría haber estado buscando el lugar para un robo. Supongo que le dimos algo para cambiar de opinión".

"¿Qué más habría estado haciendo aquí?" Steve preguntó, desconcertado por la actitud de su compañero.

Brian se encogió de hombros. "No tengo idea. Pero el hecho de que él estuviera aquí, y obviamente era un hombre solo, me hace pensar".

Steve encontró el tono de Brian un poco siniestro. "¿Qué te hace pensar?"

"No lo sé", respondió Brian. Él se encogió de hombros. "Fue más como una acción aislada".

Los dos hombres dejaron de lado cualquier duda y pasaron tranquilamente por el ala este de la casa y se dirigieron al amplio jardín delantero.

"Entonces estarás solo en las carreras hoy", comentó Steve. "Esperemos que no haya problemas".

"Harry y Nigel estarán allí". Brian se echó a reír. "A menos que haya un intento de asesinato, creo que lo manejaremos".

"No tientes al destino", advirtió Steve. "En el momento que bajemos la guardia será el día que alguien intente algo en contra de Phil. Con el número de enemigos que ha hecho, me sorprende que no haya ocurrido algún tipo de enfrentamiento".

Brian lo miró pensativo. "¿Estás pensando que ese gitano de anoche podría ser el comienzo de algo?".

Steve se encogió de hombros. "No lo sé. Podría ser así. Phil siempre ha estado nervioso con respecto a los gitanos, incluso si solo han estado moviendo sus furgonetas a uno de sus campos y hemos tenido que pasar por ellos. Él mira a su alrededor todo lo que le parezca sospechoso y se pone muy tenso, como si alguien le hubiera puesto la ley tras de sí. Obsérvalo hoy en las carreras y verás a qué me refiero. Seguramente habrá un gitano o dos alrededor, porque esta es una de las reuniones donde ellos van".

"Estaré allí al cien por cien", confirmó Brian. "Necesito este trabajo. Si perdemos a Phil, de repente podríamos encontrarnos sin hogar".

"¡No seas tan sombrío! Ahora me tienes preocupado", confesó Steve. "Hay algo en el pasado de Phil", dijo pensativo, "quiero decir entre él y un gitano". Miró a su colega a sabiendas. "Él torna esa mirada espeluznante que se apodera de él cuando se mencionan los gitanos. Estoy seguro de que tuvo un problema con uno".

Brian se echó a reír. "Será mejor que estés en alerta roja esta tarde entonces".

Steve se encogió de hombros despectivamente. "No espero ningún problema. No a la luz del día. Si surge algún problema, estoy bastante seguro de que será de noche. Pero estaré mirando las cámaras. Y caminaré con los perros ¡Necesito este trabajo tanto como tú! "

"¿Estás realmente feliz aquí, Steve?" Brian preguntó. "¿Quiero decir en serio? Phil y Harry no son tipos tan agradables".

"Se me pasó por la cabeza", admitió Steve. "Tenemos que limpiar la mierda que Phil deja atrás. Pero no es mucho y no muy a menudo. Nos pagan bien para vivir en un lugar que nunca podríamos permitirnos. Y podemos tener una de las chicas de Harry gratis cuando queramos una. ¿Qué podría salir tan mal que haría que todo llegara a su fin? "

Brian hizo una mueca pensativo. "Me hago esa misma pregunta todos los días. Pero terminará, ¿no es así, como los otros trabajos que hemos tenido? Algo sucederá. Es solo una cuestión de cuándo... Y cómo".

* * *

Cath había terminado de atar las cabras y alimentar a los cerdos sin la ayuda de Angie cuando escuchó a Luke juguetear con su antiguo Citroën Estate que guardaba en un cobertizo cerca de los ponederos. Cinco minutos más tarde llegó al cobertizo con dos tazas de té. Angie todavía no había aparecido.

Bebieron su té en silencio. Ella notó que él caminaba normalmente y parecía no tener dolor. Ella se preguntó si él seguiría su camino. Su interés en el Citroën sugería que podría estar inquieto.

"Nadie ha encendido esta vieja cosa por siglos. ¿Qué te hace pensar que puedes?" ella preguntó con una sonrisa desafiante.

"Ella arrancará, no hay problema". Se rió con picardía, revelando un lado hasta ahora desconocido de sí mismo. "¡Solo necesita al tipo correcto para excitarla!"

Se subió al Citroën y giró el encendido. Casi comienza. Hizo ajustes debajo del capó. "Inténtalo de nuevo."

Arrancó. Él ajustó el tiempo. Ella salió, dejando el motor en mínimo.

"Debes ser el tipo correcto".

Él sonrió. "Supongo que lo soy".

Ella tomó su mano. "Es tuyo cuando quieras. Todavía quedan tres meses para el impuesto de circulación. La llave del tanque de combustible de la granja está colgada del perchero de la cocina. Tómala tú mismo".

"Creo que podría".

Se abrazaron, sosteniéndose ambos durante unos minutos.

"¿Haremos eso de nuevo si puedo poner en marcha el tractor?" preguntó con su sonrisa pícara.

"¡Creo que *eso* sería motivo de celebración!"

No, pensó ella. No seguirá adelante. Tenía asuntos pendientes aquí, negocios con ese demonio que vivía en Birch Hall.

* * *

La última carrera de la tarde había terminado. Los asistentes a la carrera atestaron el recinto de los ganadores. Phil, con un traje escandaloso, tenía a Dot con un atuendo aún más llamativo colgando de su brazo. Harry tenía a Maureen sobre el suyo. Dot sonrió a todos, ya fuesen extraños o conocidos. Maureen trató de parecer feliz. Brian estaba un poco detrás del cuarteto, manteniendo a las multitudes alejadas y observando cualquier signo de problemas. Hirst rondaba cerca, evitando las cámaras.

Freddie Parfitt, el jinete, se sentó a horcajadas en Good Times. Clive Fawcett sostuvo el cabestro del caballo, mientras Phil acariciaba la cabeza del animal y felicitaba a su jinete.

Un joven entrevistador de televisión y su equipo esperaron a que Phil les prestara atención. A una señal de Phil, el entrevistador habló a la cámara. "Otro ganador para Lucky Phil Yates. Good Times, con marca de 7 a 2, dio cinco vueltas a casa". Se giró hacia Phil. "¿Cuál es el secreto de su fenomenal racha de éxitos, señor Yates?"

Phil habló directamente a la cámara, sin siquiera mirar al entrevistador, como si hubiera tomado el control del programa. "Supongo que tengo buen ojo para un animal prometedor. He estado rodeado de caballos toda mi vida, mi padre antes que yo. Definitivamente se podría decir que la cultura del caballo está en mi sangre".

El entrevistador de televisión captó lo que él pensaba que era una línea de preguntas prometedora, pero tuvo que esperar hasta que la cámara volviera a mirarlo. "¿Podría contarnos un poco sobre su padre, señor Yates? ¿Comenzó con él la habilidad de elegir ganadores?"

Phil se tensó ante la pregunta. Dot se dio cuenta y parecía preocupado.

"¿Qué clase de pregunta estúpida es esa?" Phil miró al entrevistador como si no fuera apto para su trabajo. "¡No estamos aquí para hablar de mi papá!"

Dot aumentó su agarre sobre el brazo de Phil. Él lo notó. Con un esfuerzo visible recuperó la compostura. El joven entrevistador parecía confundido y avergonzado. Phil le arrebató el micrófono de la mano y se hizo cargo por completo.

"En primer lugar, me gustaría agradecer a Clive Fawcett, mi entrenador. Y Freddie Parfitt, mi jinete. Y, por supuesto, ¡Good Times! ¡Qué equipo!"

Phil le hizo señas a Clive, quien ocupó su lugar ante la cámara. "Clive Fawcett, damas y caballeros, ¡el mago!"

"El verdadero genio está parado aquí a mi lado". Clive sonrió a Phil. "Sr. Phil Yates, ¡el ganador merecedor de hoy!"

Phil arrojó el micrófono en dirección al entrevistador y siguió adelante, sonriendo ampliamente y estrechándoles la mano a sus admiradores. Brian lo siguió de cerca.

Harry había perdido el contacto con Maureen, que de alguna manera había logrado unirse al brazo izquierdo de Phil, mientras Dot todavía se aferraba a su derecha. El gran hombre aprovechó el momento y llevó a Hirst a su lado.

"¿Muchos gitanos en tu parche en estos días, Nigel?"

Hirst se encogió de hombros. "No más de lo habitual. Están principalmente en los sitios del consejo. Hay un poco de ladrones, pero ¿qué se puede esperar? La mayoría de ellos no tienen trabajo. ¿Por qué lo preguntas?"

"Tuvimos a uno fisgoneando anoche".

Hirst vio su oportunidad de darle cuerda a Harry. "Podría ser ese Luke Smith".

Harry parecía preocupado. "¿Yo qué demonios sé? Nunca nos acercamos lo suficiente. De todos modos, no tengo idea de cómo se ve el tipo".

Hirst sacó una copia de la foto de Luke de su billetera y se la dio a Harry. "Lo sabes ahora".

Harry estudió la foto policial. "¿Puedo quedarme con esto?"

Hirst se rio. "Pónlo en la bandeja del desayuno de Phil. ¡Aligerará su día!"

El comentario de Hirst reabrió una línea de pensamiento muy gastada en la mente de Harry. "Phil todavía piensa que vio a un tipo esa noche. Un tipo hippie de pelo largo. Lo vuelve más paranoico que nunca".

Hirst se encogió de hombros. "Quince años y él no ha aparecido. Ese tipo es un fantasma".

"Quizás", respondió Harry con el ceño fruncido, "pero el bastardo es más grande que todos nosotros". Sintió una necesidad apremiante de mover el tema hacia adelante. "¿Cómo va la cacería?"

"No es un bigote", admitió Hirst. "Está escondido en algún lugar. Pero saldrá. Y estaremos esperando".

Sy y Luke, con gorras de granjeros inteligentes y chaquetas para todo clima, los miraban desde la multitud.

* * *

Charlie, con su sombrero flexible y su parche en el ojo, cruzó el aserradero con una expresión determinada y una motosierra.

Hablaba consigo mismo mientras caminaba. "Haría que el lugar pagara. Sería un buen agricultor". Se subió a un tractor, guardando la motosierra en la cabina. Luego enganchó el tractor a una plataforma de fumigación. "Sé lo que estás haciendo, Phil Yates", gritó. "Pero no vas a vencer a Charlie Gibb". Salió del patio.

Una hora antes, Charlie había visto partir a las dos mujeres en su viaje habitual de aprovisionamiento de sábados a la ciudad, la hija parecía infeliz y enojada. Del gitano no pudo ver ninguna señal. Cuando llegó al depósito de Cuckoo Nest notó que el Citroen Estate ya no estaba en el cobertizo. Se preguntó si el gitano lo estaba usando. Tal vez lo había comprado y siguió adelante. Lo importante era que tenía el lugar solo para él durante unas horas.

Roció los potreros de Cuckoo Nest con herbicida, arriba y abajo, arriba y abajo, riéndose mientras conducía. Luego atacó los postes de la cerca con la motosierra. No cortó todo el camino, por lo que las cercas aún estaban en pie. Emitió su misteriosa risa aguda mientras trabajaba.

"Crees que puedes adelantarte a mí, Phil Yates, ¿eh?" gritó por encima del ruido de la motosierra. "¡Nadie es más inteligente que Charlie Gibb!"

Luego condujo de regreso al aserradero, separó la plataforma de fumigación del tractor y se subió al desván, donde se llevó el telescopio al ojo sano y se sentó a mirar la granja. Todavía no hay señales del gitano. De seguro compró el Citroën y se fue.

* * *

Los asistentes a la carrera llenaron el bar del hotel Winning Post, que se encontraba cruzando la calle desde la entrada del hipódromo. Phil, alegre, compró bebidas para todos.

"¡Beban! Vamos, muchachos, ¡Yo brindo esta noche!"

Dot, ya borracha, se movió de forma inestable en el bar. Harry la vio y se abrió paso entre la multitud.

"Toma un poco de café", le gruñó al oído. "Es un gran momento. No nos decepciones".

Ella se aferró a él en busca de apoyo. "¿De qué está tan asustado Phil, Harry? Se despierta por la noche. Es tan delicado. ¿Qué está pasando con él? Puedes decirle a tu hermana pequeña".

Harry se encogió de hombros. "Búscame, hermanita. Solo soy el maldito chico del té".

Sabía que si le decía la verdad, podrían ser cortinas para todos ellos; ella nunca toleraría su violencia pasada. Mejor para ella creer que su éxito se debió a la buena suerte.

Dot persistió. "Estás con él todo el tiempo. Debes saber lo que le molesta. Solo quiero ayudarlo".

Ya no estaba escuchando. Estaba mirando a Maureen y Phil riéndose con los bebedores en el bar. Él se dio cuenta de la repentina retirada de sus dedos de su mano cuando ella se dio cuenta de lo que él estaba mirando.

Cuando Phil levantó su copa hacia el propietario, vio a dos viajeros gitanos elegantemente vestidos mirándolo desde el otro extremo de la barra. Reconoció a Sy por su encuentro en el entrenador y los caballos. Sabía que Sy era un Boswell, pero el otro tipo no lo conocía. Por un momento se preguntó: ¿podría ser...? Lo miraban fijamente. ¡Se imaginó que podía sentir sus ojos penetrando en su cerebro! Agarró el brazo de Brian y señaló, con la idea de enviar a su cuidador para preguntarles por sus asuntos. Pero cuando se volvió para mirar, se habían ido.

"¿Qué pasa, jefe?" Brian preguntó.

"Esos dos gitanos que estaban en el bar, ¿los viste?"

Brian sacudió la cabeza, notando la inquietud de Phil y recordando su reciente charla sobre el tema con Steve. "No vi gitanos, jefe".

"Si los ves, avísame, ¿verdad? ¡No tomarán bebidas gratis a mi cuenta esta noche!"

Brian echó un vistazo alrededor del lugar, pero no había señales de nadie que se pareciera remotamente a un gitano. "Claro, jefe, se lo haré saber". En privado se preguntaba si Phil estaba viendo cosas.

Cuando Phil volvió a mirar hacia el final de la barra, vio una figura familiar que le devolvía la mirada. No podía ser Tam McBride, ¡pero lo era! ¡No era parecido, era el mismo Tam! Pero no podría ser posible que Tam se hubiese recuperado tan rápido, debió haber muerto por sus heridas en el bosque, y, por lo tanto, Phil se dio cuenta con sorpresa, ¡este era su fantasma!

¿Me he vuelto loco, pensó? ¿Era el pasado regresando para destruirlo? Recordó su reciente pesadilla: ¿era el espíritu de Tam McBride reclamando venganza? Agarró el brazo de Maureen. "¡Mira! ¡Ahí!" Señaló hacia el final de la barra. "¿Ves a ese tipo con el cabello gris y rizado?"

"¿Qué, Phil? ¿Quién?" Maureen estaba alarmada por su estado de agitación.

Phil seguía señalando. "¡Ahí ahí!" La cordialidad había desaparecido de su rostro. Parecía angustiado, sus ojos sobresaliendo de su cabeza. Se giró hacia el arrendador. "¡Ese hombre no beberá en este bar esta noche!"

"¿Qué hombre, Phil?" Preguntó el propietario desconcertado.

Phil señaló. "Aquel hombre. Aquel..."

Pero la figura al final del bar había desaparecido.

Phil de repente se agarró la garganta y se derrumbó.

* * *

Una hora después, el médico había salido de la suite principal en el Winning Post y Phil, muy sedado, estaba dormido. Dot y Harry se sentaron en sillones junto a su cama. Bebieron café fuerte.

Miró ansiosamente la figura dormida. "¿Qué le está pasando, Harry? ¿Está realmente enfermo? ¿Tuvo algún tipo de ataque?"

Él hizo una mueca ante su elección de palabras. Trató de tranquilizarla. "El médico dijo agotamiento nervioso. Nada de qué preocuparse. Ha sido un día infernal. Tres caballos y tres victorias, ¡es increíble!"

"Mo dijo que agitaba los brazos y decía tonterías. ¿Crees que alguien le echó algo a su bebida?"

Él sacudió la cabeza. "¿Qué ganarían con eso? Creo que solo está estresado. Los medios le han dado un récipe que es difícil de cumplir".

Pero no tenía nada que ver con eso, Harry lo sabía. Phil había ganado dinero demasiado rápido y, algunos podrían decir, demasiado fácilmente. Como toda esa gente insegura, Phil prosperó con la atención de los medios. El verdadero problema era la naturaleza supersticiosa arraigada de su cuñado que creó monstruos de la oscuridad que podrían despojarlo de su riqueza. Cuanto antes pudiera librar al mundo de Luke Smith y Tam McBride, mejor, y presentarle sus cabezas a Phil en una bandeja dorada.

"Duerme un poco, hermanita. Me sentaré con él un rato". Le entregó la llave de su habitación. "Dile a Mo que se mueva hacia arriba".

Cuando ella se fue, él sacó la foto de Luke de su bolsillo y la miró. Tenía que hacer de ese hombre su prioridad. A diferencia de Phil, no tenía problemas para eliminar la basura. En lo que a él le concernía, le haría un favor al mundo.

16

Cath y Luke se vistieron a la luz del día que inundaba las ventanas de la cabaña. Se abrazaron y besaron.

Él la estudió. "Sabes, deberías dejar crecer tu cabello. Te verías realmente más radiante con el cabello más largo".

"¿Crees que el pelo corto me hace ver marimacho?" Nunca había hecho la pregunta antes y tenía curiosidad por escuchar su respuesta.

"Ni un poquito. Eres una hermosa rawni, dama. Pero te verías aún mejor con el cabello más largo". Añadió, con un toque de orgullo, "nuestras juvales, mujeres, siempre mantienen el pelo largo".

"Lo tuve largo una vez", admitió. "No creo que me quede tan bien ahora".

"¿Por qué no? Pruébalo solo para mí".

"Puede ser que lo haga".

Captó su mirada de ansiedad. Confundido, dejó que el tema transcurriera.

"¿Sabes? Dentro de mí tengo sangre de viajero gitano", ella confesó con una sonrisa tímida. "Los Taylor de Cumbria y los Price de Gales. Hace unas generaciones atrás. Supongo que eso me convierte en una diddekai, que es un tipo de gitano fuera de las tribus romaníes y con sangre mixta".

"¡Lo sabía!" Él exclamó. "No obtienes habilidades de curación como las tuyas en el mundo de los gorgios. Al menos ya no. Las tenían cuando eran pobres como nosotros y vivían en las aldeas, pero eso desapareció hace mucho tiempo. Has conservado tus habilidades porque todavía estás aquí en contacto con la tierra". Él le sonrió. "¿Desde cuánto tiempo atrás has tenido la sangre?"

"Mi abuelo era un Price", admitió. "Se casó con una herbolaria llamada Janet Strange. Me da vergüenza el haber permitido que la línea de sangre se haya interrumpido".

"¡No! Los extraños tienen nuestra sangre". Él rió. "¡Eres casi una poshrat! o mestiza"

La agarró de repente y la abrazó. "¡Bienvenida de regreso!"

Sintió una calidez y comodidad en su abrazo que nunca antes había conocido, ni siquiera con Matt. Ella descubrió que lo sostenía con fuerza, reacia a soltarlo. Finalmente se separaron y se miraron, sus ojos llenos de aprobación mutua.

"¿Tocino y huevos aderezados?" ella sugirió.

Se dio cuenta de que su ansiedad había desaparecido por completo. "Me gustarías solo tú, en un plato con crema. ¡Lo lamería todo!"

Ellos rieron. Le complació ver un sutil toque de modestia ante su comentario. Las juvales, según él creía, nunca deberían permitirse una excesiva concupiscencia, o se arriesgaban a parecer baratas. Era algo que había absorbido de las conversaciones entre su padre y Taiso, cuando se sentaban alrededor de la fogata de Taiso hace años. Lo había entendido en el sentido de que el anhelo sexual siempre debe estar revestido de moderación. ¡No es que él y Cath hayan demostrado mucho de eso! Pero su relación era un asunto privado, no expuesto al público.

Bajaron las escaleras. Cuando Cath estaba a punto de irse, Angie irrumpió con una bandeja de desayuno.

"¡Oh Dios!" Angie exclamó al verlos.

Cath sonrió. "Gracias. Me has ahorrado un trabajo".

Angie arrojó la bandeja al suelo. "¡Consíguelo tú misma!" Ella giró sobre sus talones y salió corriendo.

Cath se apresuró a seguirla. "Angie, ¡espera!"

Luke miró el desastre en el suelo. Él se encogió de hombros. "El servicio de habitaciones ya no es lo que solía ser". Rescató el tocino y el pan frito. "Parece que estoy con raciones cortas".

Cath se apresuró a regresar a la granja con la esperanza de encontrar a Angie aguardando para confrontarla, pero su hija no estaba abajo. La encontró en su habitación empacando una bolsa de viaje. "Angélica, ¡para esto!" Ella exclamó.

Angie se volvió hacia su madre con furia. "¡Basta! ¡Deberías poner una luz roja sobre esta granja!"

Cath levantó la mano para abofetearla. Ella se contuvo a tiempo. Madre e hija se miraron, ambas sorprendidas. Angie se arrojó sobre la cama llorando, cuando Luke apareció en la puerta comiendo una rebanada de pan frito.

"¿Qué hice?" exclamó consternado. "¡Puedo cocinar mi propio desayuno si se detiene una guerra!"

* * *

Cath y Luke se sentaron en la mesa de la cocina estudiando un viejo libro de tapa dura sobre viajeros gitanos.

"Es el libro de mi abuelo. A menudo lo he revisado. Sus imágenes me han perseguido", ella admitió. "Ahora todo está encajando".

Eso era cierto. La profunda atracción por los viajeros gitanos que había sentido desde temprana edad. Su decisión de tener gitanos trabajando en la recolección de frutas, en lugar de las mujeres locales que Matt siempre había usado. Recordó haberle dicho a Matt que pensaba que serían más confiables, ya que los locales solo venían si no tenían nada que hacer que estuviera mejor pagado. Matt accedió a intentarlo mientras ella lo organizara, y funcionó bien. Los recolectores de frutas eran Woods y Boswells, y ella había llegado a conocer a Sy a través de ellos. Nunca la decepcionaron.

"Probablemente sabían que tenías algo de sangre", dijo Luke cuando ella le contó sus pensamientos. "Nuestras juvales, y especialmente las rawnis, son astutas".

Miraron las fotografías del libro. La sorprendió la compostura y la dignidad en el comportamiento de los ancianos y la radiante confianza en sí mismos de los adolescentes y los niños. Ella le comentó sus impresiones.

"Esa era la época de las carretas", dijo, su voz teñida de tristeza. "Todos sabemos que esos días nunca volverán. Ahora es solo una gran lucha".

"¿Entonces lo llamarías la Edad de Oro de los viajeros gitanos?"

Él asintió, demasiado conmovido por las viejas fotografías para decir más.

Ella sintió una profunda sensación de pérdida que le robaba. Fue la pérdida de su pueblo, su propia pérdida. En términos de gorgios, la difícil situación de los viajeros gitanos en la actualidad debe haber sido como la llegada al poder de Guillermo el Primero, llamado por los historiadores "el Conquistador", y el establecimiento del sistema feudal, el llamado *Yugo Normando*. O el movimiento de recinto aparentemente imparable que privó a los pobres sin tierra de la tierra común de la que dependían para ganarse la vida. Las gorgios habían pagado un alto precio, pero habían sobrevivido. ¿Pero lo harían los gitanos?

Pusieron el libro a un lado, adivinando los sentimientos del otro de que habían visto suficientes imágenes de la época del vagón por ahora. Las fotografías de niños gitanos sanos, de grupos vigorosos de recolectores de lúpulo y fresa, les causaban a ambos demasiado dolor para continuar.

"Voy a intentar un experimento", anunció de repente. Era hora de enfrentar a sus demonios y abordar un problema que la había perseguido durante años. La presencia de Luke le dio la fuerza que había faltado durante tanto tiempo.

Extendió un mapa a gran escala del área sobre la mesa de la cocina, luego suspendió un péndulo sobre él. Había visto a su madre usar la técnica de los años que habían pasado en las tierras secas de tiza al este, donde los adivinos de agua tenían demanda en la excavación de pozos artesianos.

Observó con intensa anticipación. Él no habló, no queriendo romper su concentración. El péndulo se balanceó hacia adelante y hacia atrás por un momento mientras ella movía su mano lentamente sobre el mapa. Entonces comenzó a girar. Tomó un lápiz y marcó una X en el mapa.

"¿Conoces el lugar?", preguntó él, su voz traicionando sus sentimientos. "¿Encontraremos evidencia allí?"

Ella se encogió de hombros. "No lo sé. Solo ten paciencia conmigo. Estoy buscando entierros recientes. Lo más cerca que puedo llegar es este campo. Necesitaría un mapa a mayor escala para obtener más detalles, y no tengo uno".

Estaba acosado por una oleada de emoción. "¿Qué crees que encontraremos?"

"No tengo idea. El lugar no se nombra en este mapa, pero los lugareños siempre lo han llamado el Campo de Hudson. Supongo que porque Abe Hudson lo poseyó la mayor parte de su vida, en la época victoriana. El campo pertenece a uno de mis vecinos, y no estamos en muy buenos términos, así que espero que no nos vea y empiece a gritar".

Angie todavía estaba de mal humor, así que Luke ayudó a Cath a atar las cabras y alimentar a los cerdos, luego se puso la elegante chaqueta para todo clima y la mejor gorra de Matt como lo había hecho para las carreras porque, como ambos sabían, todavía era un hombre buscado. Luego se unió a ella en el Land Rover, y ella siguió un camino estrecho por media milla hasta que se detuvieron en la puerta de entrada a un pequeño pasto. Se pusieron en camino a través del campo, Luke llevando la pala de la marina. Un viejo granero de ladrillos estaba en medio del campo. La siguió al granero. El lugar estaba vacío. Tenía un suelo de tierra finamente cubierto con briznas de paja vieja.

"Si estoy en lo cierto hasta ahora, aquí es donde encontraremos algo". Ella cuadró el granero hasta que el péndulo respondió. "He hecho mi parte", sonrió. "Ahora es tu turno".

Ella sostuvo su chaqueta y gorra y él comenzó a cavar. Poco tiempo después se pararon al borde de una tumba poco profunda. En la tumba yacían los esqueletos de un hombre y un perro.

"El viejo Musker y Nip", anunció solemnemente. "Evidencia por fin".

"Sin embargo, no tiene sentido ir a la policía, ¿verdad?" ella advirtió. "Tendríamos que pasar a Hirst. Una vez que se sepa la noticia de nuestro hallazgo, aún podría destruir el caso. Estos huesos no ponen a Phil Yates en la escena, ni a nadie más, llegan a eso. Es una muerte sospechosa, pero parece un viejo mendigo y su perro".

"Supongo que tienes razón", admitió. "Pero al menos los hemos encontrado".

Volvió a cubrir los huesos, dejando un poco de carne y una generosa pizca de cerveza en la tumba. "Siempre solíamos hacer obsequios a los muertos", explicó, "incluso si estuvieran enterrados en un cementerio cristiano. Necesitaríamos una de nuestras viejas rawnis para descansar. Taiso conocerá alguna".

Continuaron conduciendo un poco más y tomaron otro carril. Dejó el Land Rover al borde y caminaron juntos por el camino. Las hojas de los robles y espinos en los setos crujían suavemente con la brisa.

"Sabía que había gitanos en el antiguo lugar de parada", explicó, "así que bajé en el atajo que acabamos de ver para ver si sus mujeres querían ganar algo de dinero desplumando pollos. Solíamos criar mucha carne en la granja en aquel entonces".

"¿Este es Hob Lane?" preguntó con intenso interés. "No recuerdo correctamente el lugar. Solo tengo recuerdos del incendio".

"Este es Hob Lane", le aseguró. "Supongo que Hob ha estado aquí más tiempo que nadie".

"¡Esperemos que podamos ponerlo de nuestro lado!" Él sonrió, aunque su actitud permaneció tensa con anticipación.

Mientras hablaba, la imaginó como una joven de diecisiete años increíblemente atractiva, con una gran cantidad de cabello negro y rizado. Había dejado su Land Rover en el crepúsculo que se desvanecía al final del camino, protegido de la vista por un cinturón de árboles.

"Los gitanos estaban acampados en el camino en este pequeño bosque". Se pararon al borde con la madera detrás de ellos. El canto de los pájaros flotaba entre los árboles. "Me resulta difícil creer que la violencia pueda ocurrir en un lugar tan tranquilo", admitió. "Pero sé lo que vi". Ella apuntó. "Pude ver el remolque de los viajeros justo ahí".

Ella observó mientras él se alejaba de ella por el borde de la hierba. Los sonidos del canto de los pájaros y el crujir de las hojas se desvanecieron cuando escuchó nuevamente las voces de hace quince años, voces que nunca olvidaría...

"Riley. Luke. Cuiden de los caballos. Y de su papá. ¡Son todo lo que tenemos!"

"¡Déjame ir contigo!"

"Tu trabajo es cuidar de tu madre, mi niña. ¡Ella es todo lo que tenemos!"

"Solo vamos a cortar un poco la hierba de los gorgios..."

Luke lloró en silencio, mientras la escena de pesadilla se repetía en su mente. Después de un rato regresó con Cath, que todavía estaba parada al borde del pequeño bosque.

"Dime qué pasó, Cath. Dime lo que viste". Su rostro estaba lleno de súplica. Ella respiró hondo.

"El viejo Musker estaba levantando su doblador a solo unos metros de donde estás parado. Recuerdo que lo saludé con la mano... Y él me devolvió el saludo". Luchó consigo misma por un momento, ya que el dolor de los recuerdos casi la abrumaba. "Luego vinieron... De repente... Phil Yates y Harry Rooke, en el auto de Nigel Hirst".

Él visualizó la escena mientras ella la describía: el auto de Hirst se deslizó hasta detenerse en la superficie suelta del carril, Phil y Harry saltaron y corrieron hacia el remolque, Hirst se apoyó contra su auto, observando...

"Retrocedí rápidamente hacia los árboles", dijo, "porque no me gustó lo que estaba viendo y no quería que me vieran".

La horrible escena apareció en su mente: Harry disparó a Nip, luego pateó el cuerpo del perro a un lado, Phil arrojó una bomba de gasolina a través de la ventana del remolque, el remolque estalló en llamas, su madre y su hermana atrapadas adentro gritando...

Cath, angustiada, luchó con su narrativa. Luke la observó atentamente.

"No podía creer lo rápido que las llamas se apoderaron del remolque. Y no pude ayudar. ¡No pude ayudar!" Lloró, dejando escapar la historia a través de sus lágrimas. "El hombre grande, no sabía su nombre en ese entonces, se volvió hacia Old Musker, que estaba allí de pie mirándolo con horror... Luego le disparó en la cabeza, y Old Musker cayó de espaldas sobre su doblador"...

Estaba teniendo demasiadas dificultades para hablar. La tomó en sus brazos y la abrazó. Después de un minuto, ella comenzó de nuevo.

"Hirst estaba allí con el auto. Harry arrojó al Viejo Musker y al perro en el maletero. Phil y Harry entraron y Hirst dio la vuelta al auto". Ella hizo una pausa y lo miró a los ojos. "Fue entonces cuando me vieron".

"¿Te vieron?" exclamó, consternado.

"Fui capturada por las luces del vehículo. Salí del bosque para tratar de ayudar... No sé cómo... Y estaba en el borde de la hierba... Solo parado aquí. Deben haberme visto, pero qué tan claro no lo sé. Esperaba que vinieran detrás de mí, pero se fueron. Y yo salí corriendo". Ella comenzó a llorar amargamente. "¡Simplemente me alejé corriendo!"

"Suficiente", dijo. "Vamos a llevarte a casa".

* * *

Cath se sentó en la cama de Luke en la cabaña. Habían ido allí automáticamente, alejándose de Angie, que no sabía nada sobre el incendio del remolque, excepto algunos fragmentos de chismes locales. Luke entró en la habitación con tazas de té para los dos. Bebieron en silencio. Cuando terminaron, ella apoyó la cabeza contra su hombro.

"Okay now?" he asked, encircling her with his arm.

"No sé cómo conduje a casa", dijo, con la voz aún ahogada por el horror de su experiencia revivida. "No podía dejar de temblar y llorar. Quería que Matt llamara a la policía, pero dijo que si enviaban a Hirst, seríamos los enemigos de Phil Yates. Me corté el pelo, como está ahora. Espero que no me reconozcan. Teníamos que pensar en Angie... Era solo una bebé. Los gitanos que venían cada año a recoger fruta solían hablar de la tragedia, pero no dijimos nada. Me avergoncé de nuestra cobardía todos estos años". Lloró de nuevo y se secó los ojos. "Todavía creo que algún día Phil Yates hará la conexión y se dará cuenta de que yo fui la testigo. He estado viviendo con el miedo por eso durante quince años".

Él la miró seriamente. "¿Le dirías a un tribunal lo que me acabas de decir?"

"Matt está muerto. Angie está casi madura. Sí, lo haría ahora, si eso te ayuda a obtener justicia".

Se sentaron en silencio por un rato. Pasó un tren interurbano que se dirigía hacia el norte en la línea descendente. Unos minutos más tarde, otro tren pasó en la línea ascendente.

"Sentado aquí mirando trenes me hace preguntarme", dijo con el ceño perplejo, "¿cuál de nosotros es más inteligente? Los gorgios pasan a cien millas por hora, o nosotros sentamos aquí sin ir a ninguna parte. Hemos visto algunas de las peores cosas que la gente nos puede arrojar, pero todavía estamos aquí, y a veces incluso podemos sonreír. Pero nunca olvidaremos lo que sucedió y quizás nos haga más sabios. Pero una cosa sí sé, tanto en el mundo de los gorgios como en el de los viajeros, tiene que haber justicia; tiene que haber un ajuste de cuentas. Si no lo hay, el mundo humano se volverá loco, como la cabeza de un tonto en terreno accidentado".

17

La casa de Charlie Gibb era un vagón de ferrocarril convertido, que se encontraba cerca del aserradero. Había sido comprado por su abuelo a la British Railways en los años sesenta, cuando se vendían grandes cantidades de material rodante viejo. Fue levantado y colocado en su lugar por medio de una enorme grúa. Comprar el carro había sido más barato que construir una casa, y el permiso de planificación en ese entonces había sido sencillo. Ted Gibb había sido un personaje local y se salió con la suya con la autoridad de planificación. Sin duda porque no era un albino, Charlie solía pensar para sí mismo.

Charlie aún no había nacido, pero había visto las fotografías que su padre adolescente había tomado de la gran llegada del vagón de ferrocarril.

Se habían proporcionado un negocio y un hogar, lo que había salvado a Charlie de competir en el mundo no albino. Poco a poco, Charlie había manejado el trabajo con su único ojo bueno y, tras la muerte de su padre por septicemia después de un accidente, el aserradero pasó a ser de su exclusiva propiedad.

Estaba feliz allí, o tan contento como su apariencia le permitía estar. Pero aspiraba a algo más que una vida en el aserradero. Quería ser dueño de la tierra. Ansiaba el respeto y el estatus social de un agricultor, incluso si solo terminaba con un par de cientos de acres.

Un cable eléctrico iba del molino al vagón de ferrocarril. No tenía Internet, pero miraba su pequeño televisor portátil durante una o dos horas casi todas las noches. Nunca había podido superar el estigma de su apariencia para poder relajarse después del trabajo en uno de los pocos pubs locales restantes. La vida lo había marcado como un extraño.

Charlie, en su parche en el ojo, estaba sentado en un sillón usado liso y brillante con los años de uso. Observó Crimewatch, un programa que no le gustaba perderse, ya que era una rara oportunidad de disfrutar de la terapia mediática. En comparación con los delincuentes, sentía que era un ser muy superior. Esa era la siguiente mejor sensación después de ser agricultor. En esta noche en particular, un elemento atrapó su atención y subió el volumen.

La cara de Luke Smith llenó la pantalla, acompañada por la voz del presentador:

"Este es Luke Smith, quien escapó de la custodia mientras lo interrogaban por la muerte de un empresario retirado".

La cámara luego se enfocó en el presentador y Nigel Hirst, quien estaba sentado en una mesa en el estudio. El presentador anunció que:

"El inspector detective Nigel Hirst lidera la cacería humana".

La cámara enfocó a Hirst, luciendo amargado y vengativo con su arrugado traje gris carbón. Hirst tomó la narrativa:

"Se busca a Luke Smith para ser interrogado en relación con un robo que tuvo lugar en los condados locales el (dio la fecha) en que murió el desafortunado empresario (dio el nombre del hombre). Smith fue detenido pero escapó de la custodia; en el proceso que pudo haber sido instrumental en causar un grave accidente de tráfico. Se cree que está armado y es muy peligroso y no debe ser abordado. Tiene conexiones con viajeros y puede estar escondiéndose con un elemento criminal dentro de la comunidad itinerante".

La cámara se desvió para revelar al presentador:

"Cualquiera que conozca el paradero de Luke Smith debe llamar a la sala de incidentes..."

Charlie no pudo esperar más. Apagó la televisión, se puso el sombrero flexible y salió.

Miró por la ventana sin cortinas de la cocina hacia Cuckoo Nest. Luke y Cath se sentaron a la mesa en una conversación profunda. Luke recogió un pequeño objeto que yacía sobre un pañuelo delante de él y lo estudió. Envolvió el objeto en el pañuelo y se lo guardó en el bolsillo.

"¿Que vas a hacer con eso?" Cath preguntó.

"Tengo un plan y creo que puedo usar esto", respondió, golpeándose el bolsillo. "Pero es demasiado para hacer solo. Tendré que hacer las paces con mi gente".

"¿Te has peleado con ellos?" Ella no esperaba una respuesta.

"Lo que sucedió después de ese incendio... Supongo que me volví un poco salvaje. Piensan que soy demasiado busca la vida"

"¿Y lo eres?"

Él la miró con la expresión seria que ella asociaba ahora con sus preocupaciones más profundas. "Lo que sea que haya hecho en el pasado, ha sido descubrir la verdad de ese incendio u obtener dinero para comprar tierras para que mi gente se detenga. Tengo que saber que tenemos un futuro como dromengros, como reales viajeros. No podemos seguir siendo molestados por personas como Phil Yates y Harry Rooke y una interminable línea de policías".

"Eres una especie de Robin Hood, ¿no te parece?"

Él rió. "He leído un poco sobre ese hombre, pero creo que fue solo una historia. Las brujas de antaño que los viajeros conocemos lo llaman el Hombre Verde, el espíritu de la madera silvestre, que está dentro de todos los animales y todo en la naturaleza. Pero he visto a un caballo llamado Prince of Thieves que podría competir contra otros viajeros algún día, así que supongo que deliberadamente estoy haciendo un enlace con ese otro Robin Hood, el que está en los libros de cuentos".

Cath escuchó, fascinada. Había tanta profundidad en este hombre, tanto coraje y visión clara. Ella se sintió humilde. Había pasado sus años adultos arriesgando su vida y su libertad para su pueblo, por poco ortodoxas que pudieran haber sido sus elecciones. Ella se había quedado en casa, preocupada por ser descubierta por Phil Yates.

Charlie, fuera de la ventana e incapaz de leer los labios, gimió y gimió de frustración. ¿Debería ir a la policía y denunciar a este delincuente? Pero eso pondría a Cath en su contra. Había visto el objeto que Luke puso en su bolsillo y lo llevó a una sola conclusión. "Ah, Cath Scaife", dijo entre dientes, "estás planeando matarme, ¿ey? ¡Qué gran error estás cometiendo!" Se apartó de la ventana y se alejó en la oscuridad, riendo misteriosamente mientras avanzaba. "¡Nadie puede matar a Charlie Gibb!"

* * *

Malcolm McBride se percató de que su cámara estaba completamente cargada. La desenchufó y la guardó en su estuche. Agregó el estuche a los artículos que estaba armando en la cocina de la cabaña que estaba alquilando para el verano: botas para caminar, chaqueta de camuflaje con capucha, gafas de campo, una bolsa grande de bocadillos ricos en proteínas, dos frascos de café Douwe Egberts (su bebida favorita), mapas de Explorador de Encuestas de Ordenanza, su potente lente zoom y trípode. Sí, estaba listo para un día interesante. No tomaría su rifle de francotirador. Eso podría esperar para una ocasión posterior.

Puso los artículos en el Jaguar y se dirigió al laberinto de caminos rurales. Excluidos los vuelos al Mediterráneo, habían pasado años desde que se había aventurado más allá del M25, y bebía en el paisaje rural del Norte como un elixir. Pero descubrió que sus facultades críticas también habían despertado y mantenían un ritmo de desaprobación con su viaje.

Había demasiado monocultivo en estas granjas, pensó, la mayoría de los cultivos destinados a destilerías o alimento para ganado. Una economía ineficiente. Había muy pocos setos y árboles, lo que privaba a la vida silvestre de lugares para vivir. Pasó de pueblo en pueblo sin ningún signo de una tienda u oficina de correos, una escuela o un pub.

Village England se estaba convirtiendo en un dormitorio para habitantes ricos, con poca evidencia de comunidades vibrantes. Ajardine como apéndice a la vida en la ciudad. O como máquinas para hacer dinero para los terratenientes ricos. Se sintió triste. Sus años dentro del circuito del M25 lo habían cegado ante la tragedia que se estaba representando en otro lugar.

Llegó a la entrada de Birch Hall. ¿Qué ego-maníaco había creado una puerta de entrada tan pomposa? Un tipo refinado, de cucharas de plata, tal vez. O algún comerciante aventurero que reemplaza a sus inquilinos medio hambrientos con ovejas. O quizá, dinero del comercio de esclavos. Y ahora pertenecía a algún arreglador de carreras.

La vista de la puerta de entrada de Birch Hall lo hizo sentir enojado. La historia de la Gran Casa fue con demasiada frecuencia una historia de crímenes importantes, de abusos contra los derechos humanos y, en este caso, de crueldad hacia los animales. Pero el crimen no siempre tuvo que quedar impune, para ser leído en reevaluaciones de la historia. El crimen debe ser castigado tan pronto como sea reconocido. La raza humana ya no tenía el lujo del tiempo; no podía esperar a que la historia se pusiera al día.

Una vez se había considerado a sí mismo como un portador de justicia, pero ahora, cada vez más, como un parásito que se aprovecha de sus anfitriones. ¿Cómo podía llevar la justicia a un inframundo criminal que había olvidado su verdadero significado, un inframundo que se había deslizado al abismo?

Cualquier día, sus amos de pago podrían convertirse en objetivos, ya que nuevos jugadores despiadados se levantaron para tomar el control. Así continuaría, al parecer: la justicia fue víctima de la avaricia y la violencia casual de un mundo en descomposición de adentro hacia afuera. Era hora de retirarse, para hacer de este su último contrato oficial.

Pero este trabajo tenía al menos una apariencia de los valores del viejo inframundo criminal. Se había cometido un error: una escandalosa invasión del espacio de una persona privada. Una muerte de uno de los suyos había resultado (incluso si despreciaba al hombre). Y el motor principal de estos eventos infelices fue el dueño de esta antigua pila. Sin la presencia de este jugador, el sufrimiento de su hermano no habría ocurrido. Esperaba que su trabajo final para la mafia también fuera el primero y el último para su hermano herido. Era hora de que Tam, como él, se retirara y dejara atrás la locura.

No había señales de cámaras de vigilancia en los árboles junto a la puerta de entrada: el arreglador de carreras obviamente se sentía tan seguro como un barón normando en su castillo medieval. Pero estaba a punto de cambiar las cosas. Salió del Jaguar y tomó fotografías desde una variedad de ángulos de la entrada a Birch Hall. La primera etapa casi se logró. Regresó al Jaguar y se alejó para considerar la Etapa Dos. Todo en la vida debe tener estructura.

* * *

Los días pasaron en Birch Hall sin incidentes preocupantes. Phil y Harry decidieron que era hora de hacer una visita tardía a su gimnasio privado en una gran sala de la planta baja en la parte trasera del Salón que una vez fue la biblioteca. Phil, con llamativa ropa de gimnasia, fue directamente a la cinta de correr. Harry, en pantalones cortos y camiseta, fue al banco. Hirst llegó diez minutos después y se sentó despreocupadamente en la bicicleta de ejercicios.

"¿Alguna vez te has preguntado?", comenzó Hirst, "¿que el tipo que creías haber visto esa noche podría no haber sido un tipo?"

Harry dejó de bombear el hierro. Phil desaceleró la cinta de correr.

"Bueno, ¿lo has pensado?" Hirst repitió cortésmente, como si estuviera interrogando a un sospechoso.

Phil parecía tenso. "Sigue".

Hirst sonrió torcidamente. "Podría haber sido una mujer".

Phil detuvo la cinta y se bajó. Harry se sentó.

"No era una gitana", continuó Hirst, "porque murieron. Era un perdedor de la Nueva Era o alguien local. ¿A quién conoces con el pelo largo de aquel entonces?"

Phil frunció el ceño. "Nadie. Yo miré".

"¿A las mujeres?" Preguntó Hirst.

El temperamento de Phil estalló. *"¡Yo miré!"*

Hirst se encogió de hombros. "Es solo un pensamiento".

Steve llamó a la puerta y entró. "Correo para ti, Phil". Le entregó a Phil un sobre marrón claro de tamaño mediano, luego se fue rápidamente antes de que alguien tuviera tiempo de encontrarle tareas adicionales.

Phil miró el sobre. Todo lo que llevaba era el nombre P Yates seguido de un código postal. Lo abrió de golpe. Contenía una fotografía de un coche fúnebre negro que entraba por las puertas de Birch Hall. La casa se podía ver al final del camino. "¿Qué demonios es esto?" Se lo mostró a Harry y Hirst.

"Parece que alguien te está dando una advertencia", dijo Hirst con una sonrisa. "No es un gitano esta vez. No tienen el software inteligente para crear algo como esto".

Harry dio vuelta la fotografía. "Supongo que este tipo cree que se lo debes".

Phil le arrebató la fotografía a Harry. En la parte posterior estaba impreso el sombrío mensaje: *300 MIL Y CONTANDO*.

Phil rugió una sola palabra "¡Tam!"

Harry negó con la cabeza. "No puede ser. Tam nunca podría hacer esto, no en el estado en que lo dejamos. Vivirá con analgésicos durante meses".

Phil lo objetó. La figura en el bar Winning Post apareció en su mente. "No puede ser nadie más. Todavía podría ser un lisiado, pero le está pagando a alguien para que active a los asustadores. ¡Quien haya tomado esta foto estuvo aquí!"

Harry y Hirst se miraron el uno al otro. "Tienes razón." Hirst se rio. "¡Tal vez la próxima vez te envíe una foto con un coche fúnebre que salga de Birch Hall, con tu buen cuerpo colocado en un ataúd abierto! ¡Puedes montar esa en un cuadro!"

"¡Vete a la mierda, Nige!" Phil replicó con desprecio.

Hirst dejó de lado el asunto. "Te dejaré que lo descubras". Se dirigió a la puerta. "Te veo luego".

"Quizás debimos deshacernos de Tam cuando tuvimos nuestra mejor oportunidad", Phil expresó sus temores.

"Es solo una foto, Phil. ¿Qué más puede hacer? ¡Estamos tan seguros aquí como Churchill en su Sala de Guerra!" Harry volvió a poner la fotografía en su sobre. "Si te hace sentir mejor, puedo hacerle una visita a Tam".

Phil sacudió la cabeza. "Tienes razón, Harry. Es solo una foto. El payaso solo está tratando de golpear por encima de su peso. Olvidémoslo". Hizo una pausa, frunciendo el ceño pensativamente. "Puede ser que Nigel tiene un punto, sin embargo, no buscamos lo suficiente para ese testigo".

Harry no estuvo de acuerdo. "Nigel solo te está liquidando, ya sabes cómo es. Sin testigos, no hay caso, y ahora es un caso frío sin resolver. Muy pocos son revisados".

Phil miró por la ventana que daba a un amplio patio pavimentado y a la variedad de garajes que alguna vez habían albergado a Broughams y Landaus. "Perderíamos todo esto si se supiera la verdad. Este hermoso lugar. Este pedazo de la vieja Inglaterra. ¿No te importa? Estás atado a este caso y tan apretado como yo".

No me lo recuerdes, pensó Harry. Pero eso puede ser cambiado. Antes de que pudiera pensar en una protesta adecuada, Steve asomó la cabeza por la puerta de nuevo.

"Phil, Aquí está Charlie Gibb para verte".

Phil frunció el ceño. "Pensé que ese bicho raro podría aparecer".

* * *

Phil, con un chándal morado y una toalla alrededor del cuello, se sentó en el escritorio de su oficina. Charlie, con su parche en el ojo, sombrero y ropa de trabajo, se sentó enfrente. Harry, con camiseta y pantalones de chándal, estaba de pie vigilante junto a la puerta.

"¿Tienes un problema, Charlie?" Phil preguntó, levantando la barbilla agresivamente.

"Tengo un reclamo sobre Cuckoo Nest", dijo Charlie con firmeza. "Cath Scaife y yo seremos socios. Eso está acordado. No hay competencia".

Phil estaba sorprendido y decepcionado de que el albino no mostrara ninguna señal de que el entorno lo intimidara, por las evidentes trampas de riqueza y poder. Se reclinó en su silla y estudió a Charlie con una sonrisa. "¿Es eso así?"

"Voy a pagar su deuda", anunció Charlie. "Eso es lo que va a pasar".

Phil reprimió su irritación. ¿Por qué estaba hablando con este idiota? Su mente venció un tatuaje insistente: *deshacerse, deshacerse, deshacerse*. "Demasiado tarde, Charlie. Ella firmará conmigo. Le hice una oferta que no puede rechazar".

Se giró en la silla giratoria ejecutiva y miró por la ventana para demostrar su indiferencia por el caso de Charlie. Pero era dolorosamente consciente de que su trato no había sido finalizado. ¿Era posible que este bicho raro pudiera adelantarse? Se volvió hacia su visitante.

"¿Te digo qué, Charlie? Trabajas para mí. Tengo los potreros y las cabañas. Tienes la mitad de las ganancias de los cultivos. Todos los ganadores, ¿sí?"

El ojo bueno de Charlie se entrecerró astutamente. "¿Seguro que las quieres como potreros?"

Phil sonrió con condescendencia. "¿Qué intentas decir, Charlie?"

"Los potreros no son buenos".

"Estaban bien la última vez que los vi".

"Mira otra vez", siseó Charlie.

Se puso de pie para irse. Harry, en el último momento, lo dejó pasar.

"¿Sobre qué demonios está hablando?" Phil preguntó al momento que la puerta se cerró detrás de Charlie.

Harry se encogió de hombros. "Ese hombre está loco, ¿no es así? Habla basura. Es una maravilla que pueda manejar ese aserradero".

"Es posible que sea más inteligente de lo que la gente piensa. Podría saber algo sobre Cath Scaife y estar chantajeándola".

"¿Algo como qué?"

Phil se encogió de hombros. "¿Qué demonios sé? Un trato comercial poco fiable, como la mayoría. Ventas en efectivo que no se registraron. Existencias enfermas que fueron enterradas ilegalmente. ¡Quizás tengan orgías de cocaína allí abajo!"

"Creo que solo está fanfarroneando", dijo Harry despectivamente. "El tipo es un fantasioso".

Antes de que Phil pudiera responder, sonó su teléfono móvil. "Nigel, ¿qué?" Escuchó durante un minuto completo, luego se volvió hacia Harry. "Nigel dijo que un repartidor que conoce, vio a un gitano junto a Cuckoo Nest. Suena como nuestro hombre". Su humor cambió por completo. "¡*Eso* es lo que Charlie Gibb tiene sobre Cath Scaife: albergar delincuentes! ¡Harry, arruinemos su día!"

18

Después de un baño tranquilo, Luke se entretuvo en la habitación de la cabaña empacando una bolsa de viaje que le había prestado Cath.

Angie irrumpió. Miró la escena con incredulidad. "No puedes irte, ¡acabas de llegar!"

"Tengo un importante viaje de negocios", respondió sin dar más detalles.

"¿Vas a robar?" preguntó ella ansiosamente. "¿Puedo ir?"

Él sacudió la cabeza. "Terminé con todo eso. Veré a mi papá. No se permiten gorgios". Él sonrió. "Especialmente las bonitas".

Levantó su bolso y se dirigió a la puerta. Ella agarró su brazo.

"¡Quiero estar contigo, Luke!" ella soltó. "¡Te necesito!"

"Bueno, no puedes tenerme", respondió con severidad.

"¿Por qué no? Haríamos una gran pareja".

"Me lo han hablado".

"Mamá es demasiado mayor para ti", dijo con resentimiento.

"Tú eres demasiado joven". La besó tiernamente en la frente. "Pero todavía me gustas mucho".

"¿Tú, Luke?" Ella se llenó de un torrente de calidez y excitación sexual.

"¡Eres la segunda mejor agricultora del mundo!"

Ella parecía decepcionada. "¿Solo la segunda?"

Él le dio un abrazo. "Cuida la granja, Angie. Volveré pronto como pueda. Pregúntale a Cath sobre tus conexiones gitanas". Un momento después se había ido. Ella se dejó caer en la cama, sonriendo melancólicamente.

Se sentó en el Citroen Estate en el depósito. Cath se inclinó hacia la ventana.

"No te molestes, Luke. ¡Tienes la mitad del mundo conocido detrás de ti!"

Él rió. "No me encontrarán".

Se besaron. Salió de la puerta de la granja y se alejó. El sonido del motor del Citroen que se alejaba, se borró cuando pasó un tren interurbano. Cuando el tren se fue, el sonido del Citroen ya no se escuchaba.

Un sentimiento de vacío la envolvió. ¿La policía lo atraparía?, se preguntó. ¿Ella lo volvería a ver alguna vez? A pesar de sus sentimientos mutuos, la naturaleza misma del mundo moderno podría arrojar un nuevo conjunto de obstáculos para mantenerlos separados. Además del arresto y la detención, estaba el caos del asediado mundo gitano, donde cualquier número de problemas podría exigir su participación y retrasarlo.

Ella hizo todo lo posible para suprimir estos pensamientos negativos. Por supuesto que volvería. Tenían que lidiar con Phil Yates. Tenía que ayudar a Luke a obtener justicia. Y estaban unidos por la sangre. Esa era una verdad tal que ningún problema era lo suficientemente grande como para destruir.

* * *

El Mercedes aceleró por los caminos rurales, Harry al volante y Phil a su lado. Brian y Steve se sentaron en el asiento trasero. Hirst lo siguió en su auto de policía sin marcar.

Cath acababa de volver a entrar a la casa cuando el Mercedes entró en el depósito. Hirst estacionó en la entrada, bloqueando la salida.

Phil, Harry, Brian y Steve se acercaron a la granja. Cath volvió a salir, con la cara sombría.

"¡Esto es acoso!" ella gritó. "¡Salgan de mi tierra o llamaré a la policía!"

"Sé mi invitado", respondió Harry con una sonrisa sin sentido del humor mientras Hirst entraba en el depósito. "No eres tan importante como te gustaría pensar que eres. Hoy tenemos una orden para registrar la propiedad".

Hirst se unió a ellos y le presentó la orden de allanamiento. "Catherine Scaife, tenemos razones para creer que puedes estar albergando a un delincuente fugitivo".

"¿Qué tontería es esta?" ella respondió enojada. "¡No estoy albergando a nadie!"

Hirst la ignoró. Se giró hacia Brian y Steve. "Echen un vistazo alrededor de la casa, muchachos. Disparen a la vista si lo ven. Nos separaremos y registraremos los edificios".

"¿Dónde están los otros oficiales de policía?" Cath exigió saberlo. "¡Esta búsqueda es ilegal!"

"¡Cállate, perra bocona!" Steve gruñó. Él la abofeteó con fuerza en la cara y ella cayó torpemente, incapaz de evitar que la parte posterior de su cabeza golpeara las piedras del patio.

Angie, volviendo de la cabaña, agarró una escoba de jardín y atacó a Steve. "¡Déjala en paz, maldito matón!"

Brian la golpeó en la mandíbula con un jab de mano derecha bien sincronizado. Se tumbó en el patio y se quedó quieta.

Phil estaba en su elemento, repartiendo órdenes como un mazo de cartas amañado. "Cuídalas, Steve. Golpéalas de nuevo si es necesario. Echaremos un vistazo al corral. Brian, inspecciona la casa".

Brian se quitó una pistola del cinturón y entró en la granja, mientras Steve se paró al frente de Cath y Angie. Harry y Hirst se dirigieron a los edificios. Phil partió para investigar los potreros.

Mientras Harry y Hirst, con las pistolas desenfundadas, revisaban el granero, Angie se puso de pie. Cath todavía yacía donde había caído.

"¿Qué demonios le has hecho a mi mamá?" Gritó Angie. Intentó agarrar la escoba del patio otra vez, pero un golpe de Steve la envió hacia atrás contra el asiento del jardín. Su nariz comenzó a sangrar y escupió sangre al morderse la lengua.

"¡Cállate y para allí!" Steve gruñó. Él la abofeteó en el costado de su cara, un golpe que hizo que su oído sonara.

Cath se acercó y se sentó. Miró a Angie y luego al cuidador. "¿Qué tienes...?" Antes de que pudiera terminar su pregunta, Steve la abofeteó de nuevo.

"¡Siéntate junto a tu mocoso y cállate! Si te mueves, obtendrás esto". Sacó una manopla de su bolsillo. No tenía intención de usarlo, ya que dejaría signos evidentes de golpes, pero tuvo el efecto de silenciar a las dos mujeres.

Cuando Phil llegó al primer prado, su sonrisa de feliz anticipación se convirtió en horror furioso al ver la hierba, que estaba marrón y marchita. "¡Jodido Charlie Gibb!" él explotó. Pateó el poste de la cerca más cercano con indignación. Toda la estructura colapsó, alrededor del campo, como una hilera de fichas de dominó. Phil lo miró horrorizado. "CHARLIEEE!!!"

En lo alto del desván del aserradero, Charlie miraba los eventos en Cuckoo Nest a través de su telescopio. Todo el vacío del techo del molino sonó con su risa salvaje. "¡Te sirvo bien, Phil Yates!" el grito. "¡Y hay más de donde vino eso! ¿Alguna vez te ha gustado afeitarte con una motosierra, eh?" Se rio de nuevo. "¡Nadie es más inteligente que Charlie Gibb!"

De vuelta en la granja, Harry y Hirst, al no encontrar signos de su presa en los edificios, se acercaron a la cabaña junto a la línea. La puerta cerrada se abrió de golpe con una patada bien dirigida de Harry.

Hirst miró la cocina y la sala de estar, luego se unió a Harry arriba. Hizo una mueca agria, empujando el montón de ropa de Luke con la punta del zapato. "Ha estado aquí. Puedo oler un sucio gitano en cualquier lugar".

"¿Vamos a esperar?" Pregunto Harry. "Lo encerraremos con nuestros motores junto a la puerta de la granja".

"No puedo". Hirst se disculpó. "Tengo una reunión con el supervisor en una hora".

Los dos hombres guardaron sus armas.

"La próxima vez que traigamos los perros", dijo Harry decididamente.

Hirst se alejó para cumplir con su cita. Cath y Angie seguían sentadas juntas en el asiento del jardín, con la adición de que Steve les había atado las muñecas con cinta adhesiva. Phil, Harry y Brian se unieron a él. Harry sacudió la cabeza ante la mirada inquisitiva de Steve.

Harry ordenó a las mujeres que se desatasen y se pusieran de pie. Se alzó sobre ellas amenazadoramente. "Ese gitano, ¿dónde demonios se ha ido? Sé inteligente ahora. Sin mentiras".

"Es un viajero", respondió Cath con voz ronca. "Trabajó un tiempo y luego siguió adelante. Es lo que hacen. Lo sabes".

"¿Se mudó para adónde?" Phil preguntó severamente.

"¿Cómo debería saberlo? No nos dicen nada a los gorgios". Ella siempre podría aferrarse de eso ahora, pensó.

"Los viajeros trabajan mucho para ti, ¿verdad?" Phil preguntó con tranquila amenaza. Miró fijamente a Cath, inquietante.

"¿Qué si lo hacen?"

"Debilidad para ellos, ¿no?" Phil persistió.

"Son solo personas. Trabajan duro. No me causan ningún problema". Ella dejó la implicación colgando en el aire.

"Mientes por ellos, ¿lo harías? ¿Los encubres?"

Los ojos de Phil la taladraron. Ella se puso cada vez más incómoda.

"Mira, apenas conozco a estas personas. Simplemente vienen a trabajar al huerto. Eso es todo".

Phil se volvió con una mirada de complicidad. "Está bien, eso es todo por ahora. Vamos". Los cuatro hombres subieron al Mercedes y salieron de la bodega.

Cath, temerosa, los vio irse. Angie la ayudó a arrastrarse lentamente hacia la casa.

Los cuatro hombres en el Mercedes guardaron silencio durante unos minutos, pensando en los acontecimientos recientes.

"Esa fue una maldita pérdida de tiempo", dijo Harry sombríamente. "¿Qué pasó con los potreros?"

"¡Al diablo con los potreros!" Phil gruñó. Estuvo en silencio por un momento. "Harry, ahora lo sé. Eso fue ella".

* * *

Malcolm había visto al Mercedes salir de Birch Hall con los cuatro hombres. Poco tiempo después, las dos mujeres se fueron en un Range Rover, probablemente a las tiendas cada vez más distantes. Había observado que conducir a las mujeres era una de las tareas del cuidador, pero no hoy. Los hombres tenían asuntos más apremiantes por la obvia prisa con la que se habían alejado.

Puso sus lentes de campo en su mochila y sacó su cámara y lente de zoom, fijándolos en el trípode que ya estaba instalado. Tomó una docena de fotografías del frente de la casa principal, cerrándose un poco con cada exposición hasta que la fotografía final mostraba solo los pasos principales y la entrada. Luego apartó la cámara y el zoom y sacó el rifle de francotirador de su estuche.

El rifle era un Dragunov SVU-A que había utilizado para trabajos de larga distancia durante los últimos cinco años. Aunque no era el rifle de francotirador más ligero del mercado, descubrió que su precisión a distancias de más de media milla era impresionante. Estimó que desde donde se encontraba hasta la entrada principal de la casa no había más de seiscientos metros y eso estaba bien dentro de las capacidades del Dragunov.

La munición que estaba a punto de usar era un tipo especial de bala dum-dum que había obtenido de un contacto de larga data. Las balas fueron diseñadas para causar el máximo daño en el impacto. Ya había decidido sus objetivos a partir de su observación con las gafas de campo.

Las condiciones eran perfectas, sin viento y una capa uniforme de altoestratos a veinte mil pies. Ajustó el alcance del bípode y PSO-1 y barrió el frente de la casa un par de veces antes de estar satisfecho de que tanto él como su rifle fueran uno.

Procedió a destruir sistemáticamente las cabezas y los brazos levantados de la estatuilla que se encontraba en la terraza delantera: quince disparos, utilizando solo la mitad de su cargador de treinta rondas. Inspeccionó el daño con sus lentes de campo y se sintió satisfecho. Los ocupantes de la casa se darían cuenta de que podía recogerlos con facilidad. Esperaba ver su reacción.

Había instalado dos cámaras ocultas en los árboles con una vista clara del frente de la casa, una cámara para la luz del día y otra para la visión nocturna. Los controlaba desde su computadora portátil. Esperaba un poco de visión divertida cuando regresara a su cabaña.

Empacó su equipo y regresó al Jaguar, que estaba escondido entre los arbustos a cincuenta yardas de la carretera. Sabía que el vehículo estaría a salvo, ya que no era un bosque protegido; no había signos de estaciones de alimentación para faisanes u otros juegos. Phil Yates era dueño de la madera contigua pero no se entregó a disparos bruscos. Quizás el hombre tenía debilidad por la vida salvaje.

Regresó a su cabaña y pasó algún tiempo haciendo ajustes a sus fotografías. Luego condujo cinco millas para enviar el segundo de sus sobres marrones en un pueblo con un buzón rojo brillante pero sin signos de una oficina de correos. La etapa dos estaba completa. La forma de la tercera etapa dependería de la reacción de su objetivo.

* * *

Cuando Phil regresó a Birch Hall, pensó que su corazón explotaría por la sensación de indignación que lo aferró. Este tipo, quienquiera que fuera, no iba a detenerse. Encontró a Dot mirando sombríamente el daño. Ella no era del tipo histérico, lo cual fue un alivio. Maureen, quien recibió ataques de emoción, no se veía por ningún lado.

"¿Dónde está Mo?" Esperaba que ella no hubiera huido en un estado de terror.

"Escondida debajo de la cama, ¿qué crees?" Dot respondió, sin un cambio de expresión. Añadió, como una ocurrencia tardía, "o podría haberse escapado a Tenerife con el cartero, o cualquiera que parezca remotamente un ser humano".

Harry ya estaba escaneando el bosque con sus anteojos de campo. "Este tipo sabe lo que está haciendo", dijo pensativo. "Debe tener un rifle infernal. Las dum-dum a esta distancia son notoriamente inexactas. Pero él quiere dinero, no cadáveres. Tendrás que ofrecerle hacer un trato. No sabemos quién es ni dónde se encuentra. Todo lo que creemos saber es que está trabajando para Tam. Tendrás que poner una bandera blanca o algo así en el frente. Estará en contacto para una reunión. Ahí es cuando lo atraparemos".

El consejo tranquilo de Harry, como tantas veces, calmó a Phil. Tomó el control de inmediato, dirigiéndose a Brian y Steve.

"Está bien, muchachos, busquen a los perros y echen una buena batida. Comiencen con el bosque opuesto. Cualquier cosa que no esté donde debería estar, no los hacen saber. Luego limpien el desastre aquí lo mejor que puedan". Seguía fríamente furioso pero tranquilo. No había nada más que pudiera hacer. Habían tenido situaciones difíciles antes, pero siempre salían airosos, como ganadores.

Ya estaba pensando en la trampa que pondrían. Sabía la ubicación que elegiría. ¿Pero estaría de acuerdo el tirador? ¿Podrían tentarlo fuera de su zona de confort? ¿O comenzaría a recogerlos uno por uno hasta que cedieran? Pero ese tipo de violencia solo sucedía en las películas.

Simplemente podrían ocultar un rastreador entre el dinero, y Nigel podría arrastrarlo con Brian y Steve en uniformes policiales. Un arresto silencioso y un cuerpo desaparecieron en un lodazal en el tope de una pradera.

Pero, ¿y si hubiera dos o más de ellos, podrían sus muchachos manejar un tiroteo? ¿Sería más fácil pagar y terminar con esto? La idea lo molestó. Él era Phil Yates, ¡y la gente siempre hacía las cosas a su manera!

No, no iba a ceder. Estaba seguro de que el tirador era un arma solitaria. Si quería su dinero, tendría que venir a buscarlo.

19

Luke condujo hacia el sur por ochenta millas, usando carreteras tipo A en lugar de la autopista. Si por algún golpe de mala suerte lo vieran, una autopista era uno de los peores lugares del mundo donde encontrarse atrapado. Localizó las viejas paredes de ladrillos en el crepúsculo. Dejando el Citroen detrás de un muro derrumbado, se dirigió a pie a través del sitio abandonado buscando patronos gitanos.

Las viejas paredes de ladrillos cubrían una gran área, demasiado lejos de las grandes ciudades y carreteras principales para ser una propuesta atractiva para vivir. Edificios en ruinas estaban salpicados entre montones de ruinas, maquinaria oxidada y extensiones de charcos. Un gato salvaje le siseó desde la entrada abierta de un desagüe roto. Imitó la llamada de una hembra interesada y el animal se acercó con cautela, permitiéndole acariciar las áreas sensibles detrás de las orejas. Un espíritu salvaje de reconocimiento del uno al otro.

Se dio cuenta de una gran camioneta Datsun aparcada discretamente detrás de lo que una vez fue un bloque de oficinas y un comedor de trabajadores. Cerca de la camioneta había un arreglo de ladrillos rotos en forma de flecha. Siguió la dirección indicada por el patrón hasta que tuvo una fugaz impresión de la figura sombría de Riley que se movía delante de él. Siguió a la figura a través de la oscuridad creciente.

Ambrosio y Riley estaban sentados en paletas viejas junto a un pequeño fuego protegido por las paredes de un edificio sin techo. Los dos hombres se pusieron de pie cuando se acercó a ellos.

"Es bueno verte, hijo". Ambrosio lo abrazó.

Riley agarró la mano de Luke. "Será mejor que esto sea bueno. Nos ha tomado la mitad del día eludir la ley. Y todo es por culpa tuya. Lograste que los policías en toda Inglaterra estén buscándote".

Luke sonrió "Saludos a ti también, hermano. Todavía feliz en tu vida, ¿eh?"

Los tres viajeros gitanos se acomodaron alrededor del fuego.

"¿Qué es lo que quieres que sepamos?" Ambrosio preguntó.

"Descubrí quién quemó nuestro remolque", comenzó Luke. "Obtuve evidencia que los hará caer. Un testigo también, si es necesario".

Las miradas encubiertas pasaron entre Ambrosio y Riley. Este último se puso de pie, furioso.

"¡Qué demonios tienes! ¡Cuántas veces te hemos dicho que fue un accidente! ¿Por qué tienes que inventar una nueva locura? ¡Solo déjalo ir!"

"Cállate, Riley", ordenó Ambrosio. "Deja que Luke termine".

Riley volvió a su asiento. Él fulminó con la mirada a su hermano.

Luke continuó. "Phil Yates, Harry Rooke y ese policía encorvado, Hirst. ¿Creen que podrían ser candidatos?"

Ambrosio y Riley se tensaron. No hicieron ningún comentario.

Luke los miró incrédulo. "¿No tienen nada que decir?"

"Debes entender, Luke", comenzó Ambrosio, "fue un momento difícil".

Riley se movió con inquietud. "Tuvimos que tomar una decisión".

Luke los miró herido y ofendido. "¡Maldición, lo saben! ¡Lo han sabido todo el tiempo! ¡Pero nunca me dijeron una palabra!"

"Fue por tu propio bien", respondió Ambrosio. "Hubieras hecho una locura y hubieras terminado muerto o en la cárcel".

"¿Esa era tu forma de cuidarme?" Luke preguntó. "¿Pretender que fue un accidente? Nunca te creí... Y eso casi destruyó mi fe en ti". Miró a su padre a los ojos. "Dime, papá. Dime la verdad ahora".

Ambrosio suspiró. "Todo comenzó hace veinte años", comenzó. "Tu madre y yo, habíamos bajado a Stow Fair, con la esperanza de hacer un lugar de negocios. Nosotros los dejamos a ustedes tres siendo niños, con tu tío Taiso".

Mientras Ambrosio hablaba, Luke imaginó la escena. Grupos de gitanos estaban haciendo tratos por caballos, algunos golpeando las manos de acuerdo, otros sacudiendo la cabeza y alejándose. Clifford Yates, un herrador ambulante de cuarenta y cinco años, se acercó a uno de los grupos que lideraba un alegre y pintado caballo de tiro.

Phil, de veinte años y de aspecto mezquino, estaba con él. Clifford llamó a Ambrosio para que le diera un precio por el pinto.

Ambrosio y Clifford discutieron sobre el vanner. El regateo se volvió rencoroso. Ambrosio finalmente se dio la vuelta, señalando despectivamente a Clifford y Phil. "He sido usado de duramente, puedo decir", les dije. "No vale la mitad de lo que estás pidiendo".

Riley puso más leña en el fuego mientras Ambrosio continuaba su narración. "Me peleé con Clifford y Phil por ese trato en Stow. Intentaban engañarme. Pensé que había terminado, y así debería haber sido. Pero más tarde ese día volvieron".

De nuevo, Luke imaginó la escena mientras Ambrosio hablaba. Mireli estaba cocinando en una fogata afuera de su remolque. Ella estaba embarazada. Ambrosio le trajo un recipiente lleno de agua.

Clifford y Phil aparecieron de repente con el furioso caballo de tiro. Clifford salió corriendo, golpeando la grupa del caballo para que galopara por el campamento de Ambrosio. Mireli no tuvo tiempo de apartarse.

Ambrosio luchó con su historia. "Ese caballo derribó a tu madre y cayó sobre el recipiente de agua... Perdió nuestro bebé... Y casi muere ella también... Fue un asesinato, y yo quería venganza. Pero me tomó dos años alcanzar a Clifford y Phil".

Luke se sintió atraído por la vívida descripción de su padre. Las viejas paredes de ladrillos fueron dejadas atrás, y él estaba de pie en un valle de hierba salvaje salpicado de arbustos y espinos. Ambrosio y un viajero gitano de unos treinta años, llamado Nat Boswell se enfrentaron a Clifford y Phil.

"Era temprano en la noche, pero aún no estaba oscuro, cuando Clifford y yo nos enfrentamos. Nat Boswell y Phil Yates actuaron como asistentes".

En su mente, Luke vio a Ambrosio y Clifford desnudarse hasta la cintura. Comenzaron a boxear a puño limpio. Una dispersión de viajeros gitanos y sus amigos, que incluía a Tam McBride, observaban desde los arbustos.

La pelea fue feroz, con cada hombre golpeando al otro con varios golpes duros. Ambos hombres sudaban copiosamente. Ambrosio, el más joven por doce años, estaba mejorando, y pidió a Clifford que se rindiera. Pero Clifford lo maldijo por cobarde y se negó a decirle a Phil que tirara la toalla, y así la lucha continuó. Finalmente,

Ambrosio derribó a Clifford y no volvió a levantarse.

"Lo derribé como una piedra", recordó Ambrosio. "Nunca quise matarlo, pero así fue". Luke vio a Phil, gritando con furia, corriendo hacia Ambrosio con un cuchillo. Nat Boswell y Tam McBride lo refrenaron.

Ambrosio puso fin a su historia. "Phil se llevó el cuerpo de Clifford para enterrarlo en un poco de la tierra que tenían. Desde entonces me ha odiado a mí y a mi sangre".

Se sentaron alrededor del fuego en los viejos ladrillos, considerando las implicaciones de la historia de Ambrosio.

"Phil juró venganza. Tres años después, él y Harry Rooke quemaron nuestro tráiler". Ambrosio miró severamente a sus hijos. "Pero no quiero nada más de esto. No más venganza por esa muerte".

"Phil Yates es un estafador", objetó Luke. Pensó en Cath y Angie. "Arruina la vida de las personas. Alguien tiene que detenerlo".

"¿Y tú eres el gran héroe?" Riley se burló. "¡Eres el Romaní que lo hará, solo! ¡Te cortarán y alimentarán a sus perros!"

"Riley tiene razón, hijo. Si continúas con este asesinato, nunca habrá un final para eso", declaró

Ambrosio con pasión. "No quiero que mi familia derrame más sangre. Este tema de sangre por sangre tiene que parar".

Luke no estuvo de acuerdo. "No es tan simple como eso. No se trata solo de nosotros ahora. ¿Cuántas mujeres y chicas, madres e hijas, familias y niños serán destruidos porque este tipo?"

"Eso no es asunto nuestro ahora, hermano". Las palabras de Riley golpearon a Luke como una bofetada.

"Quizás no sea tu problema, hermano", respondió Luke, "pero podría ser mío".

"Habla con Taiso, Luke", imploró Ambrosio. "No intentes nada por tu cuenta. Taiso tiene que decidir. Si le gusta lo que dices, podría ayudarte. Pero ve con calma. No pretendas que tienes todas las respuestas. Recuerda, él ha estado andando por el camino veinticinco años más que tú, como un verdadero *dromengro*, viajero del camino. ¿Me prometes que tendrás una conversación seria con él?

Luke miró a su padre por un largo momento de silencio antes de responder. "Prometo hacer lo que pidas, padre. Prometo tener una conversación seria con mi tío Taiso, si él me lo permite".

Ambrosio sonrió. "Me complace oírte decir eso, hijo. Hablaré con Taiso esta noche y le diré que estás buscando el camino para conocerlo".

"Nunca hables hasta que él te lo permita, hermano", aconsejó Riley. "No cometas el pecado de orgullo en su presencia".

Luke asintió con la cabeza. "Te escucho."

Los tres hombres se tomaron de las manos a la luz del fuego.

* * *

Cuando Phil regresó del galope, encontró un segundo sobre marrón que lo esperaba. El sobre estaba dirigido como antes a P. YATES y con solo el código postal de Birch Hall. Contenía una fotografía manipulada de la elevación frontal de la casa, pero en lugar de estatuas de bronce destrozadas había cuatro esbeltas columnas corintias, sus elaborados capiteles decorados con hojas de acanto y rollos.

En la parte superior de cada capitel había una cabeza cortada que goteaba sangre, dispuesta de este a oeste en el siguiente orden: Maureen, Harry, Phil y Dot, todos claramente reconocibles. Al pie de los escalones principales, un par de demonios esclavistas se deleitaban con los restos de cuatro cuerpos sin cabeza.

Phil salió corriendo por las puertas principales y bajó los escalones, agitando la foto hacia Harry, que estaba a punto de comenzar a cortar el césped del jardín delantero en un gran cortagramas.

"¡Él quiere destruirnos a todos!" Phil gritó.

"¿Quién lo hace?" Harry se bajó del cortagramas y miró la foto. Lo giró, notando las palabras cuidadosamente impresas *350 MIL Y CONTANDO.* "Solo se está riendo, Phil. Como dije: quiere dinero, no cadáveres. Haz que Brian y Steve armen una bandera blanca".

Phil se calmó un poco. "¿Por qué estás cortando el césped? Tenemos personal para hacer ese tipo de cosas. ¿Dónde diablos están?"

"Están patrullando los límites con los perros", explicó Harry. "Si ese tipo está por allí, lo atraparemos. Estoy cortando el césped mientras espero que hagan contacto. Los perros están destinados a recoger su olor, ya que pudo haber estado por allí vigilándonos durante días". Agitó el brazo en dirección al bosque hacia el sur.

Por un momento, Phil se sintió inusualmente arrepentido. "Tienes todo cubierto como siempre.

Siento haberme puesto nervioso". Vio algo moviéndose en el borde sur del césped. "¿Qué demonios es eso?"

Antes de que Harry pudiera responder, la respuesta se hizo evidente. Una gran liebre adulta cruzó el césped con los dos Doberman persiguiéndola. La liebre sabía exactamente lo que estaba haciendo, ya que giraba a la izquierda, luego a la derecha, cada vez aumentando su ventaja sobre los perros, que sobrepasaban su presa en varios metros en cada cambio de dirección de la liebre.

La ventaja de la liebre aumentó de diez a veinte yardas antes de desaparecer nuevamente en el bosque. Los perros habrían continuado su vana búsqueda, pero aparecieron Brian y Steve. Después de unos minutos de persecución frenética lograron atar y calmar a los perros.

"Si vas a perseguir liebres, al menos hazlo con los perros correctos", dijo Phil, divertido por las payasadas de los Doberman. "Con perros Bedlingtons Terriers bien entrenados y cruzados con esos dos, la hubiéramos tenido". Agregó, con el ceño fruncido: "No es una gran patrulla, ¿verdad? Más bien son como algo sacado de “Policías de Dovela” de Mack Sennett. ¡Nos estamos convirtiendo en idiotas!"

Levantó la vista cuando un ultraligero pasó bajo sobre el bosque al oeste del césped. Maldita sea, pensó, siempre hay algún idiota que estropea la paz del campo. ¿Qué diablos se les ocurrirá a estos imbéciles a continuación: un cable postal de Skiddaw a Scarborough? ¿Seremos todos felices entonces?

Volvió a la casa. Harry saludó a los cuidadores y les dijo que les dieran de beber a los perros, luego que encontraran una vieja sábana blanca en el lavadero.

* * *

Malcolm había decidido que era demasiado arriesgado permanecer en el bosque. A pesar de sus habilidades de ocultamiento y sorpresa, las probabilidades no estaban a su favor, incluso si sus perros eran un par de payasos. No tenía nada que demostrar. La larga procesión de hombres muertos que nunca habían vislumbrado al agente de su desaparición era suficiente testimonio de sus habilidades, ya sea en el uso de armas de fuego, cuchillas o garrotes.

Contrató un ultraligero y sobrevoló Birch Hall. Había volado de esta manera muchas veces sobre el campo de Kent y Essex y se consideraba un piloto consumado, aunque no había volado durante unos pocos años.

Pasó por los cielos sobre Birch Hall y llegó justo a tiempo para ver la persecución de las liebres, que fotografió. En su camino de regreso notó que un pedazo de material blanco había sido fijado a un par de postes y colocado al frente en el borde del césped. Habían visto sentido, al fin.

Si esto no hubiera sucedido, tal vez habría tenido que disparar a uno o ambos perros, y se sintió muy mal por esas cosas. Pero nunca había estropeado un contrato, y esto no sería una excepción. Pagarían lo que la justicia exigiera. Era simplemente una cuestión de *cuándo*, no *si iban a pagar o no*.

Sobrevolando el norte de Inglaterra de esta manera, era muy consciente del paisaje como un ser vivo. Una sola tela una vez hermosa, demasiado a menudo irreflexiva por las acciones del *homo sapiens*, el hombre sabio. Se dio cuenta de que había llegado a un punto en su vida en el que no le gustaba mucho nada de lo que veía, ni a nadie para quien trabajaba, con la excepción de su hermano.

Obtener justicia para Tam era una forma adecuada de terminar su carrera y comenzar a poner algo en el otro lado de la balanza, para restaurar su equilibrio personal. Plantar árboles, tal vez. Ayudando a los erizos. Disparar a los granjeros recalcitrantes que tenían el descaro de declararse custodios del paisaje, cuando todo lo que les preocupaba era la ganancia. Él rió. Disparar a los codiciosos granjeros, ¡eso era algo a lo que podía acostumbrarse rápidamente!

20

Era el primer día de la Feria de Caballos de Appleby, y un vasto campamento ocupaba Fair Hill al norte de la ciudad. Había transportadores de ganado, casas móviles caras, camiones de todo tipo, camionetas y remolques de caballos, además de una variedad de motores, incluidos varios Mercedes. Había algunos especiales de viajeros, pero estos fueron superados en número por modelos menos ostentosos (y más baratos). Había uno o dos Carruajes Abiertos, pero éstos habían llegado a la parte de atrás de los camiones. Muy pocas personas que asistieron a la feria en estos días viajaron a la antigua usanza con caballos de tiro y carretas.

Para un extraño, era difícil creer que el mundo de los viajeros gitanos no estuviera prosperando.

Pero en los últimos años, la Feria de Appleby había cambiado. Muchos Romaníes sintieron que había sido secuestrada por un elemento espurio no viajero que estaba principalmente preocupado por las carreras de arneses. La mayoría de estas personas eran irlandesas. Tenían buenos caballos, era cierto, pero no eran viajeros romaníes.

Aquellos Romaníes que obtuvieron una parte sustancial de sus ingresos comprando y vendiendo caballos, ahora llevaban a cabo sus transacciones en otros lugares, en lugares conocidos solo por ellos mismos. La mayoría de los pobres Romaníes, que alguna vez consideraron a la Feria de Appleby como un lugar donde podían reunirse con amigos y familiares muy dispersos, ahora se mantenían en contacto por teléfono móvil y se reunían en privado. Ya no se sentían cómodos en la Feria de Appleby.

Atrás quedaron los días en que los visitantes de la feria llevaban sus carretas al borde de los carriles alrededor de Appleby y saludaban a otros de la sangre junto a innumerables fogatas. Esos tiempos de convivencia se habían convertido en un recuerdo lejano entre los ancianos. Sentían que habían sido tratados como ganado, confinados dentro de un recinto cercado en la colina. Ya estaban cercados lo suficiente por los gorgios en su vida cotidiana.

La gente todavía lavaba sus caballos en el río Edén en el tiempo justo, y los visitantes aún tomaban sus fotografías desde el puente. Pero pocos de los jinetes eran romaníes.

Taiso había decidido no ir a la Feria de Appleby este año. Varias familias de varios clanes habían sido acogidas en su propia tierra en el paisaje salvaje a una hora en coche al sur de Appleby. Luke y Sy planearon visitarlo más tarde en el día, pero primero querían pasar unas horas en la feria.

Sy corrió a través de la multitud, llevando al Prince of Thieves, el semental moteado de Luke, atado a una cuerda. Llamó mientras corría: "¡Dik akai! ¡Miren aquí!"

Después de conducir al semental unos cientos de metros, se detuvo y una docena de hombres jóvenes de Boswell se reunieron a su alrededor. Sy mantuvo su llamada por otro minuto hasta que sintió que había atraído a una multitud lo suficientemente grande, principalmente de jóvenes muchachos irlandeses y el cada vez más numeroso grupo de vagabundos de feria.

"Venderé este caballo al hombre que pueda permanecer en su lomo por un minuto completo. ¡Tiene que ser el mejor jinete en la Feria de Appleby!" Sy miró a su audiencia a su alrededor. "¿Quién va a ser el primero?"

Varios de los Boswell intentaron montar el semental a pelo. El Prince of Thieves se resistió y pateó y los arrojó uno por uno en cuestión de segundos.

"¡Le pusiste un maleficio a ese caballo!" un Boswell discretamente colocado en la multitud gritó. "¡Nadie puede montarlo!"

Luke gritó desde otra parte de la multitud. "¡Yo puedo montarlo!" Entró en el espacio en medio de la reunión. "Apuesto diez a cualquier hombre, que puedo montar ese caballo. Me caigo en menos de un minuto y le devuelvo veinte".

Una docena de jóvenes irlandeses sostuvieron billetes de diez libras. Dos raklies, muchachas de aspecto serio recogieron el dinero e hicieron alarde de anotar los nombres de los apostadores.

Luke caminó hacia el semental manchado y sopló sobre sus fosas nasales. Parecía hablarle o susurrar, aunque no se oían palabras, y sus labios apenas se movieron. Todo era parte de la mística que estaba creando para la ocasión.

Luego acarició la nariz del animal y se frotó la barbilla. Un momento después saltó a la parte trasera del semental. El animal se sacudió y pateó brevemente, luego se quedó quieto. Luke caminó un poco, se giró y regresó.

"¡Se acabó el minuto!" Sy llamó. "Eres el ganador, hombre".

"¡Lo encantó! ¡Yo lo vi!" gritó un chaval irlandés musculoso. "¡Se frotó una poción en la nariz!"

Luke desmontó y extendió las manos. "¡Devolución de dinero si puedes oler una poción!" Algunos Romaníes lo intentaron, pero nadie pudo ver nada.

"El trato es un trato, muchachos", dijo Sy. "Si él hubiera perdido, ustedes serían los felices, ¿eh?"

Los muchachos irlandeses sacudieron la cabeza y se alejaron. Algunos parecían enojados, pero los jóvenes Boswell rodearon a Sy y Luke y los hombres enojados se rindieron y se alejaron.

"Los Gorgios llaman a esto trabajo en equipo, ¿no?" Sy rio.

Luke le dio unas palmaditas al Prince of Thieves. "¡Le dije que nos divertiríamos un poco! ¡Sabía lo que tenía que hacer desde el principio!"

"¿Lo encantaste?" Sy preguntó.

"No necesito hacerlo. Estaba leyendo mi mente".

Sy no estaba seguro de si debía creerle a su amigo o no. Luke estaba contento de ver que tenía a todos adivinando.

"Vamos a probarlo", sugirió Luke. "Necesito saber que puedo llevarlo a cualquier parte".

El grupo de Boswell, montando sus caballos a pelo, acompañó a Luke y Sy al río Edén, donde unas pocas muchachas irlandesas lavaban sus caballos. Algunos nadaban sus animales en las partes más profundas del río. Luke en Prince of Thieves y Sy en una yegua montaron sus caballos en el Edén. Los otros Boswell se unieron a ellos. Hubo bromas y risas, un gran espectáculo afable de los romaníes, como los de antaño que pronto se perderían en la neblina del tiempo.

Luke tomó al Prince of Thieves debajo del puente de la ciudad, luego lo llevó a la piscina profunda en el lado sur del río. El caballo y el jinete estaban casi completamente sumergidos.

"¿Tratando de ahogarlo, hombre?" Llamó Sy, riendo.

Luke también se rio. Estos fueron raros momentos de felicidad. Estaba tan de acuerdo con el animal que sintió que el semental realmente podría estar captando sus pensamientos. Decidió hacerlo nadar cruzando el río hasta donde Sy estaba sentado a pelo en la yegua. El Prince of Thieves partió de inmediato, sin que Luke lo urgiera ni le dijera una palabra.

"Es un animal mágico", dijo Luke con evidente orgullo. "¡Él puede hacer cualquier cosa! ¡Sabe lo que quiero hacer antes de que yo mismo tenga la idea!"

"¿Alguna vez pensaste que quizás es al revés, que él tuvo la idea primero y que tú simplemente la recogiste?" Un joven Romaní llamado Royston se rió de la expresión de sorpresa de Luke.

Montaron sus caballos desde el río y desmontaron.

"¿Estás listo ahora, hombre?" Sy preguntó.

Luke sonrió "Nunca he estado más preparado".

Los dos hombres se tomaron de las manos.

"Es hora de que vayamos a la casa de Taiso", decidió Luke.

* * *

Cuando el anochecer descendió sobre los camiones y los remolques que llegaron a la tierra de Taiso, se encendieron fuegos de cocina al aire libre, se ataron los caballos y se llenaron los recipientes de agua. Todo el lugar estaba rodeado de árboles, la mayoría de los cuales habían sido plantados por Taiso y su extensa familia para desconcertar a los curiosos ojos de las gorgios.

Taiso había construido un bungalow en un extremo del sitio, pero prefería vivir en su casa rodante y cocinar afuera, a menos que el clima formidable de Pennine se cerrara en ella.

Luke caminó a través del campamento, dejando que Sy y sus parientes se ocuparan de la yegua y su semental moteado. Se acercó a un nuevo pero modesto trailer, en cuyo frente ardía un pequeño fuego de cocina.

Taiso, el tío de Luke, un poco más alto y más oscuro que Ambrosio, su hermano menor, estaba sentado junto al fuego. Se puso de pie mientras su sobrino se acercaba. Luke se detuvo a una distancia respetuosa.

"¿Crees que podrías ser el hijo pródigo?" Taiso preguntó, sin sonreír.

"Eso es para que lo digas, tío", respondió Luke con igual seriedad.

Taiso hizo un gesto hacia una silla plegable vacía que había sido preparada cerca del fuego. "Mejor siéntate".

Luke obedeció la invitación, y los dos Romaníes se sumergieron rápidamente en una conversación tranquila sobre los tiempos pasados de los viajeros y sus pensamientos sobre los años venideros. Asó pasó una hora con los dos hombres que permanecieron ininterrumpidos. Luke se dio cuenta de que su padre había llamado a su hermano mayor y le había informado sobre la situación, y Taiso había corrido la voz de que debían dejarlos solos.

Hablaron extensamente acerca de la justicia y la necesidad de autoestima entre los viajeros gitanos. El incendio del tráiler se discutió en este contexto, y Luke fue invitado a expresar su honesta opinión. Luego hablaron de su futuro, y Luke mencionó a Cath y su lucha con Phil Yates. Tuvo cuidado de enfatizar sus credenciales gitanas y sus propias esperanzas de que esta era la mujer con la que deseaba formar una relación a largo plazo "respetuosa de la ley".

"Ella tiene la sangre, tío", dijo Luke. "Nuestras mujeres lo saben y les dicen a las jóvenes que trabajen para ella".

"¿Y Phil Yates le está causando problemas?"

"Así es. Y ella le tiene miedo".

"La ha puesto en un mal lazo, ¿verdad?"

"Lo ha hecho. Es su manera de ser". Luke pensó que no podía hacerlo mejor que una cita de Cath. "Es como un gusano en una manzana. Se come la vida de la gente desde el interior".

"He escuchado sobre ese hombre. Es un traidor a su apellido". Taiso habló con feroz énfasis. "Era un apellido que alguna vez respetamos".

Hablaron un rato más hasta que Taiso sacó su teléfono móvil e hizo una llamada. Poco después se les unieron dos hombres mayores, a los que Luke reconoció como Boswells, que escucharon las breves palabras susurradas de Taiso y luego se fueron. Telepatía gitana en acción, pensó Luke con una sonrisa.

Cuando los hombres se fueron, Taiso colocó más leña en el fuego, y esto parecía ser una señal tácita de que su conversación privada con Luke había terminado. Su extensa familia, Romaníes, perros y algunas jóvenes, se materializaron desde la oscuridad y se reunieron a un lado del fuego. Todos los ojos se volvieron hacia Taiso y Luke. Nadie habló, el silencio era roto solo por el crepitar del fuego.

Taiso puso su mano sobre el hombro de Luke. "Luke vino a hablar conmigo esta noche. Me contó una historia que me hizo llorar. Está pidiendo nuestra ayuda. No lo decepcionaremos, ¿verdad?"

Luke dejó a Taiso solo con su gente, retirándose del fuego y sentándose en la tierra al borde del círculo de la luz del fuego. Observó la actividad alrededor de otras fogatas, en los mujeres y las jóvenes yendo y viniendo, preparando la cena; en grupos de romaníes, hablando y saludándose unos a otros; en los perros encadenados, los jukels, en su mayoría acechadores, ya sea durmiendo o, como él, observando en silencio.

Después de un tiempo, las mujeres se ocuparon de cocinar alrededor del fuego de Taiso y los hombres desaparecieron en el remolque. Cada pocos minutos, los jóvenes Romaníes, obviamente convocados, tocaban la puerta del remolque y eran rápidamente admitidos. Luke notó que Sy fue el primero de ellos. Pasó otra media hora. Entonces Sy y los otros jóvenes Romaníes dejaron el tráiler. Cinco de ellos, incluido Sy, formaron un pequeño grupo al otro lado del fuego. Los otros jóvenes se esfumaron en la bulliciosa oscuridad del campamento.

Sy le hizo señas a Luke para que se uniera a ellos. Luke estrechó la mano con los otros cuatro jóvenes viajeros gitanos, dos de los cuales conocía bien y los otros por su nombre y conocimiento. Formaron un pequeño grupo propio, cenaron juntos. Ellos le dejarton claro a Luke que entendían la situación que enfrentaba y estaban dispuestos a ayudarlo en su dirección. Sy dijo que sus dos hermanas se unirían a ellos por la mañana.

Un grupo de músicos con acordeón, violín y guitarra se materializaron desde la oscuridad y tocaron exuberantemente, atrayendo gente de otros sitios familiares. Amos Wood se unió a ellos con su violín. Algunos de los gitanos bailaron, incluidos tres de los jóvenes del grupo de Luke. Estaba contento de que lo hicieran, ya que una reunión clandestina de seis hombres podría despertar curiosidad y chismes.

Los músicos pasaron a tocar en otras fogatas. Los miembros del grupo de Luke le dieron las buenas noches y se quedó solo con Sy. Hablaron en silencio durante un rato, Luke describió sus planes para llevar a Phil Yates a la cuenta.

"Son solo ideas en este momento", admitió Luke. "Tendremos que observar cómo se desarrollan las cosas".

"Es complicado", dijo Sy eventualmente. "Nunca he oído que un grupo de nosotros haga algo como esto. Hay muchas cosas que no sabemos".

Luke rio. "Los viajeros gitanos son buenos para manejar lo inesperado. Es lo que hacemos todos los días. Tenemos cerebros más rápidos que la mayoría de las gorgios. Estamos en nuestro mejor momento cuando tenemos un desafío".

"¿De verdad crees que podemos hacer esto?"

"Taiso puede hacerlo. Y yo también. Creo que no tenemos otra opción".

Sy se puso de pie. "Estaremos en el camino a primera luz, a menos que quieras competir con tu caballo".

"No voy a competir con él aquí este año", informó Luke a su amigo. "Tengo otros planes para él", anunció misteriosamente. "Te veré a la primera luz".

Luke se quedó solo con sus pensamientos. Seis jóvenes Romaníes enfrentando a un grupo de hombres despiadados con armas y perros. Estaba pensando sobre la igualdad de probabilidades.

* * *

El día de Cath había ido mal. Su cara estaba magullada e hinchada. Le dolía la cabeza y se sentía enferma. De alguna manera había ayudado a su hija con los animales, pero después de una cena frugal, había renunciado a la lucha y se había acostado.

Angie se sentó en una silla junto a la cama. Ella tenía un ojo morado. "No podemos ceder ante estos matones, mamá, ¿verdad? Tal vez Luke vuelva y nos ayude".

"Él tiene sus propios problemas", respondió Cath, su voz sonaba débil y lejana. "No veo por qué debería sentirse en deuda con nosotros".

Podría haber sido arrestado nuevamente por todo lo que ella sabía, u ocupado en su misión de comprar tierras para su pueblo. Ahora que se había ido, ya no se sentía como una persona con sangre gitana. No tenía ganas de nada, solo el dolor en su cabeza y la desesperación en su corazón. Estaban solos y sin amigos, con apenas más valor que los animales atropellados que los cuervos y sus vecinos habían recogido hasta que desaparecieron por completo.

Tenía la idea de que debería hablar con su contador para tratar de encontrar una manera de deshacerse de Phil Yates. Pero ella no tenía fuerzas para perseguirlo.

"¿Te apetece una taza?" Sugirió Angie.

"Más que nada". Cath hizo una mueca. Sonreír fue doloroso.

Angie se disculpó. "He estado fuera de servicio. Lo siento mucho".

"Está bien."

Angie tomó la mano de su madre. "¿Somos amigas de nuevo?"

"Por supuesto. Pero tenemos que unirnos ahora. No más argumentos. No más de esos estados de ánimo".

"Lo prometo." Angie besó a su madre en la mejilla. "Te amo, mamá".

"Yo también te amo."

"Hora de la taza".

Angie salió de la habitación y bajó a la cocina. Encontró a Charlie Gibb sentado a la mesa. Los cajones se habían abierto en el aparador y él estaba mirando los papeles que había quitado con su único ojo bueno.

"¿Qué demonios estás haciendo, Charlie?" Ella exclamó.

Agitó un puñado de papeles hacia ella. "Puedes arrojarlos al fuego. Phil Yates ya no quiere este lugar. Tienes que firmar conmigo ahora".

"¡Al diablo contigo, Charlie!" ella chilló. "¡Te voy a matar primero!"

Agarró la escopeta, que estaba apoyada contra la pared cerca de la ventana. Charlie, con una mirada astuta, salió rápidamente por la puerta trasera. Angie corrió tras él con la escopeta.

Ella se apresuró a cruzar el patio, pero era demasiado lenta. Escuchó la risa de Charlie, muy por delante de ella, desvaneciéndose en la noche. Ella se rindió y se quedó un momento en el patio. El lugar estaba lleno de sombras saltantes proyectadas por la luna mientras corría a través de mechones de nubes rotas. El viento sacudió la madera suelta en el granero y silbó a través de los huecos en las paredes de los edificios. Las hojas de techos corrugados rallaban contra sus accesorios, y los cables golpeaban contra la madera en el viento racheado. Ligeramente asustada, Angie regresó a la casa.

De vuelta en la cocina, apoyó el arma en su lugar junto a la pared y cerró con llave la puerta. Hirvió la tetera para el té, llenó la tetera, luego la colocó en una bandeja con dos tazas y una jarra de leche. Subió las escaleras y abrió la puerta de la habitación de Cath.

"¡Aquí estoy por fin!"

Silencio.

"¿Mamá?"

Cath no estaba allí. La cama estaba vacía, la habitación estaba desordenada, la ropa y los zapatos tirados. Angie, temerosa y confundida, dejó la bandeja sobre el tocador.

"¿Mamá? ¿Dónde estás? ¿Qué está pasando?"

La puerta se cerró de golpe detrás de ella. Se volvió alarmada y gritó cuando Brian la agarró.

Antes de que pudiera reunir su ingenio, le pusieron una capucha sobre la cabeza y le ataron las muñecas. Escuchó una conversación entre dientes y se dio cuenta de que la segunda voz pertenecía al matón que llamaban Steve. Luego fue medio arrastrada, medio cargada por las escaleras y cruzó el patio. Podía oler el aire nocturno a través de la capucha.

La metieron en la parte trasera de un vehículo y lo sintió tambalearse cuando se dio la vuelta en el patio irregular. Entonces ella encontró su voz.

"¡No, no, no! ¡Esto está mal! ¡No iremos a ninguna parte! ¡Nos van a dejar salir y dejarnos tranquilas!"

Otra sacudida luego el vehículo se estabilizó y aceleró.

Nosotras, pensó ella. *¿Nosotras...?* ¿Pero dónde demonios estaba su madre?

Entonces ella estaba gritando. "¡Mamá! ¡Mamá! ¿Dónde estás? ¿Qué has hecho con ella, malditos imbéciles?"

Oyó dos voces masculinas riéndose. Y ella sabía que se dirigía hacia las peores horas de su vida.

21

Phil se puso la bata y recogió su móvil. Dot se despertó con el sonido de su voz y lo miró adormilada.

Phil miró por la ventana mientras hablaba. Mientras miraba hacia el jardín delantero, se preguntó si estaba en la mira del rifle de francotirador. Pero él sabía que era poco probable. Como Harry había dicho, el tipo quería dinero, no cadáveres. "Buenos días, Clive... Buena mañana también lo es. ¿Cómo está mi niño encantador...? Cuídalo bien... Nos vemos en el galope". Colgó.

"Un día me despertaré y habrá un caballo sangriento a mi lado", dijo Dot gruñón.

Él la miró ceñudo. "Has estado viendo demasiadas películas". Un pensamiento recurrente lo golpeó. Lo intentó. "¿Por qué no vienes al galope? El aire fresco te hará bien".

"Subí el año pasado", respondió con desdén.

Phil se volvió hacia ella con exasperación. "Dot, por favor, muestra un poco de interés".

"¿Qué pasa? ¡No sabía que iba a casarme con un maldito caballo!" Se dio la vuelta y volvió a dormir.

Se rindió y salió de la habitación.

En la habitación contigua, Harry se estudiaba en el espejo de cuerpo entero, flexionando los músculos. Maureen se despertó y se volvió para mirarlo.

"¡Feliz cuadragésimo cumpleaños muchacho!"

Él miró su reflejo en el espejo. "Desearía que lo dijeras en serio".

Ella respondió sin dudarlo. "Claro que sí. ¿Por qué no debería?"

Se volvió hacia ella. "Podría sacarte el par, fácil como una bolsa de patatas fritas. Piensa en eso".

Su mirada se endureció. "Pero no harás eso, ¿verdad, Harry? Porque entonces, ¿dónde estarías?"

Sin mirar atrás, Harry se puso la bata y salió de la habitación. ¿Cuánto tiempo podría seguir así? ¿Otro mes? ¿Una semana? ¿Un día?

Durante las largas horas que pasó solo, administrando sus propios intereses comerciales y los de Phil, más sus pensamientos volvieron al día del incendio del remolque. Algo había salido mal para él, para todos ellos, ese día. Era como si sus acciones lo hubieran dejado expuesto al lento goteo acumulativo de un terrible enemigo.

Se había vuelto obvio en la pelea con el joven irlandés, cuando sintió que la fuerza se le escapaba de las extremidades hasta que estaba caminando alrededor del ring como un borracho sin dirección. Había continuado con su lenta pero constante pérdida de libido, lo que había llevado a... No podía soportar explicar los detalles humillantes. A esto le siguió su creciente indiferencia hacia los ganadores de la carrera, la acumulación de riqueza, incluso la pérdida de interés en la vida misma.

Era como si una maldición hubiera sido puesta sobre él ese día, como si hubiera cruzado una línea existencial y despertado el implacable espíritu de justicia o destino que acechaba al otro lado. No era un hombre supersticioso, pero sentía cada vez más que una vieja rawnie gitana le había echado una maldición imposible de escapar.

There was nothing he could do. No atonement would be sufficient to lift the curse from his life. He had to watch himself become an utterly empty man.

* * *

Phil, Harry y Clive observaron a los caballos haciendo ejercicio al galope. Nadie habló. A Phil le pareció que los tres que se apoyaban en la cerca del aparcamiento habían sido excluidos del mundo cotidiano que los rodeaba, el mundo de los caballos al galope, de la luz del sol atravesando las nubes, de la esperanza y la expectativa.

¿O era solo él mismo? ¿Qué había pasado para cortarlo así? ¿Era este el preludio de un derrame cerebral o ataque cardíaco? Parecía que Harry y Clive, de pie a cada lado de él, eran meros recuerdos, a años luz de distancia al otro lado de un vacío insalvable.

Se aclaró la garganta, pero también sonaba distante, como si estuviera escuchando un sonido hecho por otra persona. Luego se encontró caminando por el camino que conducía desde la carretera hacia el aparcamiento. Había una figura que venía hacia él... Una figura que sentía que se había estado acercando a él durante mucho tiempo. La distancia entre él y la figura disminuía constantemente. Podía divisar la figura más claramente ahora. Parecía estar compuesto de prendas aleteando, aunque apenas había viento. Llevaba una capucha, pero no podía ver ninguna cara dentro de ella, solo una oscuridad arremolinada que...

Sintió que algo le empujaba el codo y un ruido que podría haber sido una voz pero que estaba haciendo un balbuceo ininteligible.

"Phil! Phil, ¡vuelve con nosotros!"

Miró a Clive, que lo miraba con los ojos muy abiertos.

"¿Qué?" se las arregló para preguntar. Notó que su voz sonaba casi normal nuevamente.

Clive seguía mirando. "Nos diste un susto, viejo hijo".

"Fue una siesta de gato de treinta segundos". Harry estaba sonriendo, explicando. "Lo ha hecho varias veces. Nada de qué preocuparse".

Pero Phil sabía que no era una siesta de gato. Era una visión de la muerte viniendo hacia él. Lo había visto antes en momentos extraños, pero siempre estaba en la distancia. Ahora estaba más cerca, reduciendo la brecha.

* * *

Dot y Maureen comieron solas en la sala de desayunos. Habían decidido que no tenía sentido ir al comedor, ya que habrían terminado de comer mucho antes de que sus maridos regresaran.

Dot se enfrentó a su segunda rebanada de pan tostado y mermelada, luego decidió que intentar consumirla era una lucha desigual. Se sirvió café y lo mezcló, como siempre, con brandy.

Maureen todavía estaba en su etapa de salchichas y champiñones y esperaba que su compañera no comenzara a hablar hasta que la hubiera comido mientras hacía calor. Se dio cuenta tristemente de que eso no iba a suceder.

"Deberíamos irnos de vacaciones", anunció Dot. "Solo nosotras dos. Les enseñaría una lección a estos muchachos absortos. Incluso podrían darse cuenta de que ya no estábamos cerca. ¿Qué piensas? "

Maureen se tragó su último trozo de salchicha. Odiaba hablar con la boca llena. Le recordaba a sus padres y ahora parecía ser insoportablemente grosero. Tampoco quería hablar de unas vacaciones, a menos que fueran permanentes. "No lo sé. ¿Dónde estabas pensando ir?"

Dot respondió sin sonreír. "En algún lugar sin caballos".

"¿Como una isla en el Mediterráneo?" Maureen sugirió esperanzada.

"No importa dónde. Siempre y cuando sea demasiado pequeño para montar caballos".

* * *

El pequeño grupo de gitanos se había detenido al borde de un aeródromo abandonado. Era un lugar que todos conocían bien, ya que habían corrido sus caballos en su perímetro cubierto de hierba muchas veces en años pasados. El lugar se deterioraba lentamente, las grietas en el asfalto se ensanchaban y los grupos de pastos invadían el terreno.

El campamento fue levantado por Luke y Sy, además de May y Minnie, que eran hermanas de Sy, y los cuatro jóvenes Romaníes de la reunión en la Feria de Appleby: Royston, Farley, Bennett y Kingsley. Se sentaron alrededor de un pequeño fuego, terminando el desayuno y tomando té. Farley tenía una perra cazadora tendida en silencio a sus pies.

Varios vehículos estaban estacionados cerca: el Citroen Estate de Luke, la gran camioneta Toyota de Sy, una camioneta Ford Transit con sus puertas traseras abiertas y un pequeño camión Ford. Un remolque de caballos dividido para dos caballos grandes fue enganchado a la camioneta, y un remolque tipo sala de estar estaba enganchado al camión. En el camión había un montón de troncos grandes, y una motocicleta ocupaba la parte trasera. El Prince of Thieves, pastando en silencio, estaba en la hierba atado al borde del asfalto.

Luke se puso de pie y arrojó sus restos de té al fuego. "¿Estamos todos listos? Vamos a recorrer el camino".

Fue a buscar al Prince of Thieves, y Sy puso al animal en el remolque del caballo. Royston y Farley subieron al camión y Bennett en el transporte. Los otros se unieron a Luke en el Citroen, las hermanas sentadas en el asiento trasero. Unos minutos más tarde se habían ido, sin dejar rastro de que habían estado allí, excepto por un pequeño montón de cenizas humeantes en el borde del asfalto.

* * *

Luke estacionó el Citroen hacia la cubierta de arbustos, lejos del aserradero y del telescopio de Charlie Gibb. Los cuatro gitanos, que cubrían los setos del campo, se dirigieron a Cuckoo Nest durante el último cuarto de milla a pie. Luke se dio cuenta de que algo andaba mal allí, ya que sus repetidas llamadas a Cath no habían sido devueltas.

Dejó a sus tres compañeros, Kingsley, May y Minnie, al borde del huerto y se acercó solo a la granja. Las cabras no habían sido apartadas para pasear, y el ruido de la unidad de cerdos sugería animales inquietos y hambrientos. El Land Rover estaba estacionado en el trastero, pero la puerta trasera de la casa estaba abierta de par en par.

Cuando entró silenciosamente en la cocina, encontró a Charlie, con su sombrero flexible y su parche en el ojo, mirando en los armarios de la pared y murmurando para sí mismo. "Bonito lugar. Me gustará esto aquí. Seré un buen granjero".

El soliloquio de Charlie se interrumpió cuando unas manos poderosas lo agarraron por detrás y lo golpearon boca abajo sobre la mesa. Luke retiró la cabeza sangrante de Charlie y acercó su cuchillo a la garganta del albino.

"¿Dónde están Cath y Angie?" Luke exigió. "¿Qué demonios has hecho con ellas, maldito psicópata?"

"¡No fui yo! ¡Yo no!" Charlie soltó. "Se las llevaron. Dos tipos. Anoche".

"¿Cuáles dos tipos?" Luke preguntó enojado, tirando de la cabeza del albino hacia atrás hasta que el hombre apenas pudo hablar.

"Esos tipos... Que trabajan... Para Phil Yates. Los tipos malos. Tenían armas".

El corazón de Luke se hundió. ¿Phil Yates finalmente había reconocido a Cath como testigo del incendio del remolque? "¿Les dispararon o qué?" preguntó con severidad.

"Las ataron... Y las pusieron... En un Range Rover. Yo los estaba mirando... Desde los árboles. Luego se las llevaron".

Luke echó a Charlie de la casa. "¡Sal de aquí! ¡Esto es tierra privada!"

Charlie cayó en una posición indigna sobre las piedras del patio, con su sombrero envuelto rodando en el barro.

"¡Mantente alejado de aquí!" Luke gritó. "Te veo aquí otra vez ¡Te cortaré la maldita cabeza!"

Charlie se puso de pie y se alejó, murmurando furiosamente para sí mismo. "¡Nadie le hace eso a Charlie Gibb! ¡No hay nadie! ¡Nadie!"

Luke y sus compañeros pasaron la siguiente hora ordeñando y atando a las cabras, alimentando a los cerdos y recogiendo los huevos de los ponederos. Las chicas habían trabajado en la granja recogiendo fruta y sabían cómo moverse. Dejaron la leche en la lechería y llevaron los huevos a la cocina, como Luke había visto hacer a Cath. Luego las dejó solas a las tres para vigilar la casa.

"No permitan que nadie se acerque al lugar por orden de Cath Scaife, a menos que estén haciendo una entrega oficial. Cualquier problema me llaman".

Les dejó su número de móvil. Entonces, solo para estar seguro, también dejó a Sy.

"¿Qué haremos si las cosas se ponen difíciles aquí?" Kingsley preguntó. "No hay suficiente de nosotros para responder".

"Cierren la casa y pónganse a cubierto en el huerto", aconsejó Luke. "Pueden salir por la puerta principal que no se puede ver desde el patio. La llave está en la cerradura. Entonces llámenme a mí y a Sy. ¡Y manténgase fuera de la vista de ese loco en el aserradero!"

Volvió corriendo al Citroen y se fue. Lo inesperado ya había sucedido, y él ni siquiera había comenzado a poner en práctica su plan. Estaba acosado por los malos sentimientos sobre el día que le esperaba.

Una cosa era segura: Ahora iba a ser todo o nada.

22

Cath y Angie estaban atadas a accesorios de pared en una de las dependencias en Birch Hall. Estaban amordazadas, deshidratadas y exhaustas. No tenían idea de dónde estaban y no podían moverse ni pedir ayuda. Angie se dio cuenta rápidamente de que el llanto causaba problemas respiratorios aterradores. No podían hacer nada, así que no tuvieron más remedio que resignarse a su destino.

Después de su visita habitual a los galope y de un desayuno tranquilo a solas con Harry en el comedor, Phil decidió que era hora de visitar a las mujeres. Las tenía completamente bajo su control y decidió divertirse un poco con ellas mientras esperaba que el sicario de Tam hiciera contacto.

Cuando hubiesen tratado con él, él podía decidir qué hacer con las mujeres.

Una cosa había quedado clara ahora: Cath Scaife tendría que transferirle la propiedad de su granja si él liquidaba su deuda con el banco. Una vez hecho eso, a pesar de las promesas que les hizo, las mujeres no tenían más valor. Las llevarían al barranco y las eliminarían, como deberían haber hecho con Tam.

Entró en el edificio anexo y se quedó un momento mirándolos. "Hermosa mañana allá afuera". Cerró la puerta y encendió la luz. "Lástima que no puedas verlo". Sacó su revólver de la funda del hombro que llevaba debajo de la chaqueta. "Debería haberme dado cuenta de que fuiste tú quien estaba mirando aquella noche, Cath Scaife. No puedo pensar cómo podría habérseme escapado. Mejor no correr más riesgos, ¿eh?"

Antes de que Cath tuviera tiempo de cerrar los ojos, le puso el arma en la cabeza y apretó el gatillo.

Click.

Cath comenzó a temblar incontrolablemente. Angie luchó en vano contra sus ataduras.

Phil se rio. "Puede ser que la próxima vez esté cargada. O podríamos jugar a la ruleta rusa. Podríamos comenzar con dos balas en la cámara. Lo hace más emocionante, ¿no crees?"

Se giró hacia Angie. "Quizás podrías dispararle a tu mamá. O ella podría dispararte a ti. Cuando solo quede uno de ustedes, supongo que tendré que hacerme cargo. No será tan divertido entonces, ¿verdad? La emoción dura mientras existe la posibilidad de que puedas vivir otro minuto más, tal vez dos. Pero se irán a lo desconocido, el par de ustedes, tarde o temprano".

Permaneció unos minutos observándolas, disfrutando la oleada de poder que lo llenaba. Tal vez debería filmar su juego de ruleta rusa y crear su propia película de acción en vivo. Podría ponerlo en Internet y cobrar un dólar por cada vista y ganar un millón fácil en solo unas pocas horas. La gente se había vuelto tan aburrida y degenerada que simplemente lo lamerían.

Pero necesitaría la experiencia de Harry para proteger su identidad en línea y eliminar la película antes de que lo delataran. Y no quería compartir esta experiencia con él. Robar a la esposa de Harry era una cosa. Darle el poder del chantaje tan fácilmente era algo completamente distinto. Volvió a colocar la pistola en la funda y apagó la luz, luego salió y cerró la puerta, dejando a las mujeres en la oscuridad.

* * *

Brian observó a los dos Doberman en el corral del patio trasero. Los animales estaban inquietos, olisqueando el aire y lloriqueando. Su alimentación matutina permanecía intacta.

Steve deambuló. Miró a los perros. "¿Qué hay de malo con ellos?"

Brian se encogió de hombros. "No lo sé. Han estado así durante la última media hora".

"Quizás tengamos un intruso. Podría ser ese tipo que disparó a las estatuas".

"Estaba pensando que deberíamos dejarlos ir. El tipo nunca podría manejar a los perros y a nosotros también. Si lo atrapamos, Phil nos daría una bonificación increíble. ¿Qué piensas?"

"¿Estás listo para un tiroteo?" Steve preguntó con una sonrisa inquisitiva.

"Siempre estoy listo".

"Está bien, entonces. Hagámoslo".

Brian abrió la pluma y los perros se alejaron corriendo. Él y Steve los persiguieron. Los Doberman cruzaron el jardín delantero, saltaron la cerca y desaparecieron en el bosque más allá. Brian y Steve, doscientos metros atrás, llegó a la cerca, recuperó el aliento y escuchó.

"¿Escuchas algo?" Steve preguntó.

Brian sacudió la cabeza. "No, a ninguna maldita cosa. Así que no hay un tirador aquí. Hubiera habido un disparo al menos".

"Si estuviera usando un silenciador no lo habríamos escuchado", razonó Steve. "Él podría estar buscándonos ahora".

Brian se opuso. "Podría haber disparado a uno, pero el perro restante habría ladrado. Nadie podía disparar a dos Doberman en total silencio".

"Es posible que los perros buscaban algo más", sugirió Steve.

"¿Cómo qué?"

"¿Qué te haría correr tan rápido?"

"Policías, podría ser. Dinero".

"Quiero decir, si fueras un perro"

Brian se echó a reír. "Solo una respuesta a eso, ¿no?"

Ellos silbaron y gritaron, pero fue en vano.

"Maldición, los hemos perdido", dijo Steve. "Phil se volverá loco".

Vagaron a medias por el bosque, llamando y silbando, pero finalmente se rindieron.

"Deben haber recorrido una distancia considerable", decidió Steve. "Me han dicho que los perros pueden oler a una perra en celo a más de una milla de distancia".

Brian hizo una mueca reacia. "Tendremos que coger el motor e ir a buscar".

"Le diremos a Phil que fueron eliminados", dijo Steve. "Será mejor que saboteemos la pluma como evidencia".

Volvieron sobre sus pasos hacia el corral en la parte trasera de la casa. Royston y Bennett los observaron desde los arbustos cercanos.

La perra cazadora estaba atada a un esbelto sauce de cabra entre bosques infestados de brezo al sur de la casa. Los doberman tranquilos yacían cerca. Sy y Farley, invisibles entre las hojas de verano, escuchaban el ruido levantado por los cuidadores.

Farley sacudió la cabeza. "Gorgios, ¿eh? Todos son dinilos, locos".

"Tenemos suerte de que esos tipos no sean Romaníes", pensó Sy. "Nos habrían pegado. Entonces tendríamos problemas".

Se acomodaron para observar al extraño solitario, que estaba vestido con camuflaje militar y llevaba gafas de campaña y una mochila. Lo vieron caminar silenciosamente por el bosque hacia el oeste.

"Ese hombre es peligroso", concluyó Farley. "Es un gorgio, pero conoce su artesanía de madera".

"Él debe haber sido el tirador", respondió Sy. "¡Alguien se ha divertido un poco recogiendo esas estatuas!"

"Ahora no tiene un rifle", observó Farley. "Pero él está a la caza. Será mejor que sigamos observándolo. ¿Luke dijo algo sobre este hombre?"

Sy sacudió la cabeza. "Quizás no lo conozca. Será mejor que lo vigilemos para que no nos estropee las cosas".

"Puede ser que Kingsley lo vigile. ¿Cuándo se unirá a nosotros?"

"Tan pronto como él piense que es seguro dejar las chicas. Podría ser en cualquier momento".

"No me gusta ese hombre", admitió Farley. "Es un asesino".

Sy estuvo de acuerdo. "Es un asesino, es seguro. Mejor no le dé espacio para respirar. Si Kingsley no viene, lo voy a estar observando. Si tengo que hacerlo, lo pondré a dormir como a esos dos perros".

Farley estuvo de acuerdo. "Necesitarás el doble de dosis. ¡Dormirá como un muerto hasta que salgamos de aquí!"

* * *

El bosque cerca de Birch Hall era un lugar muy diferente en comparación con el día anterior. Hoy había gente que miraba a Malcolm como gitanos. Había observado la actividad con los Doberman en sus gafas de campo y estaba impresionado por la velocidad y la eficiencia con que los dos jóvenes de tez oscura habían tratado con los perros. Se dio cuenta de que estas personas, fueran quienes fueran, tenían algún tipo de plan y sabían exactamente lo que estaban haciendo.

No deseaba mezclarse con ellos y decidió buscar una parte tranquila del bosque donde pudiera tumbarse y observar los acontecimientos. Era obvio que los gitanos estaban a punto de hacer movimientos contra los ocupantes de la gran casa. Eso en sí mismo era interesante. Podían estar a punto de hacer su tarea mucho más fácil.

No había publicado su tercera fotografía, a pesar de que era grotescamente cómica, con los dos tipos persiguiendo a los perros que perseguían a un gorila con una bolsa marcada como SWAG en la espalda y una aproximación de Phil Yates debajo de su brazo. Quizás el tiempo para las fotografías se había ido.

Se le ocurrió pensar que estos gitanos podrían simplemente estar organizando un robo, en cuyo caso podría tener que intervenir y liberarlos del botín. ¿Pero cuántos de ellos estaban allí? Dos o tres pueden ser manejables. Cuatro o más podrían no. Estaba molesto por la repentina intrusión, pero de alguna manera tuvo que aprovecharla. Hasta donde él sabía, nadie sabía que él estaba allí. Tenía que mantenerlo así.

Se preguntó si uno de los gitanos era Luke Smith, el ladrón de edificios que su hermano había mencionado, que quería que le pagaran por el robo de los caballos Tang. Muy bien, el chico debería tener sus cincuenta grandes, pero solo si se portaba bien.

* * *

Royston y Bennett observaron a Brian y Steve mientras los cuidadores soltaban una sección del recinto de los Doberman para crear evidencia de la fuga de los perros. Un movimiento llamó la atención de Royston y miró hacia el techo del Salón, donde Luke estaba sentado observando entre las chimeneas. Luke les dio una señal para seguir observando, luego desapareció de la vista.

La subida de Luke al techo de Birch Hall había sido fácil, ya que la suave piedra arenisca del muro en la elevación oeste de la extensión estaba plagada de asas y pies erosionados por el clima. Una vez en el techo, podía vigilar las llegadas y salidas en el Salón y en sus dos unidades móviles hacia el sur y el norte. Pero encontró sus sentimientos divididos entre su deseo de obtener justicia tan esperada y su urgente necesidad de encontrar a Cath y Angie. No podía buscarlas abiertamente. Solo tenía que esperar que Phil o sus pesados revelaran su ubicación.

Había escuchado la historia de las chicas desaparecidas que fueron encontradas por casualidad seis meses después de que su captor había sido asesinado a tiros por la policía. Habían bebido su propia orina y sangre, pero finalmente murieron de hambre. No mates al mensajero, pensó, al menos no hasta que hayas revisado el mensaje.

* * *

La luz de la tarde estaba cambiando lentamente, reemplazada por las sombras más largas de la tarde. En todos los lados del Salón, los terrenos yacían aparentemente desiertos. Una lluvia ligera se extendió por el frente de la casa, luego se despejó para que saliera la luna, como un voyeur solitario, encaramado en el horizonte del este.

Una por una, las luces del primer piso en el Salón se apagaron y las luces de la planta baja se encendieron. Un taxi y un Range Rover llegaron con los pocos invitados selectos para la fiesta de cumpleaños de Harry y fueron recibidos en los escalones por Phil y Harry y acompañados al interior.

Ni Phil ni Harry habían deseado una extensa lista de invitados. Harry porque despreciaba a las personas que trabajaban para él, Phil porque estaba paranoico con cualquier persona en la que no podía confiar al descubrir detalles de su vida privada en el hogar.

Las ventanas de la planta baja en el lado sur del Salón estaban abiertas para dejar entrar el suave aire de la tarde. Los sonidos de la conversación y la risa se desvanecieron. Nigel Hirst, Clive Fawcett y su esposa Samantha, Freddie Parfitt, el jockey, y Julie, su novia, dejaron sus regalos de cumpleaños en el salón con paneles, donde Harry los abrió obedientemente, tratando de encontrar un nuevo comentario para cada regalo no deseado.

Phil había abierto el bar, consciente de que las bebidas disiparían rápidamente cualquier ambiente incómodo y aflojarían las lenguas lentas. La charla se reanudó y naturalmente giraba en torno a los caballos; Phil se sintió aliviado de que Dot lograra parecer interesada sin decir nada que lo avergonzara. Al menos no todavía.

Finalmente, el jefe del equipo de catering contratado, seleccionado por Phil para la ocasión, anunció que la comida estaba lista. Los invitados tomaron asiento en el comedor, donde una lámpara de aceite antigua adornada ardía en el centro de la larga mesa.

Los platillos iban y venían, nadie comía mucho, ya que Phil, Freddie y las damas miraban sus cinturas y ni Harry ni Clive deseaban parecer demasiado glotones. Cuando los restos del cuarto plato desaparecieron en la cocina, Dot vació su copa de vino y la volvió a llenar por quinta vez. Harry la miró al otro lado de la mesa, preguntándose cuándo se resbalaría su máscara de sobriedad.

Hirst, con un nuevo traje sin arrugas, se puso de pie. "Aquí está para ti, Harry. Y para los próximos cuarenta. ¡Que todos sigamos sentados aquí!"

Todos levantaron sus vasos y bebieron. Harry se puso de pie y se aclaró la garganta.

"Gracias, Nigel". Echó un vistazo alrededor de la habitación, notando los rostros autocomplacientes, la decoración y el mobiliario de calidad. "Supongo que las cosas podrían ser peores, ¿no?" Esperó a que la risa cortés se calmara. "Gracias a todos por venir hoy y por sus regalos y buenos deseos".

"Es mi cumpleaños la próxima semana", anunció Samantha. "Deberíamos hacer esto nuevamente en nuestra casa".

Dot demolió de inmediato su intento de secuestrar la ocasión.

"¿Qué te hace pensar que tendremos suficiente resistencia? ¡Todavía no hemos terminado con esta!"

La risa fue espontánea pero breve, ya que la incomodidad de Samantha fue notada rápidamente.

"Te digo una cosa", continuó Dot con una brutalidad aplastante, "si tenemos restos de esta noche, podemos llevarlos con nosotros. ¡Te podríamos ahorrar unos cuantos libras!"

El desastre potencial se salvó con la llegada del quinto y último plato, un espectacular "colorido truco de fruta fresca, creación propia de nuestro chef". El ambiente tenso se disipó, para alivio de todos, excepto el de Dot.

"Oooh, Harry", dijo Dot, "¡deberías tomar una foto de esto, antes de que comencemos a arrojarla a la cara del otro!"

Hirst comió una pequeña cantidad y luego se excusó, susurrando al oído de Harry. "Tengo una pequeña cita". Alzó los ojos al techo. "Te lo agradezco. Te veré más tarde". Salió de la habitación.

Phil empujó su tazón vacío a un lado. "Está bien, amigos. ¡Es hora de la fiesta!"

Todos siguieron a Phil a la sala de estar, que era otra sala de recepción con paneles, donde Brian y Steve habían empujado los asientos contra las paredes. Phil reprodujo un CD recopilatorio de éxitos favoritos de todos los tiempos. Harry bailó con la novia de Freddie. Maureen bailó con Freddie y Clive con Samantha. Phil y Dot se sentaron juntos en un sofá mirando benignamente. Phil tomó la mano de Dot. Ella le sonrió felizmente, borracha.

Brian llegó a la puerta con su chaqueta de intemperie. Harry lo llevó a una sala de recepción vacía.

"¿Ya volvieron los perros?" Pregunto Harry impaciente.

Brian sacudió la cabeza. "Ni una señal de ellos. Parece que están teniendo su propia fiesta".

"Tú y Steve revisen por completo", ordenó Harry. "Y mira a esas mujeres de la granja. Phil quiere visitarlas más tarde. Asegúrate de que estén conscientes. Dales un trago de agua".

Debajo de la ventana de la sala de recepción, presionados contra la pared, Royston y Bennett se agacharon, escuchando.

23

Con las pistolas desenfundadas, Brian y Steve patrullaban los terrenos a la luz de la luna. Siguieron los caminos alrededor del extremo este de la casa, luego a través de los arbustos en la parte de atrás. Revisaron las dependencias y garajes. Mientras buscaban, una brisa suave sopló y llenó su mundo de movimientos confusos.

"No me gusta este negocio de perros", se quejó Steve. "Estamos ciegos como topos sin ellos".

Brian estuvo de acuerdo. "Si no hubiera viento, la luz de la luna ayudaría, pero todo es sombras saltando y hojas flotantes. Toda una unidad SAS podría esconderse aquí y ninguno de nosotros sería el más sabio".

"Será mejor que veamos a esas dos mujeres cuando volvamos a hacer la caminata alrededor", decidió Steve.

"Podemos divertirnos un poco, ¿no?" Sugirió Brian. "Quiero decir, ¿quién va a saber?"

Steve rio. "¡Buena, Bri! ¡Eso las despertará!"

"Sin embargo, primero deberíamos verificar la extensión occidental, ¿no crees?"

"Supongo que deberíamos. Y alrededor de la parte trasera de los garajes. ¡No queremos una interrupción cuando visitemos a las damas!"

Royston y Bennett los siguieron desde las sombras.

* * *

Después de que los celebrantes de cumpleaños habían bailado durante una hora, regresaron al comedor, donde el equipo de catering había colocado un gran pastel sobre la mesa. Phil abrió champán y llenó sus vasos mientras Harry cortaba el pastel.

"¡Beban bastante!" Phil sonrió a sus invitados. "¡La noche aún es joven!"

Dot levantó su copa. "¡Aquí está Harry! ¡El mejor hermano mayor del mundo!"

Todos tintinearon vasos y bebieron. Harry apagó las velas de su pastel con una tímida ola de aplausos.

Dot se tambaleó contra la mesa. "Solo cuarenta una vez, ¿no?" Maureen tuvo que estabilizarla en caso de que cayera sobre el pastel.

Phil pagó a los mesoneros contratados en efectivo. Se fueron rápidamente, aliviados de escapar a una hora razonable.

Los invitados cantaron *Cumpleaños Feliz*, seguido de *Porque es un Buen Compañero*. Harry hizo todo lo posible para mantener una sonrisa.

Para decepción de Phil, Clive y Samantha decidieron irse.

Clive se disculpó. "Me temo que ya no puedo hacer hasta altas horas de la noche ni a primera hora de la mañana, en estos días".

La verdad era un poco diferente. Aunque Phil había dado un buen espectáculo, Samantha estaba aburrida hasta el punto de la desesperación, y su esposo había decidido ir para evitar otro paso en falso. Era consciente de que ella encontraba a Dot cegadoramente grosera y a Maureen una muda vacía, por lo que una salida digna pero apresurada se había vuelto conveniente. Freddie y Julie habían venido con Hirst en un taxi, pero decidieron irse también, en lugar de hundirse en un pantano lleno de alcohol y luego tener que llamar por teléfono para el transporte en las frías y tristes horas.

Se sentaron en el Range Rover de Clive al pie de los escalones principales con Samantha al volante. Phil los despidió, manteniendo su imagen del atento anfitrión. Clive miró el estatuario sin cabeza que estaba a cada lado de los escalones. Parecían extraños e incluso macabros bajo las luces exteriores.

"¿Qué pasó con tus estatuas?" preguntó con asombro divertido.

"A algún idiota borracho le disgustaba", respondió Phil con una sonrisa. "Obtendré algunos nuevos para reemplazarlos".

Clive sonrió. "¿Serán a prueba de borrachos?"

"Los tendré hechos de acero de tungsteno", respondió Phil. Ya casi no le importaba lo que decía de ellos.

Clive no pudo pensar en una respuesta al inesperado comentario de Phil. Fue salvado por Samantha acelerando el motor con impaciencia. "Nos iremos entonces, Phil. Gracias por una muy buena noche". Escuchó una risa de diversión, ¿o fue desprecio? Escapar de los labios de su conductora.

Phil se despidió de ellos. "¡Mira en los buenos tiempos para mí, Clive!"

Clive agitó las manos en reconocimiento. Phil observó al Range Rover alejarse por el camino y de repente se sintió intolerablemente solo. No tenía amigos de verdad; él solo tenía dinero. Si fuera a la quiebra mañana, no sería nadie. El afortunado Phil Yates no estaría adornando sus perchas con más glamour reflejado. Sería recordado por menos de quince minutos. El nombre de su caballo duraría más que el suyo.

Sy y Farley notaron las despedidas desde los arbustos al costado del camino. La perra cazadora de Farley observaba en silencio con ellos.

"Luke los habrá visto irse. Es hora de que hagamos nuestro movimiento", decidió Sy. "Espero que Royston y Bennett sepan que es hora de que se hagan cargo aquí".

Se sumergieron en la oscuridad. Mientras se abrían paso entre las sombras danzantes de la luna en la parte trasera de la casa, Kingsley se unió a ellos en silencio.

"Estamos todos aquí", susurró Kingsley. "Cerramos la granja y entramos en el Land Rover.

Luke nos telefoneó para decir que podríamos ser buscados aquí y traer el vehículo agrícola".

"¿Dónde están esos dos gorgios?" Sy preguntó.

"Persiguiendo fantasmas en los arbustos allá atrás". Kingsley señaló. "Son Royston y Bennett riéndose. Luke me dijo que entrará y que abrirá la puerta de atrás lo antes posible. Les dejaremos los dos gorgios a Royston y Bennett".

"Están consiguiendo un lema en la gran sala", dijo Farley. "Podríamos entrar a la casa y ellos no sabrían que estábamos allí".

"¿Dónde está la motocicleta?" Sy preguntó.

"En los arbustos en la parte superior de la unidad, todo listo para ti".

"¿Y el camión?"

"En los árboles frente a la puerta de entrada con la camioneta".

"Correcto. Estoy en el camino con la camioneta", anunció Sy. "Farley estará con el camión. Hasta luego, hombre".

Sy y Farley desaparecieron en la noche. Kingsley esperaba pacientemente junto a la puerta de atrás.

* * *

Luke entró en el primer piso de la casa atándose a una chimenea y cruzando el frente de la casa hasta una ventana abierta. Una vez dentro, recuperó la cuerda en caso de que alguien la viera. Solo tenía una idea general de lo que estaba sucediendo afuera, ya que era demasiado arriesgado hacer cualquier otra cosa que no fueran las llamadas telefónicas más urgentes. Estos fueron momentos en los que un nivel más profundo de conciencia se hizo cargo. El mundo gorgio lo llamó telepatía. Pero no era solo una cuestión mental, era una intuición, *un conocimiento*, desarrollado solo en aquellos que vivían peligrosamente.

Se encontró en un baño que conducía directamente a la habitación de Phil Yates, lo cual era obvio debido a la ropa. Se sentó en la cama y llamó por teléfono a Sy, quien le informó sobre la situación en el terreno.

Localizó las escaleras traseras, bajó y abrió la puerta del patio trasero. Kingsley lo estaba esperando.

"¿Qué quieres que haga?" Kingsley preguntó.

"Espera aquí. Te enviaré en mensaje de texto: "ok", cuando te quiera conmigo".

Entonces Luke volvió a subir las escaleras para explorar las habitaciones. Tenía que encontrar a

Cath y Angie y llevarlos de vuelta a la granja donde podrían estar a salvo. Cualquier cosa podría pasar ahora en Birch Hall y no quería que se involucraran.

Pero no pudo encontrarlas.

Una búsqueda en el piso superior reveló una serie de habitaciones vacías que alguna vez habían sido cuartos de servicio. Contenían algunos muebles almacenados y media docena de cuadros cubiertos con telas. Volviendo al primer piso, miró en todas las habitaciones. No había nada notable en ellos, excepto las dos pistolas que encontró en los cajones de las mesitas de noche de las dos habitaciones ocupadas, que ya había identificado como las de Phil y Harry. Las armas estaban ambas completamente cargadas. Los metió en los bolsillos laterales de la pequeña mochila que llevaba puesta, luego se dirigió a la última habitación en el rellano, cerca de la parte superior de la escalera principal.

La puerta estaba cerrada. Se le aceleró el pulso; aquí era donde Phil había puesto a Cath y Angie. Apretó la oreja contra la madera, mientras el ruido de la planta baja se hacía cada vez más fuerte, *Verde, Verde Hierba del Hogar*, seguido por *Río Luna*, subiendo las escaleras.

Pero sí, ahí estaba: una voz femenina, gimiendo, suplicando, llorando.

* * *

Hirst y la chica de Letonia yacían desnudos en la cama, involucrados en un acto sexual sado-masoquista. La ropa de la chica estaba esparcida por el suelo y sus manos atadas a la cabecera de la cama. El traje de Hirst fue arrojado casualmente sobre un sillón de un dormitorio pequeño, su funda de hombro y su arma de servicio acostada sobre un gavetero alto.

La chica, adolorida, comenzó a llorar. "¡No, no!" Ella comenzó a llorar más fuerte. "Detente ahora. ¡Detente por favor!"

Hirst le abofeteó la cara, lo que la hizo llorar aún más.

"Llora todo lo que quieras, niña", se rió Hirst. "¡Mientras más, mejor!" La abofeteó de nuevo mucho más fuerte. La chica grito.

Luke, que había encontrado un baño contiguo que supuso que alguna vez había sido un vestidor con una entrada separada desde el rellano, apareció en la puerta de comunicación. No había señales de Cath y Angie, pero reconoció a Hirst de inmediato.

"¿Divirtiéndote?"

Hirst se congeló ante el sonido de la voz de Luke. Saltó de la cama, apuntando con un puño arqueado a la cabeza de Luke. Luke dio un paso atrás y golpeó a Hirst en la mandíbula, el poder del golpe aumentó por el impulso hacia adelante del detective. Hirst se estrelló contra el suelo cuando Luke sacó su cuchillo y cortó los lazos de la chica.

Hirst se puso de pie. "¿Quién diablos eres?" gruñó, mirando al intruso de piel oscura.

Luke mantuvo a la chica letona detrás de él, protegiéndola de más daños. "Un fantasma del pasado. Y tú eres ese criminal policía Nigel Hirst".

"¡Luke Smith!" Hirst escupió las palabras como si le hubieran quemado la lengua.

Luke lanzó su cuchillo al aire y lo atrapó nuevamente, tentando al detective a hacer un movimiento. Pero Hirst, por el momento, parecía preferir hablar.

"Es a Phil Yates a quien quieres, no a mí. Él fue quien quemó tu remolque".

Luke no mostró emoción. "Me pondré en contacto con él más tarde".

"¿Qué quieres conmigo?"

"Justicia. Tú manejaste, estuviste involucrado, así que pagas el precio".

Mientras hablaban, Luke observó los ojos de Hirst. Los vio moverse a la izquierda hacia su arma de fuego en gavetero. El policía estaba a punto de hacer su movimiento, pero Luke estaba listo.

Antes de que alguno de ellos pudiera hacer algo, sonó un disparo, que parecía ensordecedor en los confines de la habitación. Hirst cayó hacia atrás contra el tocador. Una mirada fue suficiente para decirle a Luke que el hombre estaba muerto, que recibió un disparo en la cabeza a medio camino entre los ojos.

Cogió el arma de servicio de Hirst del agarre a dos manos de la chica letona, que la había quitado con calma y se había tomado venganza por los dos. Tampoco fue un disparo casual. Luke se dio cuenta de que la chica sabía disparar. Le envió un mensaje de texto con "ok" a Kingsley, luego abrió la puerta del dormitorio. Al momento siguiente, Kingsley entró en la habitación.

"Eso fue rápido", comentó Kingsley secamente, mirando el cuerpo de Hirst. "¿Quién es la chica?"

Luke limpió las huellas digitales de la chica de la pistola con el pañuelo de bolsillo prístino de

Hirst. "Ella necesita nuestra protección. ¿Qué vehículo le podemos prestar?"

"Sólo el Land Rover de la granja", respondió Kingsley.

Luke lo pensó un momento. "Es bueno que lo tengamos. Haz que Minnie y May lleven la chica de regreso a Cuckoo Nest y se queden con ella. El resto de nosotros todavía tiene todo por hacer aquí. Y es demasiado peligroso para las chicas, nosotros no queremos que más mujeres sean tomadas prisioneras".

"¡No fue demasiado peligroso para esta!" Kingsley indicó a la chica letona.

"Ese policía fue descuidado", dijo Luke. "Otros podrían no serlo".

Trató de explicarle a la chica letona que estaría a salvo con ellos, pero se sorprendió cuando mostró resistencia.

"Ella piensa que todos los chicos son monstruos", comentó Kingsley.

Luke recordó las historias que había escuchado en ferias de caballos y reuniones de viajeros en el pasado reciente de gitanos franceses y europeos que dejaban a sus hijas embarazadas y vendían la descendencia a parejas sin hijos por entre cinco y cincuenta mil dólares. Los bebés gitanos viajeros eran guapos y había un mercado listo. Había otras historias casi demasiado desgarradoras para creer. Que los hombres de kaulo ratti, sangre negra, tuvieran que recurrir a extremos como este lo llenó de desesperación.

"Debes estar con nosotros", le dijo a la chica. "Si la policía te atrapa, te enviarán de regreso a tu país. Entonces los malos te atraparán y te traerán aquí de nuevo".

Algo en la seriedad de sus modales debe haberla convencido. Ella lo miró confiadamente a los ojos. "Está bien. Voy contigo". Ella comenzó a vestirse. Tendría que contarle a Taiso lo que había sucedido y dejar el destino de la chica en sus manos.

Luke arregló el cuerpo de Hirst en la cama y colocó la pistola en sus dedos extendidos. No fue un suicidio convincente, pero no había nada más que pudiera hacer por ahora. Luego, limpió cualquier superficie que la chica pudiera haber tocado para quitarle las huellas digitales, y también la suya. Phil o Harry o los dos manejaban un chanchullo de prostitutas, y tenía que averiguar más. Supuso que el pasaporte de la chica estaría resguardado en la oficina de Phil.

"Tus amigas, las otras chicas, ¿dónde están?" le preguntó a la letona.

"En una casa grande en la ciudad".

"¿Cuántas?".

La chica levantó seis dedos.

Luke se asqueó tanto por esta información que se sintió profanado sólo por estar en una casa propiedad de tales hombres. Y este policía muerto también estaba involucrado. Si pudiera localizar los pasaportes de las chicas, ¿a quién se los daría? Tal vez debería intentar liberar a las chicas él mismo. ¿Pero luego qué? No podía encontrar escondites para todos ellos y había un límite a la tolerancia de Taiso.

No pudo sacar más del letón, y Kingsley estaba impaciente por irse. A medida que avanzaban por el rellano y bajaban las escaleras traseras, los compases de *"Porque él es un buen compañero"* se distribuían por toda la casa.

Hirst estaba muerto y una joven había sido salvada, pero ¿dónde estaban Cath y Angie? ¿Había un sótano en el lugar? ¿Estaban encerrados en la casa de hielo? No sabía por dónde continuar en su búsqueda.

24

Brian y Steve pasaron rápidamente por los arbustos al fondo del salón. Habían desperdiciado media hora guiados por un baile frustrante de zorros en los árboles en la parte trasera de los garajes que habían confundido con intrusos. Sin los perros, por supuesto, era casi imposible notar la diferencia. Que los zorros eran realmente gitanos nunca se les había ocurrido.

"Ese viento se está haciendo más fuerte", observó Brian. "Podrías esconder un pelotón completo aquí y no escucharíamos nada".

"Eso me sugiere que esas mujeres de la granja pueden gritar todo lo que quieran y nadie se dará cuenta", dijo Steve con una sonrisa. "Deberíamos visitarlas ahora, mientras todos están con los ojos abiertos en el Salón".

De repente se encontraron confrontados por dos figuras sombrías vestidas con ropa oscura y con máscaras de gato. El elemento sorpresa funcionó en beneficio de las figuras. Antes de que los cuidadores pudieran moverse, Royston y Bennett los tenían encapuchados y tranquilizados. Tomaron sus pistolas, ataron las muñecas y los tobillos de los cuidadores y les taparon la boca con cinta adhesiva. Luego los enrollaron sin ceremonias en los arbustos.

* * *

Desconocido para Royston y Bennett, Cath y Angie todavía estaban atadas a los accesorios de la pared en el edificio anexo a solo cien metros de distancia. Cath parecía inconsciente, su cabeza caída hacia un lado. Angie se peleó con sus ataduras, liberó una mano y se quitó la mordaza.

"¿Mamá? ¡Mamá!"

Cath no respondió.

Angie liberó su otra mano y comenzó a desatar los cordones alrededor de las muñecas de Cath. "¡Mamá, háblame!" Mientras desataba los últimos lazos de Cath, su madre cayó al suelo. Angie se arrodilló a su lado. "¡Mamá, despierta!"

Cath estaba deshidratada e inconsciente. Angie se dirigió hacia la puerta, pero descubrió que estaba cerrada. Incapaz de encontrar el interruptor de la luz, golpeó la puerta con los puños y gritó: "¡Ayuda! ¡Ayuda! ¡Que alguien me ayude!" Pero sus gritos, como tanta basura, fueron arrastrados por el viento indiferente.

El esfuerzo de gritar fue demasiado para su garganta seca y provocó un ataque de tos. Cuando se recuperó, se arrodilló junto a su madre nuevamente e intentó despertarla. Cath no respondió. Angie sintió las manos y los antebrazos de su madre. Tenían frio. ¿Se estaba muriendo su madre?

¡Agua, pensó, debo encontrar agua! Aunque buscó en las paredes con el tacto y finalmente encontró el interruptor de la luz, no encontró agua en ninguna parte del edificio, ni grifo, ni lavabo ni cisterna. Ella entró en pánico y volvió a golpear la puerta, pero como antes, no hubo respuesta del exterior.

Sangre, pensó. ¡Sangre! Ella pinchó su dedo en un mango y untó el lento goteo en los labios de su madre. Era mejor que nada, pero aún no era suficiente. Los labios de su madre no estaban tan secos, pero no hizo ningún intento de tragar la sangre. ¡Agua! se gritó a sí misma. ¡Agua! ¡Agua! ¡Agua! Pero el edificio estaba tan seco como el Sahara central.

Se sentó en el suelo y se recostó contra la pared, luego empujó a su madre contra ella y acunó su cabeza como la de un niño dormido. Al menos podría tratar de mantener a su madre caliente. En algún momento pronto vendría un rescatador.

Tenía que creerlo o sucumbir a la desesperación. Se dio cuenta de que era de noche, ya que las pequeñas grietas alrededor del marco de la puerta ya no aparecían como antes. Nadie vendría a rescatarlas de noche.

La esperanza se desvaneció. Sus espíritus cayeron como piedras en un abismo. Su único visitante sería Phil Yates con su arma.

* * *

Phil se apresuró a su oficina y fue a la caja fuerte de su pared. Antes de que pudiera tocar el código, sonó su teléfono móvil.

"Clive, ¿qué pasa?"

Clive explicó que se había ido a casa, se había preparado un café fuerte y luego cruzó el patio hasta el bloque estable que estaba oculto a su vista detrás de la tienda de alimentación y una variedad de garajes. Para su horror, descubrió que el candado que aseguraba la puerta del edificio del establo había sido cortado con un cortador de cerrojo y que el compartimiento abierto que debería haber contenido a Good Times estaba vacío. Tenía luces de jardín pero no cámaras, por lo que no habría ninguna evidencia visual de los ladrones.

"Alguien sabía que estaríamos fuera o simplemente tuvo suerte". Esta fue una explicación que cubría la mayoría de las posibilidades, pero ni él ni Phil estaban pensando con claridad.

"¡Cristo!" Phil exclamó. "¡Voy en camino!"

"¡No lo vamos a encontrar en medio de la noche!" Clive se opuso. "Él podría estar a millas de distancia ahora".

"Voy de todos modos. ¿Por qué no llamas a la policía?"

"Lo haré. Pero no aparecerán hasta la luz del día, y podrían no estar interesados en un caballo robado, sin importar lo valioso que sea". Pero no estaba hablando con nadie. Phil ya había colgado.

Cuando Phil terminó la llamada, vio la figura de un caballo Tang atrapando la luz de la luna en el centro de su escritorio. Se acercó a la estatuilla con incredulidad y la miró, mientras una sensación como el agua helada goteaba desde la parte posterior de su cuello hasta su columna vertebral.

¿Cómo era posible que una figura pudiera estar aquí? ¿Qué significaba? ¡Good Times faltaba y había sido reemplazado por un caballo Tang! ¿Qué tipo de magia diabólica era esta? La expresión del caballo, el giro de la cabeza, ese ojo, esos dientes, parecía burlarse de él.

¿Se estaba vengando porque no le había pedido permiso para convertirse en su nuevo propietario, sino que lo había ocultado como un prisionero en una mazmorra? Aquí ocurrían más cosas de las que podrían explicarse por simple lógica. ¡Había atrapado su pie en un cable invisible que había despertado el mundo de la magia simpática! ¿Cuándo esto pasó? ¿Dónde? ¿Cómo?

Salió de la oficina y entró en el salón, donde Harry estaba metiendo el paquete de sus regalos en una bolsa de basura y Dot dormitaba en un sofá.

"¿Quién demonios ha estado en mi oficina?"

"Nadie", respondió Harry. "Cerraste la puerta, te vi. ¿No tenías que abrirla para entrar?"

Por supuesto que lo hizo. ¿O lo había hecho él? No podía recordarlo. Por un momento, Phil sintió que su mundo cuidadosamente administrado comenzaba a escapársele. Desterró la noción perturbadora de su mente. "Pensé que habías encerrado esos caballos Tang en la vieja casa de hielo"

"Así lo hice", respondió Harry.

"¡Uno se salió!"

Harry rio. "Bueno, dijiste que se supone que tienen poderes mágicos. Lo pones en la oficina, Phil. Debes haberlo hecho mientras dormías". Al menos fue un cambio por joder a Maureen.

"¡No lo hice!" Por un momento Phil no estaba seguro. Pero no. No. Si estuviera caminando dormido, se habría dado cuenta. "¡No lo hice, te lo digo!"

La mente de Phil saltaba de un escenario de pesadilla a otro; No pudo controlarlo. ¿Estaba Harry molestando? ¿Había puesto el caballo allí él mismo? Sabía dónde se guardaba la llave de la casa de hielo...

"¡Good Times está desaparecido! Volveré más tarde". Se dirigió hacia la puerta. Harry no se ofreció a ayudar.

"¡Phil!" Dot lo llamó. "¿Para qué demonios estás poniendo caballos en la casa de hielo?"

Él la ignoró y salió corriendo de la habitación.

"¡Nunca corrió detrás de mí tan rápido!" Dot se sirvió un gran whisky. Ella se hundió tristemente en el sofá.

El Mercedes estaba afuera, pero no recordaba haberlo dejado allí. ¿Sus posesiones habían cobrado vida propia? Phil saltó al asiento del conductor, giró la llave y encendió los faros. La figura de un caballo Tang estaba en medio del camino, volteada hacia el auto. La figura volvió a mirar a los faros, revelando la misma expresión burlona.

"Oh, ¡Jesús!"

Miró la figura con creciente miedo y salió del auto. Caminó hacia él, pero descubrió que no podía tocarlo. ¿Estaba maldito? ¿Luke Smith y su clan habían puesto una maldición en todas las figuras? ¿Estaba él, Lucky Phil Yates, atrapado en su red? ¿Se estaba volviendo su supuesta suerte contra él? ¿Empezaría a vomitar agujas y pelo? ¿Todos los caballos del mundo conspiraban para matarlo?

Se apresuró a regresar al Mercedes y condujo alrededor de la estatuilla. Un momento después miró por el espejo retrovisor. Para su horror, vio que el disco estaba vacío: no había señales de que la figura hubiera estado allí. Esa era la única prueba que necesitaba: ¡estaba atrapado en un mundo de ilusiones creadas por caballos vengativos!

Luke colocó la figura del caballo Tang debajo de su brazo y observó al Mercedes alejarse por el camino. Con Phil fuera del camino, podrían pasar a la siguiente etapa de su plan.

Pero de nuevo se debatía entre perseguir su venganza y buscar a Cath y Angie. Se las había arreglado para forzar la antigua cerradura de la puerta de la casa de hielo y había encontrado las estatuillas pero no a las cautivas. Tampoco había localizado ninguna puerta del sótano. ¿Dónde estaban Cath y Angie? Comenzó a desesperarse de encontrarlas, y su captor acababa de irse...

Llamó a Farley. "Es la hora".

* * *

Dot se desplomó inconsciente en el sofá. Maureen la sacudió suavemente pero no pudo despertarla.

"¿Dot? ¡Dot, despierta!"

Harry entró con el móvil en la mano. "No puedo levantar a Bri y Steve. ¡Si se han ido a pasar la noche sin permiso, pueden empacar sus cosas e ir para siempre!" Vio a Dot. "¡Maldición! Ella no se ve bien".

"Todo esto es tu culpa", declaró Maureen acusadoramente.

Le molestaba su tono hostil. "¿Qué demonios quieres decir?"

Ella continuó impávida. "Dot vio a través de ti, ya sabes. Tú y Phil. Todas las intrigas. Los tratos sucios. ¿Cuántas vidas has arruinado, Harry? Mírala. Todo lo que quería era un chico cariñoso. No todo esto..." Ella pasó su mano sobre los muebles caros. "¡Este lugar es tu sangriento viaje de poder! ¡Eres tú el que es patético, no ella!"

Él la golpeó. Se cayó, golpeándose la cabeza contra una pesada mesa auxiliar de roble, luego se quedó quieta, sangrando profusamente. Él la miró fijamente. Después del fallido Viagra y su cada vez más profunda sensación de inutilidad sexual, se dio cuenta de que no sentía nada. Levantó a Dot y la sacó de la habitación.

La llevó por el largo pasillo que corría a lo largo de la planta baja hasta llegar a la entrada trasera que conducía al patio y los garajes. Su Range Rover estaba estacionado en el patio. Puso a Dot suavemente en el asiento trasero. Ella todavía estaba fuera de combate.

"Es hora de secarte". Dudaba que ella pudiera oírlo.

Se subió al Range Rover y condujo desde el patio. Ya había tenido suficiente. Cuando tuvo a su hermana ordenada, tuvo la intención de separarse de todas las conexiones con Phil. El hombre se había vuelto imposible de soportar, con su elevado ego y sus interminables sospechas. Últimamente tuvo la impresión de que Phil había comenzado a perder el control, con su ansiedad crónica, sus estados de ánimo fluctuantes y su constante necesidad de tranquilidad, sin mencionar los apagones y colapsos físicos de treinta segundos.

Nunca debieron quemar el remolque de Ambrosio Smith. La triunfante venganza de Phil había durado poco y se había transformado en paranoia. ¿Era Cath Scaife realmente el testigo del incendio, o Phil sólo buscaba un chivo expiatorio?

Había llegado al punto en que el hombre no confiaba en nadie, y a partir de las pruebas de esta noche, incluso había empezado a dudar de sí mismo. Harry tuvo visiones de una lluvia radioactiva en el futuro cercano. Bueno, él se adelantaría. Él vería a sus chicos legales a primera hora de la mañana.

Vio algo tirado en el camino y frenó bruscamente. Dot, de repente, rodó del asiento trasero al suelo. ¿Qué demonios estaba pasando? ¿Era su turno para empezar a ver cosas?

Una dispersión de dos docenas de troncos grandes bloqueaba por completo el camino de entrada. Salió del Range Rover y los miró. ¿Qué está pasando? ¿Habían hecho esto los cuidadores como un vete al carajo final? Pero seguramente no. No podía creer que hubieran abandonado el lugar. ¿Estaban ejecutando un chanchullo lucrativo del que no estaba al tanto?

Probó el móvil de Brian, pero aún no hubo respuesta. Steve era igual. ¿También habían recogido las malas vibras de Phil y habían decidido retirarse? Pero sabían demasiado sobre el negocio privado del Salón simplemente para alejarse. Los encontraría y los ordenaría a ambos.

Alguien estaba rogando por problemas. Quienquiera que fuera, ¡habían criado a su némesis!

25

Harry comenzó a cargar los troncos del camino. Él había movido alrededor de la mitad de ellos cuando notó una figura con una máscara de gato que lo miraba desde la hierba al lado del camino.

"¿Quién diablos eres?" Recordó que había dejado su pistola en su habitación, pero no importa, arreglaría al idiota sin ella.

"Un fantasma del pasado", respondió la figura. Alzó su máscara.

Harry recordó la foto de Hirst. Su furia hirvió. "¡Luke Smith!"

Luke dio un paso más cerca. "Hora de llegada, Harry".

Antes de que Harry pudiera hacer un movimiento, Sy, también enmascarado, se materializó detrás de él y lanzó una red de salto sobre él cuando Kingsley rugió en la moto de Bennett. Harry trató de salir de la red, pero cayó con un grito de furia. Luke y Sy acordonaron la red y la engancharon a la parte trasera de la motocicleta.

Luke miró a Harry. "No puedo dejar que tengas toda la diversión, ¿verdad, cumpleañero?"

Harry intentó en vano luchar para salir de la red. Luke y Sy se pararon sobre él mientras Kingsley aceleraba la motocicleta.

"¿Crees que deberíamos tirar este dinilo en uno de los estanques allá atrás?" Sy preguntó. "¿Colgamos un par de rocas de su polla?"

Luke miró al hombre en la red. "¿Oyes eso, Harry? No es una buena forma de morir. Pero quizás no sea tan malo como ser quemado vivo en un remolque".

"¿Cuánto quieres?" Harry farfulló. "Pagaré."

"Puedes apostar tu tonta vida que lo harás", respondió Luke salvajemente. "¿Dónde escondiste a Cath y Angie?"

Harry no respondió. Kingsley aceleró la motocicleta.

"Me dejas ir y te lo diré", ofreció Harry.

"Dímelo primero y lo pensaré", respondió Luke.

"Olvídalo," gruñó Harry. "Déjame ir o nunca las encontrarás".

Harry pensó en su hermana acostada en el Range Rover y que necesitaba urgentemente su ayuda. Pero sabía que Luke Smith podría nunca liberarlo, incluso si le decía dónde estaban las mujeres de la granja. Callejón sin salida.

Luke sabía que si liberaba a Harry, el hombre grande seguramente mentiría y haría todo lo posible para defenderse. Sería un hombre difícil de vencer, incluso con tres contra uno. Decidió que la mejor manera era ablandarlo.

A una señal de Luke Kingsley se puso en marcha en la moto, arrastrando a Harry detrás de él.

Harry gritó.

Después de medio minuto, Kingsley giró la motocicleta y volvió a rugir.

"¿Quieres decirme ahora?" Luke preguntó.

Un espíritu de desafío había surgido en Harry. No tenía intención de venderse barato. Estas personas no tenían estándares, ni principios. Estaba muerto, lo que sea que les dijera. Él no diría nada. Casi se sentía como la joven potencia que solía ser. Fue un gran sentimiento, abrumadoramente bienvenido. "¡Jódete, maldita escoria!" rugió.

Kingsley partió de nuevo por el camino.

Harry gritó desafiante en el espíritu de su fuerza interior renacida.

* * *

Media hora después, todos los registros habían desaparecido y el camino y el césped estaban desiertos. El motor del Range Rover seguía funcionando, la puerta del conductor estaba abierta de par en par, pero no se veía a Harry por ningún lado.

Había signos de movimiento dentro del Range Rover. Con considerable dificultad, un brazo con lentejuelas levantó un cuerpo del suelo. La cabeza de Dot apareció sobre el asiento del pasajero y luego se desvaneció nuevamente, ya que la tensión de su vestido inhibió sus movimientos como una camisa de fuerza autoimpuesta.

Su cabeza apareció nuevamente, seguida lentamente por el resto de ella. Se arrastró hasta el asiento trasero, logró abrir la puerta trasera y luego se desplomó de cabeza en el camino.

Se quedó quieta por un minuto, luego comenzó a gatear a lo largo de la hierba al costado del camino, dejando un rastro de lentejuelas detrás de ella que brillaba bajo la luna como un rastro de caracol. Lentamente, se dirigió hacia la casa con los laboriosos esfuerzos de un pequeño insecto que cruzaba la extensión de una alfombra Herdwick. Hizo una pausa para descansar, como hacen los pequeños insectos, y luego comenzó a gatear hacia adelante nuevamente...

* * *

Malcolm había perdido el rastro de los gitanos. Parecían estar trabajando en pequeñas unidades, recogiendo a los ocupantes de la casa y llevándolos de regreso al comedor. Le había impresionado la velocidad y la eficiencia de los gitanos, trabajando en armonía silenciosa en la oscuridad donde incluso los equipos de SAS podrían haber luchado.

Entendió que este era su entorno natural y lo había sido durante siglos. Evidentemente, algunos de ellos todavía poseían las habilidades de sus antepasados con solo su visión nocturna y un propósito común para guiarlos. No es de extrañar que la policía y los encargados del juego los hayan encontrado difíciles de detener.

Había habido tiempo, en ausencia de los gitanos, para que explorara un poco la casa. Había encontrado una mujer, la llamada Maureen, en el salón y el cuerpo desnudo de un hombre muerto en una habitación del primer piso. Había identificado al hombre de los artículos en los bolsillos de la chaqueta de su traje como el inspector detective Nigel Hirst, obviamente un policía deshonesto, a sueldo de Phil Yates.

Había llevado a la mujer y al policía al comedor para unirse a los tres hombres que ya estaban allí. Una hora antes había visto desde el pasillo cómo las celebraciones de cumpleaños de Harry estaban en pleno apogeo. Casi se rio. Cómo pueden cambiar las vidas.

No estaba claro qué pretendían hacer los gitanos con la colección de personas en el comedor. Pero él tenía ideas propias. No deseaba luchar contra los gitanos; habían hecho su propia tarea mucho más fácil, pero estaría feliz de usar su pistola paralizante sobre ellos, y su Walther si no tenía otra opción, si regresaban a la casa y le causaban problemas.

Phil Yates se había marchado antes, y tuvo que esperar su regreso. Mientras tanto, debía averiguar dónde guardaba el hombre sus activos líquidos, probablemente en una caja fuerte en una oficina o estudio. Y tenía una noción humorística de qué hacer con los ocupantes del comedor...

* * *

Después de veinte minutos de esfuerzo decidido, Dot llegó a los escalones de la entrada principal de la casa. Se arrastró escaleras arriba, lenta y deliberadamente, como un vertebrado escamoso que realiza su primera excursión vacilante en tierra. Las puertas de la entrada principal estaban abiertas de par en par, dejando entrar el exuberante viento nocturno, como si el lugar hubiera sido abandonado repentinamente. Agarrando el marco de la puerta, se arrastró y entró tambaleándose en la casa.

Localizó el comedor y tropezó por la puerta. En un intento por recuperar una apariencia de dignidad, se alisó el vestido de lentejuelas y se acarició el cabello despeinado. Ella logró cubrir todo lo que tocó con barro de sus manos sucias.

Las luces principales de la habitación estaban apagadas. La elegante lámpara de aceite antigua ardía en el centro de la mesa, arrojando su suave luz hogareña sobre una escena difícil de imaginar fuera de las páginas de una novela de terror.

Brian y Steve se sentaron en lados opuestos de la mesa, con los brazos y las piernas pegados a las sillas del comedor, con la boca sellada con cinta adhesiva y la frente pegada a la parte superior de la mesa. Malcolm no estaba en absoluto preocupado de que lo vieran. Les iba a disparar de todos modos cuando estuviera listo.

Harry, cubierto de barro, se sentó a la cabecera de la mesa, con los restos de su pastel de cumpleaños delante de él. Encima de la tarta había unas pocas velas encendidas, sus llamas centelleaban en el viento que ahora se movía sin obstáculos por toda la casa como un espíritu anárquico libre.

Además del pastel, había media docena de vasos y botellas de licor sobre la mesa, como si aquellos que aún no se habían derrumbado todavía estuvieran decididamente bebiendo. Una inspección más cercana reveló que Harry no bebería nada en absoluto, ya que sus antebrazos estaban pegados a la mesa, su boca cubierta con cinta adhesiva y sus piernas pegadas firmemente a su silla de comedor. La cinta había sido idea de los gitanos. El pegamento y el uso inevitable de su pistola paralizante eran de Malcolm.

Maureen estaba sentada frente a Harry en el otro extremo de la mesa. La sangre seca cubría el costado de su rostro y cuello y se había empapado en su vestido dorado, convirtiendo la seda en un marrón fangoso. Sus ojos, bien abiertos, miraban a su esposo. Hirst sentado a su lado con el oscuro agujero de bala en el centro de la frente. Tanto él como Maureen estaban, por supuesto, muertos. Requerían poca cinta adhesiva o pegamento, solo suficiente para mantenerlos en posición vertical.

Cuando Harry vio a Dot, luchó masivamente e intentó gritar. La lámpara de aceite se balanceó peligrosamente, amenazando con caerse. Aceite derramado sobre la mesa.

Dot se balanceó hacia la mesa y estabilizó la lámpara. "¡Cuidado, Harry! ¡Vas a causar un accidente!"

Se sentó a la mesa, buscó whisky y un vaso, se sirvió un trago y escurrió el vaso de un trago gigantesco. Encendió un cigarrillo pero perdió el conocimiento de inmediato, cayendo boca abajo sobre la mesa. Su cigarrillo salió volando, rodando por la mesa. Yacía allí humeando por el aceite derramado de la lámpara.

El petróleo derramado se incendió. Las llamas lamieron la mesa. Harry luchó. La lámpara de aceite se cayó y derramó más petróleo. Las llamas se extendieron.

Malcolm estaba en la puerta. Estudió la escena por unos momentos antes de poder decidir qué acción debería tomar. Abandonó la idea del Walther. En cambio, sacó su cámara de su mochila y fotografió el extraño cuadro. Envió una copia a sus pagadores y otra a Tam. Acompañó al primero con el mensaje críptico. *Al norte van uno mejor que la ruleta rusa.* A Tam le dijo *seis abajo y uno para salir*.

Incluso podría describir una escena similar en el guion de la película que estaba escribiendo, y en parte financiando, sobre las hilarantes desventuras de la mafia de Londres. Debía ser su canción literaria. Se preguntó si sus nuevos jefes serían lo suficientemente inteligentes como para entender el guion. Mejor si esperaban la película.

Los gitanos habían hecho un buen trabajo, pero no habían entregado a Phil Yates. Sin embargo, lo encontraría fácilmente. Estaba ansioso por conocer al hombre que había infligido a su hermano tanto dolor y humillación.

Deseaba señalar que las acciones de tan crueldad indulgente invitaban a una respuesta proporcional para mantener las fuerzas del universo en equilibrio. Quería dejar en claro que la justicia era un mecanismo natural del que nadie podía escapar. Ley kármica, nada menos. Hubris y némesis, o lo que quieras. Él era simplemente el instrumento cósmico en esta ocasión.

Phil Yates no escaparía. La fuerza de su propósito resuelto los uniría tan eficazmente como los hierros compartidos.

* * *

En el edificio anexo, Angie y Cath yacían acurrucadas juntas en el suelo. Era lo único que Angie podía pensar en hacer para mantener viva a su madre. No tenía idea de cuánto tiempo habían estado allí, pero gradualmente el cuerpo de Cath había comenzado a sentir como si absorbiera calor del suyo. El pulso de su madre definitivamente se había vuelto más fuerte.

.

Angie no tenía más que sonidos en los que centrar su atención. Afuera la noche se había vuelto más salvaje. Podía oír el viento chirriando a través de los huecos debajo de las tejas y golpeando las paredes como enormes puños espectrales. No oía nada por el sonido del viento. Sin pasos, sin voces. Era como si estuvieran atrapadas en el edificio más remoto del planeta. Una estación meteorológica en el norte de Groenlandia, tal vez. O un puesto fronterizo abandonado de la Legión Extranjera.

¿Qué le había pasado a Luke? Su último contacto con él parecía años atrás, cuando él se iba para una reunión con su padre. ¿Había seguido adelante con su vida y la había olvidado? ¿Nunca lo volvería a ver? Su madre había mencionado *asuntos pendientes* que los habían reunido a los tres.

Se preguntó qué demonios podría ser este negocio. Su madre nunca lo había dicho. ¿Ya había terminado? ¿Era esta la conclusión inevitable? ¿Estaban condenadas a morir en este lugar sin nombre? ¿Era su granja solo un recuerdo que se desvanecía?

Había buscado en el interior del edificio pero no había encontrado la llave de la puerta. Al inspeccionar, se dio cuenta de que ni siquiera había una cerradura. El lugar debía estar cerrado con candado en el exterior. ¿Cuántas personas tenían llaves? Los dos matones, tal vez. Y Phil Yates. Nadie que las pudiese ayudar. Había apagado la luz, pero no había señales de luz del día en las grietas alrededor de la puerta.

La noche parecía mucho más larga cuando esperabas que terminara. Pero cuando finalmente llegó la luz del día, Phil Yates vendría con ella para jugar su aterrador juego con el arma.

26

Antes de que Luke se alejara de Birch Hall para ponerse al día con Sy, había decidido dividir las responsabilidades. Farley se había marchado a Cuckoo Nest con su perra cazadora y la camioneta con el remolque para vigilar a las jóvenes y estar atentos al aserrador Charlie. Le pidió a Kingsley, Royston y Bennett que buscaran a Cath y Angie. Harry había permanecido resueltamente mudo y los dos cuidadores se habían encogido de hombros y negado todo conocimiento.

Luke les había dicho a sus tres compañeros que buscaran una habitación oculta en el último piso de Birch Hall que podría haberse perdido. Si no pueden encontrar uno, deben buscar una puerta y una escalera que conduzca a un sótano. Luego pensó en la edad de la casa y en el conflicto religioso que había existido en aquel entonces. Había leído sobre esto en visitas a la biblioteca en su búsqueda de más información sobre la historia gitana.

¿Había sido el primer propietario de Birch Hall simpatizante católico? ¿La casa tenía un agujero de sacerdote? ¿Se había realizado alguna misa católica en una capilla secreta escondida en algún lugar del edificio? Había telefoneado a Kingsley e intentó explicar sus sentimientos, pero los tres viajeros que había dejado atrás no habían entendido lo que estaba tratando de decir. Se había convencido de que Cath y Angie habían estado escondidas en una habitación secreta. Le pidió a Kingsley que la encontrara.

Busquen debajo de las alfombras las trampas, les aconsejó, algo que podría conducir a un lugar secreto lo suficientemente grande como para esconder a dos personas. Kingsley le había asegurado que lo harían, y llamaría a Luke si encontraban uno. Pero no llegaron llamadas telefónicas. Luke se preguntó si Kingsley pensaba que estaba loco. El conocimiento de la historia del joven gitano no se remonta más allá del tiempo de los remolques.

Ahí estaba Phil. El hombre que sabía la verdad. Pero, ¿cómo podría exprimirlo sin revelar su desesperación? Si Phil sentía un punto débil, Luke sabía que el astuto demonio lo usaría contra él. Se daría cuenta de que le quedaba un as. Y Phil Yates era un hombre de juego.

* * *

Mientras Clive conducía desesperadamente por el distrito en la oscuridad en busca del caballo robado de Phil, el dueño del animal había llegado a los establos con la triste idea de que Good Times podría escapar de sus captores y regresar por su propia cuenta.

Impulsado por su paranoia inherente, que se vio exacerbada por lo que él creía que eran sus recientes experiencias sobrenaturales, la primera acción de Phil fue revisar las cajas sueltas, aunque la razón le dijo que era un ejercicio inútil. Solo una caja suelta estaba vacía, el nombre GOOD TIMES impreso sobre la puerta. Phil encendió la luz y entró en la caja suelta. Dos figurillas de caballo Tang lo miraron desde el piso.

"¡Aaaaah, no!" lloró incrédulo. Cuando salió de la caja suelta, acosado por una certeza creciente de que su vida ahora estaba sujeta al capricho de los magos, escuchó un tatuaje de pezuñas desde la oscuridad en el otro extremo del patio. Se apresuró a salir de los establos y corrió ansiosamente hacia ellos.

Luke apareció con una máscara de gato, sentado a pelo sobre Prince of Thieves. Sy, también enmascarado, guiaba a Good Times con una cuerda.

"¡Aléjate de mi caballo!" Phil lloró en estado de shock e indignación.

Trató de acercarse a Good Times, pero Prince of Thieves se levantó y se abalanzó sobre él. Supo de inmediato, por larga experiencia, que los dos hombres eran gitanos. Su ropa, la forma en que se movían, su cabello negro como el azabache sobre las máscaras, todos hablaban del tipo de personas que había conocido en las ferias de caballos en los días en que su padre estaba vivo.

"¡Maldito seas, sucio gitano!" Phil rugió. "¡Dame mi caballo!"

Luke se quitó la máscara. "El nombre es Luke Smith, clan Boswell".

Phil miró a Luke con miedo y consternación. Sacó su móvil. "¡Voy a llamar a la policía!"

Prince of Thieves se abalanzó sobre Phil nuevamente y dejó caer el teléfono. El semental lo aplastó con un casco.

Luke sonrió "¿Estás solo ahora, ey? Solo tú y yo". Sacó el revólver de Phil del bolsillo y levantó una bala aplastada en la otra mano. "¿Has disparado a algunos perros últimamente? ¿O tal vez un viejo viajero?"

Phil recuperó su ingenio rápidamente, su instinto de supervivencia trabajando a toda máquina. "No sé qué crees que he hecho, pero no tengo nada que ver con perros o vagabundos. Estás acusando al hombre equivocado".

Luke lo miró con furia fría. Cath y Angie habían sido tomadas prisioneras por este pequeño engreído. De alguna manera tenía que ser más listo que él.

"Tengo testigos. Demasiado miedo de ti en ese entonces porque eran jóvenes. Pero ahora testificarán. Pasarás el resto de tu corta vida en la cárcel. Solo piensa en la gente que encontrarás allí a quién has engañado. ¿Crees que durarás más de un mes?

Phil tenía los pies equivocados. ¿Era esto un farol? ¿Cómo podría saberlo? ¿Cuántos testigos hubo de ese maldito fuego?

Luke apuntó el revólver hacia Phil. "Puede ser que consiga justicia ahora. Te ahorrará el tener que enfrentarte a todos los pobres idiotas que aún están dentro y que tienen tiempo para ti".

Phil retrocedió aterrorizado. "Por favor..." Suplicó. "Te has equivocado de hombre".

Luke mantuvo la presión. "Este es el evangelio según Lucas: Estás cayendo, ¡y tengo la evidencia!"

Phil lo miró con odio y temor creciente. Siempre había temido perder el pequeño imperio que había construido, y ahora, en la forma burlona de este viajero gitano, ese momento había llegado. Pero él no era llamado Lucky por nada. Era un tomador de riesgos que solo necesitaba media oportunidad para cambiar las situaciones con sus rivales. "¿Por qué no solucionamos esto a la antigua?" el sugirió.

Luke sintió que se acercaba un truco. Decidió dejar que el compañero jugara su mano.

"¿Eres un hombre de deportes, Luke Smith?"

"¿Qué tienes en mente?"

"¿Crees que tu caballo es rápido? Apuesto a que el mío es más rápido. Vamos a ponerlos a prueba. El ganador se lleva todo".

Luke sintió que su instinto combativo estaba a la altura del desafío, aunque su razón luchó contra él. Sy había levantado su máscara y estaba sacudiendo la cabeza en advertencia.

"¿Un paseo hasta la muerte, quieres decir?" Luke preguntó.

Phil sonrió tan inocentemente como pudo. "¿Por qué no?

Luke miró a Sy, que tenía una mirada que le decía a su amigo que retrocediera. Pero tenía el mejor caballo que había visto en su vida, y era un maestro del país rudo. Todo lo que había hecho la montura de su oponente fue galopar por una pista de carreras. No fue un concurso. También tenía el arma de Phil Yates y la usaría si tuviera que hacerlo.

"Acepto".

Sy soltó a regañadientes a Good Times. Phil agarró la cuerda del caballo.

"¿Realmente tienes las bolas, Phil Yates?" Luke incitó. "¿O eres solo un desagradable matón? Mi caballo cabalgará sobre el tuyo sin piernas".

Phil saltó a pelo a Good Times. "¡Puedo superar a un sucio gitano cualquier día! ¡Y tengo el mejor caballo de toda Inglaterra!"

"¡Vas a tener que demostrarlo!" Luke respondió. Le dio la cabeza Price of Thieves y salió corriendo del patio.

Phil, en Good Times, lo siguió.

* * *

La luna, que navegaba alto en un cielo despejado, proyectaba un brillo misterioso sobre bosques, campos y senderos. Luke cabalgó duro sobre Prince of Thieves. Phil lo persiguió. Cabalgaron a través de pastos en laderas, a través de bosques y valles de hierba salvaje, por caminos vacíos, a través de corrales somnolientos, la distancia aumentó hasta que habían recorrido más de una milla.

Unas pocas veces Phil se puso al nivel de Prince of Thieves, tratando de obligar a Luke a ponerse en peligro, enredados en matorrales llenos de arbustos de maleza, cercas de alambre de púas en las fronteras de los campos, desmoronando los bordes de las canteras que provocaron gotas enfermizas. Cada vez que Luke cambiaba de dirección, Prince of Thieves se adelantaba.

Llegaron a un río, con Prince of Thieves, a varios cuerpos de Good Times. Luke descendió al galope hacia un punto bajo de la orilla, cabalgando a toda velocidad hacia el agua. Phil lo siguió, Good Times soplando duro y cansado.

Prince of Thieves nadó con fuerza, adelantándose fácilmente a Good Times. A mitad de camino a través del río, un Ming Chi, la gigantesca forma espiritual de un caballo Tang, surgió del agua. Good Times entró en pánico al verlo y se revolvió, amenazando con desalojar a su jinete.

"¡Tranquilo, muchacho! ¡Whoa! ¡Tranquilo!" Phil lloró. ¿Había creado esto? ¿Fue esta visión un producto de su culpa? ¿O los caballos Tang se vengaban?

Good Times estaba completamente asustado. Phil perdió el control sobre el caballo. La forma espiritual desapareció.

Luke, que no había visto al Ming Chi, hizo girar a Prince of Thieves y pisoteó el agua. Phil se tambaleó en el río.

"¡Ayúdame, Ayúdame!" lloró desesperado.

Luke trató de alcanzarlo. Phil agarró su brazo extendido pero se las arregló para sacarlo de Prince of Thieves. Lucharon en el agua, todo el tiempo a la deriva corriente abajo en la corriente acelerada.

Los caballos treparon a un lugar seguro en la orilla lejana. Sus jinetes fueron brevemente visibles, dirigiéndose río abajo hacia el agua atronadora de un vertedero.

El río en este punto se apretó en un canal estrecho, formando un torrente profundo que se vertió sobre el borde del vertedero y cayó a seis metros en un caldero agitado de agua y espuma. Luke y Phil aparecieron brevemente en el borde rizado, luego se desvanecieron en el caos hirviente de abajo.

Salieron del agua furiosa cien metros río abajo. Phil, ahogado, comenzó a hundirse. Luke lo agarró, lo arrastró al banco y lo sacó. Se tumbaron en la orilla recuperando el aliento. Los caballos aparecieron, caminando con calma hacia ellos.

Luke se puso de pie y se paró sobre Phil. "¿Quieres seguir? Te hice latir de lleno. Pero podemos correr hasta que el corazón de tu caballo se rinda si quieres".

Phil parecía reacio a continuar. Levantó la vista hacia su rival. "¿Por qué me salvaste?"

"Quiero justicia", respondió Luke con severidad. "Prefiero tenerte vivo en un tribunal de justicia que muerto aquí afuera".

Phil se sentó y miró a Prince of Thieves. "Es un caballo infernal el que tienes allí".

Luke sonrió "Lo sé. Pero él no está a la venta. ¿Quieres seguir o no?" preguntó de nuevo.

"No puedo", admitió Phil. "Good Times estaba resoplando allá atrás. Está un poco sin aliento. Tienes el mejor animal para terrenos difíciles".

"¿Entonces admites la derrota?

Phil asintió con la cabeza. Parecía resignado. "Lamento lo que hice en ese entonces. Será mejor que me dispares ahora y tomes mi caballo. Al menos te lo debo".

Luke estaba sorprendido por la confesión del hombre. Parecía sincero, pero ¿era solo un truco nuevo?

Aprovechó el momento. "¿Dónde pusiste a Cath y Angie Scaife?"

"Puedo mostrarte", respondió Phil con una sonrisa astuta. "Pero tendrás que dejarme vivir un poco más si quieres que haga eso. No las encontrarás de otra manera. O tendrás que dejarlas para que mueran".

Se miraron el uno al otro, Luke furioso, Phil aparentemente divertido. Maldito sea el hombre, pensó Luke, sabe que no puedo encontrarlas. ¿A qué tipo de baile me va a llevar ahora?

Phil se rio en voz baja. Quién es el dinilo aquí, pensó. ¡He recuperado mi vida y tengo la intención de usarla!

Antes de que cualquiera de los dos pudiera moverse, el horizonte sur estaba iluminado por un vivo resplandor rojo anaranjado. Phil se puso de pie.

"¡Es mi casa!" gritó. "¡Mi hermosa casa!"

Agotado como estaba, se arrojó a Good Times y volvió al río. Luke cargó tras él en Prince of Thieves.

27

Llegaron juntos a la puerta de entrada de Birch Hall, Good Times resoplando cansado y Luke se relajó con Prince of Thieves para quedarse con él. Pasaron junto al Range Rover de Harry, la casa en llamas delante de ellos. A Luke le pareció que Good Times apenas se movía, mientras que Prince of Thieves seguía tan fuerte como siempre. Pero Phil se había olvidado de su raza. Toda su atención se centró en su casa en llamas.

El frente de la casa era un infierno, el fuego avivado por el viento insistente. Phil saltó de Good Times al igual que Luke de Prince of Thieves. Ambos caballos entraron en pánico y se alejaron del fuego.

"¡NO! ¡NOOOOO!" Phil gritó al ver la destrucción. Subió corriendo los escalones principales, pero Luke lo derribó con una patada voladora. Poseído por lo que parecía la fuerza de un loco, Phil se liberó y se precipitó hacia la casa en llamas. En un segundo fue tragado por la conflagración.

Luke lo miró impotente. Antes de que pudiera moverse, escuchó la voz de Kingsley detrás de él. Se volvió y vio a Royston atando a los caballos y a Bennett acercándose por el camino en el Citroën, con Sy siguiéndolo con la camioneta y el remolque de caballos.

"Hay una gorgio robando la caja fuerte de Phil Yates", anunció Kingsley. "Mejor lo arreglamos".

"¿No encontraste a la juval y la rakli?" Luke preguntó, sin ninguna esperanza restante.

Kingsley sacudió la cabeza. "Registramos la casa, pero no había habitaciones secretas. Y encontramos una gran bodega. Pero aún tenemos que mirar los garajes y cobertizos, hay muchísimos".

"Tú y Bennett sigan buscando", decidió Luke. "Nosotros nos ocuparemos del gorgio".

El fuego se había extendido por toda la mitad delantera de la casa y había empezado a consumir las habitaciones en la parte trasera del edificio en el lado oeste, avivado por el fuerte viento. Hasta el momento, las habitaciones en la parte posterior del lado este, incluida la oficina de Phil, estaban intactas, aunque el humo había comenzado a atravesarlas.

Luke entró en la casa por la puerta del patio y encontró la puerta de la oficina abierta. Una figura en camuflaje del ejército estaba en el proceso de examinar la puerta de la caja fuerte de la pared. La figura se volvió para mirarlo.

"¡Tam!" Luke exclamó asombrado.

"No Tam", respondió el doble de Tam. "Soy quince minutos mayor que mi hermano gemelo, y estoy aquí para asegurarme de que se haga justicia por él".

Luke se recuperó rápidamente. "Ya somos dos."

Malcolm estudió al gitano de aspecto salvaje que estaba delante de él. "Entonces, ¿sois el ladrón que se llevó los caballos Tang?"

Luke fingió desconcierto. "¿Qué tipo de caballos?"

"No voy a discutir", continuó Malcolm. "Por derecho, debería conectarte donde estás parado. Solo estoy interesado en la justicia para mi hermano. Me has puesto en el camino".

Luke se encontró mirando el Walther PK380 de Malcolm que tenía un silenciador. "¿Qué demonios tienen que ver estos caballos contigo?"

Malcolm lo iluminó. "También estoy trabajando para ciertos intereses creados que tienen una visión muy pobre de lo que le sucedió a uno de sus hombres más importantes, es decir, el caballero que murió misteriosamente en su casa de serpientes. ¿Puedes contarme sobre eso?"

"No sé nada sobre las serpientes", respondió Luke. "Mi trabajo consistía en conseguir cuatro caballos antiguos para un comprador sin nombre, que resultó ser Phil Yates, el dueño de esta casa". Pensó que valía la pena agregar que no le habían pagado. "Lo último que vi de estos caballos fue cuando Tam los empacó para entregarlos". ¿Le había dicho Tam a su hermano que lo había atacado? Luke se preguntó, mirando la pistola de Malcolm. "No sé si a Tam le han pagado, pero ambos arriesgamos la cárcel para conseguir esos caballos". No dijo nada sobre enfrentar la muerte en el vivero del psicópata.

"A nadie se le ha pagado", dijo Malcolm con tristeza. "Estoy aquí para recoger el botín y no estás en posición de detenerme. Si hay cincuenta grandes disponibles, puedes tenerlos. Por supuesto, la caja fuerte podría estar vacía".

"Estarás cometiendo un grave error, hermano gemelo", respondió Luke con calma. "Estoy aquí todo el vongar, dinero, que pueda conseguir. Si me disparas, mi primo, que está parado detrás de ti, te cortará la garganta".

Malcolm se echó a reír. "No hay nadie detrás de mí, ladrón de caballos. Nadie se acerca sigilosamente a Malcolm McBride".

"Entonces será la primera vez", dijo Sy con frialdad, presionando la parte plana de su espada en la parte posterior del cuello de Malcolm. "Y hay muchos más Romaníes en la parte de atrás que estarían felices de hacer lo mismo".

"¿Por qué no acordamos un trato?" Luke ofreció, listo para rodar debajo del escritorio de la oficina si Malcolm se negaba. "Si hay algo en esa caja fuerte, lo dividiremos en cincuenta y cincuenta".

Por primera vez en su vida, Malcolm se dio cuenta de que estaba en una situación perdida. No había tratado con gitanos antes, y vio que este par lo habían derrotado. El hombre detrás de él había aparecido tan silenciosamente que podría haberse materializado en el suelo. Bajó el Walther.

"Es justo. Pero ni siquiera entrarás en esa caja fuerte sin mí. Es una de esas cajas de seguridad diabólicas que nadie puede abrir sin el código o una llave. Sé que no tienes ninguna. Así que no tenemos otra opción que volar la puerta".

Luke y Sy retrocedieron y observaron a Malcolm mientras colocaba cuidadosamente sus cargas. Luego, los tres se movieron a un lado cuando el escocés voló la puerta de la caja limpiamente.

"Puedo ver que has hecho esto antes", dijo Luke, genuinamente impresionado por la experiencia de Malcolm.

El escocés se echó a reír. "Lo he hecho una o dos veces. Pongamos el botín en el escritorio y veamos qué tenemos".

La caja fuerte fue liberada de su contenido y la gran cantidad de efectivo y otros artículos fueron arrojados al escritorio de Phil y evaluados. Malcolm tomó los bonos, el lingote de oro y 350 mil en efectivo. "Ese es el pago de mi hermano, ya sabes". Luke y Sy se sirvieron el resto del dinero y lo metieron en la mochila de Luke. Luke también tomó los pasaportes de las chicas acompañantes de Harry. No tenía idea de qué haría con ellos, pero de lo contrario se perderían en el incendio.

La cantidad de humo en la habitación se hacía insoportable y las llamas se acercaban a la puerta. El calor era cada vez más intenso y tuvieron que gritar para hacerse oír por encima del rugido del fuego. Pero se mantuvieron firmes hasta que terminaron su tarea.

Sy arrojó la silla giratoria de Phil por la ventana de la oficina y los tres hombres escaparon por la única ruta que quedaba. Luke y Malcolm se dieron la mano..

"Mis saludos a Tam. Sin resentimientos".

"Nada de esto sucedió", respondió Malcolm y rápidamente desapareció en la noche.

Mientras ponía su mochila en el asiento trasero del Citroen, la desesperación de Luke por el destino de Cath y Angie lo abrumó. Incluso si ahora fuera millonario, no significaba nada. Era una ironía intolerablemente amarga que las personas que más le habían importado en esta vida debían ser condenadas a destinos idénticos. ¿Era este algún tipo de mensaje? ¿Estaba destinado a estar solo por el resto de sus días? ¿Era una locura peligrosa para él formar relaciones?

Tenía ganas de arrojar su mochila a las llamas. Su estado de ánimo oscuro se vio interrumpido cuando Kingsley salió corriendo. "La juval y la rakli, ¡las hemos encontrado! ¡No tenemos tiempo!"

Luke y Sy siguieron a Kingsley hacia el complejo de edificios anexos en la parte trasera de la casa. Luke se preguntó si ya era demasiado tarde.

* * *

Cath no estaba respondiendo a los intentos de Angie de despertarla. El techo de su prisión había comenzado a arder ferozmente, la voz del fuego consumía los lamentables gritos de angie por ayuda y negaba toda esperanza. El calor fue intenso. Angie hizo un último esfuerzo desesperado para llamar la atención.

Ella golpeó la puerta. "¡Ayuda! ¡Ayúdennos! ¡Estamos aquí!"

Luke, Sy y Kingsley corrieron hacia los edificios. Bennett los estaba esperando.

"Están en esta cabaña", dijo Bennett, "pero no puedo romper la cerradura".

Los gritos desesperados de Angie solo podían ser escuchados por agudos oídos gitanos, elevándose sobre el rugido feroz de las llamas.

"¡Estamos aquí! ¡Ayúdennos!"

El edificio estaba en la parte trasera de un cobertizo de carros abierto que contenía la gran cortadora de césped, haciendo que su existencia fuera casi imposible de detectar en la oscuridad. La puerta estaba asegurada con un gran candado. Luke voló el candado con un disparo del revólver de Phil, luego abrió la puerta de golpe y encontró a Angie al otro lado. Cath estaba tendida en el suelo, de espaldas contra la pared. Ella parecía estar inconsciente. Angie se arrojó a los brazos de Luke.

"Oh, Luke, es Mamá. ¡Creo que podría estar casi muerta!"

El material abrasador de los soportes del techo en llamas estaba cayendo a su alrededor. Todo el techo parecía a punto de derrumbarse, amenazando con derribar las tejas encima de ellos. Todos los ojos se volvieron hacia Luke.

Corrió hacia Catch. Su pulso era débil pero regular. La levantó en sus brazos. "¡Vámonos!"

Se apresuraron a salir del edificio cuando secciones de techos ardientes y escombros de la parte trasera de la casa en llamas se estrellaron detrás de ellos. El vapor de gasolina en el tanque del cortacésped explotó, impidiendo la entrada a la dependencia oculta con llamas. Acababan de salir justo a tiempo...

El convoy de vehículos subió por el camino, Luke en el Citroën con Angie acunando a Cath en el asiento trasero. Fueron seguidos por Sy en la camioneta, remolcando el gran remolque de caballos que contenía Prince of Thieves y Good Times. La parte trasera fue levantada por Bennett en la moto, con Royston y Kingsley en el transporte.

Dos Dobermans desaliñados aparecieron en la oscuridad y parecieron complacidos de ver a los gitanos. Sy abrió la puerta del pasajero de la camioneta y los perros saltaron. Cuando le explicó a Luke más tarde, él los vendía o los usaba como ganado reproductor, cruzándolos con galgos para producir más cazadores, el perro elegido por la mayoría de los gitanos.

Salieron del camino y se dirigieron a Cuckoo Nest. Un minuto después, tres camiones de bomberos con sirenas a todo volumen se acercaron desde la dirección opuesta. Habían hecho un viaje de veinte millas a lo largo de sinuosas carreteras rurales para llegar a la escena desde la estación de bomberos más cercana.

Cath y Angie estaban a salvo, pero la ironía de la situación era claramente evidente para Luke. El fuego había destruido el remolque de su familia, pero también había consumido a Birch Hall. ¿Era este un ejemplo de justicia cósmica en acción?

Un último detalle se alojó en su mente: no había rastro del Range Rover de Harry que había quedado en el camino. ¿Quién lo había tomado? Contra probabilidades aparentemente imposibles, ¿Phil había logrado escapar de alguna manera?

28

El huerto en Cuckoo Nest estaba lleno de patrones cambiantes de luz solar moteada, mientras el sol de la mañana brillaba a través de las hojas sopladas por la brisa. Más allá de los árboles frutales, las hermanas de Sy estaban ocupadas recogiendo fresas para la tienda en la ciudad local. Royston y Farley estaban arreglando las cercas alrededor de los potreros, donde un nuevo crecimiento de hierba brillante había comenzado a cubrirlos una vez más.

En el establo, Bennett y un joven gitano trabajaron en el tractor, que por fin había cobrado vida, mientras Kingsley y Angie coqueteaban entre sí mientras él le enseñaba a montar Prince of Thieves a pelo. El semental consideraba que los amigos de Luke eran sus amigos ahora, y se comportó respetuosamente con todos ellos.

Zanda, la chica letona, había decidido compartir su suerte con los Boswell. Estaba ocupada en un par de overoles de Angie, pintando el exterior seco del granero con un tono terroso de ámbar quemado, mientras Sy pintaba las partes más altas de una nueva escalera de extensión de aleación. Se dio cuenta de lo capaz que era, trabajando rápida y silenciosamente con una práctica economía de esfuerzo físico. Ella nunca se detuvo y no parecía cansarse. Pensó que ella era de la reserva campesina, que solían trabajar duro desde muy jóvenes, tal como solía ser la gente en Inglaterra.

La camioneta y el remolque para caballos fueron llevados a un lado de la caseta, al lado de la camioneta y la furgoneta de los gitanos. Era como un mundo nuevo para Cath y Angie, ya que la transformación de la granja tuvo lugar, pero sin arruinar el carácter único del lugar. Cath, recuperándose lentamente de su terrible experiencia, nunca había visto a Cuckoo Nest tan ocupado, ni siquiera en los años en que Matt estaba vivo. Ella y Luke vieron la actividad.

"¿Entonces los policías han decidido que la quema de Birch Hall no fue un accidente?" dijo sin el menor rastro de astucia.

"Ha estado en todos los periódicos y la televisión", respondió ella. "La policía está hablando de venganza. Asesinatos de tipo pandillero. Algo relacionado con el robo de figuras de caballos caros y la extraña muerte de su dueño".

Hizo una mueca incrédula. "Todo es un misterio para mí. Fuera de mi liga por completo. No sé nada sobre guerras de pandillas". Esto fue en parte cierto. Los inspectores de incendios habían culpado a una lámpara de aceite como la causa del incendio que había reducido a Birch Hall a un cascarón. Pero cuando él y sus compañeros dejaron a Harry, Brian y Steve en el comedor, la lámpara parecía lo suficientemente segura.

Se preguntó si el Hermano Gemelo había comenzado el fuego. ¿Fue la aniquilación total la orden judicial que le impusieron sus jefes? De ser así, eran tan extremos como los cuentos que había leído sobre la mafia siciliana. ¿Y qué hay de Phil Yates, ahora nombrado por la policía como la séptima persona desaparecida que era buscada por la ley para ser interrogada? ¿Se había ido limpiamente en el Range Rover? ¿Estaba planeando su futuro bajo una nueva identidad?

Apartó estos pensamientos de su mente mientras caminaba con Cath a través del depósito.

"Ya sabes", reflexionó, "me gusta aquí. Casi podría establecerme".

Ella aprovechó su comentario con entusiasmo. "Quédate con nosotros, Luke. Te ayudaremos a limpiar tu nombre".

Se resistió a la tentación. "Mejor si voy a ver a mi tío Taiso. Él conoce a personas que tienen conexiones con los mejores hombres legales. Puedo pagarlas". Él le sonrió. "¿Estás preparada para una boda de viajeros cuando regrese?"

Tanto el deleite como la duda lucharon por el control de sus emociones. "¿Tu gente me aceptará?"

"¡Será mejor! Podemos casarnos en la tierra de Taiso. Está a solo una hora en coche de aquí. Él querrá darnos un banquete de bodas adecuado, todos con nuestra sangre estarán allí. Mi papá vendrá y él estará feliz por nosotros".

Se entrelazaron en un largo abrazo. "¿Qué pasó con esos pasaportes?", él preguntó. "¿Estas chicas alguna vez estarán a salvo?"

"Bueno, Sy parece haber adoptado a Zanda. No sé si se convertirán en un artículo, pero descubrió que sus tatarabuelos eran gitanos de Kalderash de Hungría que fueron asesinados por los alemanes en la guerra. Dijo que ella dibujó su árbol genealógico para él en el polvo en el piso del granero".

Se necesita a uno para conocer a otro, pensó de nuevo. No era solo su seriedad lo que había persuadido a la niña de ir con ellos, era algo más profundo: la conexión del kaulo ratti, la sangre negra. Estudió a la chica al otro lado del patio. Aunque su cabello no era tan oscuro como el de él, era la forma de su rostro, el conjunto de los ojos, la ligereza de su constitución lo que daba las pistas de su linaje. Sy se dio cuenta de inmediato.

"Cómo es que terminó con Harry Rooke?".

"Sy dijo que era huérfana. Le dijo que las pandillas criminales compran o secuestran a las chicas guapas de los orfanatos. Y la mayoría de las chicas romaníes son atractivas".

Luke volvió a pensar en la justicia. ¿De qué lado estaría Malcolm McBride en un país donde la corrupción era la nueva normalidad? ¿Se convertiría en un vigilante y dispararía a los funcionarios?

"¿Qué pasa con las otras chicas?"

"Los trabajadores sociales las están cuidando".

"¿Serán enviadas de vuelta?"

Ella suspiró. "Eso es difícil, porque nadie sabe quiénes son realmente ni de dónde son. Sus pasaportes tienen nombres falsos con fechas de nacimiento falsas. Siguen diciendo que se les ofreció trabajo, pero los nombres de los empleadores son completamente ficticios. Ellas podrían estar mintiendo sobre sus nombres reales también, por lo que es imposible tratar de localizarlas en las listas de personas desaparecidas. Sus detalles se distribuirán a través de los estados bálticos, pero todas las chicas dicen que quieren quedarse aquí. Hemos abierto una verdadera lata de gusanos. Nadie sabe qué hacer con ellas. Se están quedando en un hostal, pero podrían desaparecer del radar en cualquier momento".

"No estarían aquí si tuvieran algo por lo que valiera la pena regresar".

"Supongo que no".

Se dio cuenta de que Zanda debía haber anticipado este desastre, por lo que aprovechó su oportunidad con los Boswell. Chica inteligente".

* * *

Más tarde ese día, cuando Cath y Angie estaban empacando las fresas en la cocina de la granja, Luke llegó de la cabaña con su bolsa de viaje prestada. Lo arrojó sobre la mesa. Cath y Angie se asomaron a la bolsa. Contenía fajos de billetes de cincuenta libras.

"Pensé que liberaría a Phil Yates de un poco de lucro. De todos modos me debía. Esto debería ayudar a despejar tus deudas y sacar a Aserradero Charlie de tu espalda. Ya le he dado algo a mis primos, así que el resto es tuyo".

Cath y Angie lo abrazaron y lo besaron.

"Eres libre", dijo riendo. "Gran sentimiento, ¿no? Ya has luchado lo suficiente por tu cuenta. Creo que es hora de que tengas un poco de ayuda". Resumió el arreglo que habían estado acabando recientemente. "Si mi gente alquila los campos para sus caballos y tú tienes el resto, la fruta, la leche y la carne, todos estamos contentos, ¿no? Y siempre habrá algunos de nosotros parando aquí para ver sus caballos y para ayudarte si los necesitas".

“Puede que no seamos muy populares entre los locales”, dijo Cath. “Pero tendremos que vivir con eso”.

"Nunca se sabe. Mi gente no causará problemas. Los lugareños podrían ver que somos gente limpia y trabajadora. Como dije, si pones la tierra primero, los viajeros y los colonos deberían seguir adelante".

"Esperemos que sí", respondió Cath. "Es un experimento".

"¡Es hora de que estos malditos lugareños vean un poco más allá de su nariz! Angie declaró. "Les hará bien. Apuesto a que si hay algún problema vendrá de ellos". Cath le había dicho que tenían sangre gitana de viaje, y la revelación parecía haber actuado como un elixir. Su hija había decidido que ella también debía casarse, y se había centrado en Kingsley, de veinte años. Pobre alma, pensó Luke con una sonrisa. Tendrá que acostumbrarse a hacer lo que le digan.

En su camino a través del patio de apilados, Luke se encontró con Bennett en el transporte. Se había tomado un descanso de las reparaciones del tractor para comprar cervezas y un periódico vespertino en el pequeño supermercado de la ciudad.

"¿Te enteraste de algo?" Luke preguntó.

Bennett le mostró a Luke un artículo en el periódico. "Todavía están buscando a Phil Yates. Algunos dinosaurios dicen que él mismo pudo haber iniciado el incendio para poder obtener el seguro. ¡Podrías llamarlos y decirles que estuvo contigo!" Luke se unió a la risa de Bennett. "Y están buscando un Range Rover perdido", continuó Bennett. "¿Estás seguro de que ese hombre, Malcolm nunca lo tomó?"

"¿Cómo lo conseguiría? Tendría su propio motor, por lo que tendría que haber un segundo conductor", razonó Luke. "Estoy seguro de que Malcolm McBride estaba solo. Me dio la sensación de que era un tipo de lobo solitario. Tenemos que creer que Phil Yates escapó. Quizás conocía una puerta secreta que nunca encontramos y desapareció hace mucho tiempo una vez que vio que había terminado. Tendremos que hacer correr la voz, hacer que nuestra gente lo vigile".

Sy se unió a ellos, después de terminar de pintar el granero. Pensó que era improbable que Phil volviera a aparecer. "Es un hombre marcado. Los mejores policías quieren saber cómo le dispararon a Hirst con su propia arma. Ahora nadie hará negocios con Phil Yates. ¿Qué va a hacer? Volver a la carretera con un remolque y vender alfombras? Sacudió la cabeza. "No queda nada para él".

Luke no hizo ningún comentario. Tenía la sensación de que Phil Yates rebotaría donde aterrizara. Pero no tenía deseos de perseguirlo. Se lo dejaría a los profesionales.

Cruzaron el patio, pasando por la gama de cajas sueltas recién terminadas que habían creado a partir de una hilera de viejos cobertizos. "Prince of Thieves y Good Times son los mejores compañeros desde ese viaje a la muerte entre tú y Phil Yates", comentó Sy, mirando a los dos sementales pastando juntos en el huerto.

"Es un poco extraño, lo llamas un viaje a la muerte cuando ninguno de nosotros ha muerto", reflexionó Luke. "Tengo la sensación de que Phil Yates se está quedando quieto y volverá por el caballo. ¡Estos establos deben ser cerrados por la noche en caso de que piense que puede robarlo!"

Sy lo tranquilizó. "Kingsley y yo iremos todo el invierno, nos alojaremos en el otro Kenner. ¡Seremos kerengros, moradores de casa! Traeremos algunos caballos de Davey, y tendremos que cabalgar con el Prince cuando estés lejos y Good Times también, para mantenerlos en forma". Él rió. "¡Me gusta la idea de montar al ganador de Phil Yates! Pero, por supuesto, estaremos pendientes de los merodeadores".

"Será mejor que incluyas a Aserradero Charlie", aconsejó Luke. "¡Me sorprende que no haya estado abajo, gritando y agitando los brazos! ¡Quizás lo hayamos asustado!"

* * *

Mientras hablaba, Charlie estaba en su desván mirando la granja. Lo que observó lo hizo gemir y balbucear de furia. "No me gusta. Todos los gitanos han terminado. Cath Scaife planea deshacerse de mí, lo sé. ¡Me van a poner en el banco y me quitarán la cabeza! Lo van a hacer ver como que tuve un accidente. Pero no saben a quién se enfrentan. ¡Nadie va a matar a Charlie!"

Se llevó el telescopio a su ojo bueno y observó la granja un rato más. Luego se balanceó hacia el piso de corte, donde estaba cumpliendo una orden de nuevos postes para Cath. Habló con la hoja de sierra mientras zumbaba y gritaba.

"Cath Scaife depende de mí ahora. Y ella dependerá de mí en el futuro. Ella tiene un poco de ayuda, pero la dejarán. ¡Y todavía estaré aquí!" Él sonrió mientras trabajaba. "Uno de estos días seré agricultor. ¡Uno de estos días tendré respeto! Pondré a un hombre aquí para hacer cercas, ¡pero el señor Gibb cultivará lavanda! Tomaré un té espacio para visitantes. Haré recorridos por la granja para los habitantes del pueblo. Yo voy a..."

Su monólogo privado se detuvo cuando la realidad lo alcanzó. Se ajustó el parche en el ojo y se bajó el sombrero flexible y continuó cortando los postes de la cerca en silencio.

* * *

Mientras todos estaban ocupados en la granja, Luke cavó un hoyo en el piso de una de las cajas vacías. Forró la base y los costados con tablas tratadas con conservantes de madera, luego sacó los caballos Tang de la cabaña y los guardó cuidadosamente en una caja de lados sólidos. Bajó la caja al hoyo y volvió a colocar en el suelo toda la caja suelta con losas que había encontrado alineadas en una esquina del granero, compradas hace años con un propósito olvidado. Llamó a Bennett para que lo ayudara tan pronto como terminó su trabajo en el tractor que funcionaba sin problemas.

"¿Por qué estamos haciendo esto?" Bennett preguntó. "Un piso de tierra servirá, ¿no?"

"Estamos usando cosas que ya se obtuvieron y pagaron", respondió Luke. "Tiene buen sentido para mí."

Descubrieron que tenían suficientes losas para tres pisos de cajas sueltas. Esto complació a Luke, ya que el piso sobre los caballos Tang no sería el único pavimentado y, por lo tanto, sería menos probable que despertara sospechas. No tenía idea de qué hacer con las figuras y estaba molesto porque había terminado con ellas. Los encontró extraños y un poco siniestros y se preguntó si debería pedirle a una de las viejas rawnis de Boswell que los exorcizara.

Quizás habían formado un apego mágico a los buenos tiempos. Bueno, él pondría el semental castaño en la caja suelta sobre ellos. Tal vez eso los haría felices a todos.

A la mañana siguiente, los gitanos, a excepción de Luke, Sy, Zanda y Kingsley, salieron con las primeras luces y se llevaron el camión y la furgoneta con ellos. Sy y Kingsley, con la entusiasta ayuda de Angie y Zanda, se mudaron a la segunda cabaña, que ahora estaba libre de renta, por supuesto.

Sy y Zanda se pusieron en camino con el remolque de caballos a la tierra de Davey Wood para traer a otros dos caballos de tiro, vanners, a Cuckoo Nest. Luke y Kingsley estaban solos en la granja terminando el trabajo en las cajas sueltas, que eran para los caballos que no eran del tipo vanner, como Prince of Thieves y Good Times.

No habían tenido tiempo de completar la sala de tachuelas cerrada que se extendería desde la elevación frontal del rango de caballerizas; Luke imaginó que la mayoría de los caballos que se mantenían en la granja no serían montados a pelo, por lo que tuvieron que crear un espacio para sillines y arneses. Las puertas de las caballerizas ocupadas todavía no estaban aseguradas con candados temporales, una tarea que habían planeado para esa mañana.

Para su sorpresa, encontraron que el puesto de Good Times estaba vacío. Una búsqueda en la granja no produjo nada.

"Ese maldito chico aún no ha terminado", dijo Luke enojado.

Phil Yates había regresado por el caballo como Luke había predicho. El hombre no había perdido tiempo, pero obviamente se había instalado en un lugar nuevo equipado con establos para su preciado semental castaño.

Debe haber tenido ayuda, ya que era al menos una tarea de dos hombres sacar al animal en las oscuras horas pequeñas mientras ocho viajeros gitanos estaban profundamente dormidos. La noche había sido tormentosa, con todo lo que estaba suelto haciendo ruido, perfecto para la tarea de robar un caballo...

Pero alguien tuvo que sujetar al animal mientras su cómplice acolchaba sus pies para que no hiciera ningún ruido al cruzar el patio. Y alguien más tuvo que suministrar un remolque para caballos, remolcado sin duda por el Range Rover desaparecido.

Luke se maldijo a sí mismo por subestimar a su enemigo.

Parecía que Phil Yates se había hecho de un nuevo equipo. ¿Cuánto tiempo pasaría, se preguntó Luke, antes de intentar nuevamente secuestrar a Cath, o tal vez deshacerse de él mismo? Una cosa era segura: Phil Yates estaba luchando.

Luke no creía en la confesión del hombre, se ofreció voluntario mientras se sentaban en la orilla del río después de su carrera. Cuanto más lo pensaba, menos creíble parecía. Phil Yates era un hombre que solo pensaba en sí mismo. Su rápido ascenso a la riqueza habría sido a expensas de muchas otras personas. Pero simplemente no le importaba; pensó que podía hacer lo que quisiera y nunca sería responsable del daño que causó. Habría olvidado que incluso había hecho esa confesión. Tal persona nunca cambiaría.

La llamada telefónica que Luke recibió más tarde ese día de Malcolm McBride expuso el asunto de manera más sucinta. Luke estaba trabajando con Sy, Zanda y Kingsley en la nueva sala de tachuelas cuando Angie lo llamó a la granja.

"Hay un hombre extraño que quiere hablar contigo", dijo Angie, intrigada. "Dice que se llama Hermano Gemelo. Me dio un número para que lo llamaras".

Luke y Malcolm hablaron durante unos quince minutos. La esencia de la conversación desarrolló el propio pensamiento incipiente de Luke con respecto a Phil Yates y la justicia. El escocés habló de causa y efecto, acción y consecuencia. "Es un hecho de la existencia, una ley de la física, ustedes lo saben". En cuanto a Phil Yates, dijo Malcolm, un contrapeso se colocaría un día, por fuerzas humanas o "invisibles", en el otro lado de la balanza.

Entonces, ¿debería obtener justicia, preguntó Luke, cazando al hombre? ¿O debería esperar a que poderes ocultos hagan el trabajo por él? "Te agradecería que me lo dejaras, Luke. No vale la pena pelear con el hombre".

Tenía que haber un ajuste de cuentas, Malcolm estuvo de acuerdo. La justicia era un mecanismo natural "integrado en las estructuras invisibles de la creación, ustedes lo saben". "Suministra los controles y equilibrios de la vida, incluso si no lo sabemos". Era un atributo vital del fluido místico, el "vril o lo que sea que la gente desee", que mantenía unido al universo. "Sin embargo, no te desanimes, Luke. Soy el humilde oficial de la creación en el caso. Ese villano pagará por el daño que ha hecho a todos".

Malcolm no dio más detalles, por lo que Luke volvió a trabajar en la sala de tachuelas y esperó a que se desarrollaran los eventos.

29

Phil caminó lentamente por la granja y las dependencias del páramo, observando los antiguos techos de losa y los enormes muros de piedra que correspondían al grado de exposición y lejanía del lugar. Solo había visto la propiedad una vez el día de su compra, y el detalle de su construcción no se había asimilado por completo. El invierno aquí sería difícil, podía verlo, pero se las arreglaría si era necesario. Sin embargo, esperaba haber desaparecido para entonces. Por ahora era un escondite ideal.

Poseía otras propiedades además de esta, un par de bodegas, un pequeño bloque de pisos, algunas semis y Casas de Ocupación Múltiple y una docena de casas adosadas, así como acciones en muchos negocios, pero nada en su cartera de propiedades le convenía tan bien como esto: Un lugar para desaparecer y comenzar una nueva vida. No tenía radio ni televisión, pero sus asistentes le informaron sobre los eventos y le trajeron una caja de teléfonos móviles nuevos. Había pasado la mayor parte del día usándolos para comunicarse y reorganizando sus asuntos.

Sus abogados estaban en contacto con el servicio de bomberos y estaban presionando para que se tomara una decisión en la categoría oficial de un *incendio primario en una vivienda que involucraba muertes y era causada por factores desconocidos*. Pero aún había desacuerdo sobre la causa del incendio. La lámpara de aceite ahora se consideraba un factor secundario del incendio provocado, pero la pregunta aún estaba abierta sobre quién inició el incendio. La decisión de un inspector de bomberos estaba pendiente, pero se vio obstaculizada por la investigación sobre el asesinato del policía. Parecía que no habría decisión ni reclamo de seguro en el corto plazo. Phil estaba furioso.

Estaba preocupado por los pensamientos de los muertos. ¿Asistiría a sus funerales? No, por supuesto que no, demasiado peligroso. Los Boswell y la policía lo estarían buscando. ¿Lloraría él? Sí, lo haría, pero brevemente. Sin embargo, fue una separación final, y no tenía sentido detenerse en lo que no se podía cambiar. Echaba de menos la cabeza fría de Harry por negocios, pero se las arreglaría. En cualquier caso, su contador lo haría. Estaba horrorizado de que la policía pudiera pensar que él mismo podría haber comenzado el incendio, cuando se trataba de Luke Smith o de miembros del inframundo de Londres. Pero no había nada que él pudiera hacer para establecer su inocencia.

No podía hacer nada sin dinero. Sus cuentas bancarias habían sido congeladas, y el seguro contra incendios parecía casi imposible. Tenía otros canales de financiación, por supuesto, pero el capital tardaría en acumularse. Había pensado que iría a Irlanda y compraría un lugar tan grandioso como Birch Hall. Cuando estuviera listo, Good Times sería enviado. Entonces comenzaría su vida de nuevo. Pero por el momento esto era una fantasía.

Había jugado con la idea de ir a Estados Unidos, pero no tenía idea de la facilidad o de lo contrario del arreglo de carreras allí. Tenía relaciones de sangre en Irlanda. Sería bienvenido y protegido si arrojara un poco de dinero. Su contador estaba ocupado liberando sus fondos offshore. Pero antes de que pudiera ir a cualquier parte, tenía que limpiar su nombre, de lo contrario estaría viajando disfrazado como un hombre buscado, y Lucky Phil Yates sería historia.

Se había precipitado en el condenado Birch Hall con la intención de sacar lo que pudiera de la caja fuerte de la oficina. Pero cuando se abrió camino a través de las habitaciones en llamas, descubrió que los gitanos ya estaban allí, junto con una oscura figura vestida de ejército, que parecía tener la intención de volar la puerta de la caja fuerte. No tenía arma para enfrentarse a ellos y se vio obligado a abandonar el intento y escapar por la ventana de la planta baja. Estaba furioso porque los gitanos lo habían derrotado. Junto con el oro y los bonos, había una pequeña fortuna en efectivo en la caja fuerte. Algún día haría que Luke Smith y esos gitanos pagaran. Un día. Tenía que haber justicia.

Eran las tres de la tarde, la segunda hora de ejercicio del día de Good Times. ¡Al menos su hermoso semental castaño sabía quién era! Ensilló y salió por el páramo. No fue observado por nada más siniestro que los nidos y una alondra. Perfecto. Había desaparecido del mundo y resucitaría, literalmente, como un fénix de las cenizas. Todo lo que faltaba era un toque de su legendaria suerte.

Good Times estaba inusualmente plácido. Al principio no se dio cuenta de esto, pero a medida que pasaban los minutos, la sensación se apoderó de él como los primeros indicios invisibles de que te estabas enfermando de gripe. El caballo había sido alimentado, descansado y arreglado después de su carrera a campo traviesa con Luke Smith. Parecía estar en su condición saludable habitual. Pero faltaba algo.

"¿Qué pasa, muchacho? ¿Estás mal?"

La respuesta habitual del animal al tono de su voz estaba ausente: ningún relincho suave, ni un leve movimiento de la cabeza. Estaba desconcertado. Cuando se volvió para regresar, sus impresiones se habían aclarado. Era como si Good Times esperara silenciosamente algo. ¿Pero que?

Malcolm observó la cima de la pradera de la granja través de sus lentes de campo. El Range Rover, debajo del cual había conectado un dispositivo de rastreo mientras todavía estaba en el camino en Birch Hall, estaba respaldado en un cobertizo de carros con la parte frontal abierta al extremo este de la casa. El remolque del caballo que se había usado para traer el caballo de carreras se había colocado en uno al lado. Asumió que el establo para el caballo estaba en la parte posterior de la propiedad, pero sería fácilmente divisado si intentaba tener una mejor vista. Y aún no estaba listo para ser visto.

Era pleno verano y agradablemente cálido, incluso a mil doscientos pies sobre el nivel del mar. En las cañas al sur de la casa se veían los zarapitos, y una rara alondra cantaba sobre su nido en las hierbas de los prados detrás de él. Pero el ocupante de la casa mostró poco interés en tales cosas. Había pasado algún tiempo retirando objetos del Range Rover y llevándolos a la propiedad.

Supuso que el ocupante estaba siendo abastecido por una larga espera. Dos jóvenes habían aparecido en un Jeep al mediodía y habían llevado objetos voluminosos, que parecían ropa de cama, a la casa. Se había preguntado si Phil Yates estaba alquilando o si realmente era el dueño del lugar.

La investigación de una hora en su computadora portátil la noche anterior, al final de la vigilancia de su tercer día, había puesto el asunto fuera de toda duda. La granja y dos mil acres de prados circundantes eran propiedad de una empresa llamada Midas Holdings, que era propiedad de una sucesión de compañías fantasmas. El último propietario de estas empresas era imposible de rastrear. El prestidigitador del contador de Phil Yates obviamente había sido empleado astutamente.

Malcolm se acomodó en las cálidas hierbas del prado para esperar. Había notado los tiempos en que los jóvenes visitaban la casa y no había otras personas que llamaran. Era apropiado para su nueva identidad de observador de aves y conservacionista tener las herramientas de su oficio a su alrededor: las gafas de campo, la cámara, una mochila llena de mapas y bocadillos de proteínas.

Fiel a su nuevo oficio, tuvo que tomar nota de sus observaciones: el hábitat de la parte alta del páramo de la ciénaga con su variedad de vida vegetal, las aves que anidan con su número de pichones. Las idas y venidas de las personas, si las había. Se estaba divirtiendo tanto que sintió la tentación de dedicarse a la vida a tiempo completo en su retiro. Un cambio agradable en lugar de estar disparando a la gente, incluso a los agricultores recalcitrantes.

Hubo un inconveniente. El tope del páramo era formidablemente sombrío cuando llovía, y los aguaceros eran fuertes. No había árboles para beber la humedad, y el agua caía en picada por las empinadas laderas, una amenaza constante para las aldeas de abajo. ¿Y quién cortó los árboles? Respuesta: los terratenientes medievales, incluida la Iglesia. ¿Por qué lo hicieron? Respuesta: convertir las colinas en caminos de ovejas cuando la lana era una exportación rentable, desalojando a todos sus inquilinos, excepto al pastor. Se enorgullecía de su minucioso análisis de la situación.

¿Qué había sucedido desde aquellos tiempos lejanos? Las propiedades de tiro se habían apoderado, y requerían brezo, no árboles, como cobertura y alimento para los urogallos. ¿Y es probable que las cosas cambien? No sin una persuasión extenuante. Multas, incentivos financieros, conferencias de hombres como él sobre la locura terminal de la codicia.

Una figura apareció desde la puerta principal de la granja. Una pequeña figura solitaria con una monótona chaqueta encerada y una gorra de pana que miraba la extensión deshabitada del tope del páramo. Ese hombre había causado mucho sufrimiento a los demás. Ahora iba a ser su turno de sentir dolor. La fase uno de la nivelación se había implementado completamente.

* * *

En la tarde del cuarto día de su estancia en el páramo, Phil hizo ejercicio, preparó y alimentó a Good Times, luego cerró el establo y fue a la casa. El caballo todavía estaba extrañamente retirado, como si simplemente estuviera tolerando la presencia de su jinete. Su vivaz réplica se había ido por completo. Él no podía entenderlo.

Entró en la casa por la puerta de atrás y no estaba preparado para la figura que estaba sentada en las sombras de la pequeña sala de estar apuntándole con un arma.

"¿Cómo diablos entraste?" Phil preguntó, preguntándose si podría pasar al desconocido para sacar su revólver recién adquirido del cajón de la cocina.

"Un truco del oficio, señor Yates", respondió el desconocido con un fuerte acento escocés. "¿Estará sentado ahora para que podamos charlar?"

No era una pregunta sino una orden. Phil se sentó junto a las brasas de su leña y esperó.

"Tendrá que poner más leña; vamos a pasar un rato".

Phil obedeció. No pudo distinguir los rasgos del extraño, pero un escalofrío interno se extendió a través de él cuando la voz, aunque más severa, le recordó a Tam. La casa no tenía energía eléctrica, solo gas embotellado, por lo que no pudo encender un interruptor para revelar la identidad del hombre.

"Recordará un pequeño asunto de cuatro caballos Tang, ¿no?" el extraño preguntó. "Mi pregunta es: ¿por qué los quería? Piense cuidadosamente antes de responder. Quiero que me diga la verdad".

Phil reflexionó. Había querido adquirirlos porque esperaba que le trajeran buena suerte. Pero decir esto a un extraño parecía superficial, incluso un poco patético. Y los caballos no le habían traído suerte en absoluto, sino que se habían convertido en una maldición. ¿Cómo podría explicar que habían sido contaminados por las manos de un hombre que temía y detestaba?

La voz del extraño rompió el silencio. "Es un poema mientras responde. Quizás no los quería para nada. Quizás solo los quería porque ningún otro los tenía. ¿Estoy en lo cierto?"

"No tengo nada que decirte sobre este tema," Phil logró por fin. "Mis razones no te conciernen".

"Han peleado allí", respondió el extraño con severidad. "Pero dejaremos esa pregunta por el momento y haremos otra: ¿por qué no quiso comprar los caballos Tang? Usted es un hombre rico. He hecho un poquito de tarea y sé que vale al menos veinte Bernies, ese es el término que usan mis asociados para veinte millones de libras. Además del seguro para el incendio de la casa si llega. Entonces, ¿por qué no quiso comprarlos? Creo que su dueño podría haber estado encantado de vender por una cifra decente. Entonces habría sido el dueño oficial, en lugar de un ladrón".

De nuevo Phil no tenía respuesta. Que le hubiera dejado el asunto completamente a Tam parecía una respuesta lamentable. El hecho de que no se hubiera ofrecido a pagar su verdadero valor de 600 mil parecía innegablemente mezquino y ruin. Y había fracasado horriblemente. En lugar de ser su orgulloso propietario legal, se habían convertido en monstruos vengativos para ser escondidos. Pero luego habían escapado de su tumba para perseguirlo. ¿Cómo podría explicar todo eso?

"No tengo nada que decir sobre el tema", respondió Phil obstinadamente.

"No es un individuo muy comunicativo, ¿verdad, señor Yates?" dijo el desconocido. "Quizás tenga que recurrir a medios más persuasivos".

Desde que su padre recibió una paliza de Ambrosio Smith, Phil había desarrollado un horror de dolor físico. Había sentido los golpes finales de Smith en su propio cuerpo, mientras su padre se tambaleaba, incapaz de defenderse. Ahora haría cualquier cosa para evitar el dolor físico.

Causar daño a otros con armas de fuego, por supuesto, no estaba incluido.

"¿Por qué me haces estas preguntas? Te devolveré los caballos, si quieres".

"¿Entonces todavía lo tiene?"

Hubo un largo silencio. Luego, eventualmente, la reacia admisión: "No. No los tengo".

"¿Pero sabe dónde están?"

Silencio. Entonces: "No estoy seguro".

"¿Así que los ha perdido?"

Silencio.

"Resumiré", declaró el desconocido. "Quería un artículo que pertenecía a otra persona. No quería pagarlo, aunque fácilmente podía permitírtelo. Ahora los ha perdido. En verdad, me suena como un hombre egoísta e irresponsable, señor Yates. Incluso podría decir imprudente, pero con la vida de su gente, no la suya. Usted es alguien sin cuentas, señor Yates. No tengo más remedio que tratarlo como si fuera un imbécil". La fase dos de la nivelación había alcanzado su punto medio.

Al momento siguiente, Phil se vio golpeado contra la pared, con las manos esposadas y la cabeza encapuchada. Fue empujado bruscamente a través de la habitación y fuera de la puerta de atrás. Su interrogador evidentemente había escondido su vehículo en el alto helecho verde al norte de la granja. Phil se encontró arrojado tan casualmente como un perro muerto al maletero del auto del escocés.

30

Luke y Cath estaban comiendo una cena tardía en la cocina de Cuckoo Nest mientras Angie y Zanda estaban felizmente cocinando para Sy y Kingsley en su cabaña. Angie había salido por la puerta de atrás con el comentario: "No estoy abandonando mis valores feministas; estoy conociendo a algunas personas interesantes". Kingsley en particular, su madre pensó para sí misma.

Mientras Luke y Cath continuaban su comida en el silencio fácil que se había desarrollado entre ellos, su aguda audición captó el sonido de un motor que se acercaba antes de que llegara a la nave. Estaba de pie y salió por la puerta antes de que Cath se diera cuenta de lo que estaba sucediendo. Desde las sombras del astillero observó cómo el vehículo se detenía cerca de la puerta trasera, mientras llamaba a Sy para alertarlo sobre la llegada no invitada.

Su asombro lo dejó sin palabras cuando Malcolm salió del Jaguar y ayudó a Phil desde el maletero. El escocés abrió las esposas y tomó la capucha de la cabeza de Phil. Luke salió de las sombras cuando Cath apareció en la puerta.

"Este villano ha venido a visitarte", fue el comentario inicial de Malcolm. "Ha sido juzgado y encontrado deficiente. Veamos si ustedes, buenas personas, pueden evaluar su futuro".

A la luz de la puerta de la cocina, Phil miró consternado a su captor. Era la primera vez que veía al hombre claramente.

"¡Tam!", él exclamó.

Malcolm se echó a reír. "Parece que mi hermano es un tipo muy conocido. Todos los pequeños que conozco piensan que soy él. Sin embargo, ¡este imbécil no puede ni siquiera darle un buen día de salario! Es un millonario que no quiere nada para el mundo". Impulsó a Phil hacia adelante con un empujón en la espalda. "Lo he juzgado como realmente indigno del apellido que lleva. Lo he traído a ustedes para guiar a la gente a que dicte sentencia".

Los recuerdos fluyeron como espectros por la mente de Phil. La última vez que se había parado en este patio, había tenido un control casi completo de los acontecimientos. La granja había pasado solo unos días desde que se convirtió en su propiedad. Ahora estaba aquí sin nada, rodeado de enemigos.

Fueron a la cocina, donde Malcolm arrojó a su prisionero en un taburete mientras sus acusadores se sentaban a la mesa. Angie y Sy se les unieron un momento después, respondiendo a la convocatoria de Luke.

"Aquí hay alguien que ha hecho que la gente se sienta miserable y temerosa", comenzó Malcolm. "Ha robado caballos Tang y no ha pagado ni un solo frijol. Ha hecho que un respetado capullo pierda la vida, sin mencionar un trato con otros. Ha herido gravemente a mi querido hermano y ha amenazado con matarlo". Quiero que cada uno de ustedes dé una razón para su castigo". Primero miró a Luke.

"Arriesgué mi vida por él", dijo Luke, "y no me ofreció ni un centavo. Mató a mi madre y mi hermana en un incendio de un remolque hace quince años y no se arrepiente".

"Tus comentarios están debidamente anotados", dijo Malcolm con seriedad. Luego miró a Cath y Angie.

Cath puso su brazo alrededor del hombro de Angie. "Quería que nuestra granja fuera barata. Nos presionó y nos golpeó. Incluso nos secuestró y amenazó con matarnos".

"Escucho las acusaciones de ustedes", dijo Malcolm solemnemente. "¿Hay algún otro comentario?"

Sy reveló la cicatriz irregular en su brazo. "Quiere todo a su manera. No le gusta perder. Utiliza la violencia cuando le conviene".

"¿Tiene algo que decir a esta buena gente, señor Yates?" Malcolm preguntó.

Phil se sentó en el taburete de ordeño, mudo. Sacudió la cabeza. Él no levantó la vista.

"Hace un tiempo le hiciste un comentario a mi hermano, así que él me dice que pensaste que podría haber sido su buen viernes. Puedo decirte, Phil Yates, que ese día ha llegado, y todo es tuyo. ¿Le pregunto a esta buena gente si me permiten proporcionar solo el cierre?

No hubo voces de desacuerdo.

"Se ha realizado una evaluación, señor Yates. Puedo decirle que el valor de su futuro es malo".

Malcolm arrastró a Phil y lo empujó hacia la puerta. Phil no ofreció resistencia. Parecía apenas más que una efigie rellena de sí mismo: un hombre cuyo nombre ya había sido olvidado.

Malcolm se volvió hacia los acusadores sentados alrededor de la mesa. "Ha sido un placer conocerlos, buena gente".

Con eso se fue a la breve oscuridad de la noche de verano.

* * *

Poco antes de la medianoche, Luke y Sy llegaron a la granja de páramos en la camioneta Toyota, siguiendo las instrucciones que Malcolm les había dado en una breve llamada telefónica. Nunca más volvieron a saber del hermano de Tam.

No había evidencia de vida en la casa oscura y ninguna señal del vehículo de Malcolm. El Range Rover de Harry y un remolque de caballos habían quedado en dependencias abiertas.

Los viajeros gitanos condujeron en silencio a Good Times al remolque de caballos de Sy y regresaron a Cuckoo Nest. Luke tomó el Range Rover, que planeaba vender con la ayuda de su renuente hermano. Se terminaron los trabajos de construcción en las caballerizas y el cuarto de tachuelas y Good Times se colocó en la caballeriza al lado de Prince of Thieves. Los dos caballos se rieron suavemente el uno al otro en afectuoso saludo. Good Times había regresado para hacer guardia sobre las figuras de caballos Tang.

A la mañana siguiente, Sy caracterizó el resplandor distintivo de Good Times, hasta que el animal se convirtió en un hermoso castaño brillante y mucho más difícil de reconocer. Luego, Sy y Luke sacaron a los dos caballos para hacer un agradable ejercicio de una hora en las calles locales.

Sy se echó a reír. "Nunca pensé que estaría montando un caballo que perteneció a Phil Yates. Ahora es nuestro. Le preguntaré a Davey qué cree que deberíamos hacer para sacar lo mejor de él. ¡Después de todo, quizás tengamos ese semental aquí!"

"Deberíamos darle un nuevo nombre", pensó Luke. "¡Uno que no tenga nada que ver con ese criminal!"

"¿Algunas ideas?"

"¿Qué tal la Travelers Bounty?"

"¡Hombre, me gusta!"

Sy, Zanda y Kingsley se unieron a Davey Wood para asistir a una venta de furgonetas gitanas en tierras de viajeros más al sur. Mientras Cath y Angie amarraban las cabras, Luke se ocupó aplicando conservante de madera a la carpintería exterior de las caballerizas y al cuarto de tachuelas.

Cuando estaba terminando, Cath le saludó desde la puerta de la cocina. Se lavó las manos bajo el grifo exterior y se unió a ella.

"Había un artículo en las noticias justo ahora", anunció cuando él cruzó la puerta. "El cuerpo desnudo de Phil Yates ha sido descubierto en los galopes sentado en una silla reclinable en el aparcamiento. Le dispararon dos veces, una en el corazón y otra en la cabeza. La policía lo llama trabajo profesional".

Malcolm había hecho justicia para todos ellos, pensó Luke, para Ambrosio y su familia, para Cath y Angie, para Tam y finalmente para la mafia de Londres. Y, lo más importante, se detendría la matanza por los asesinatos. "Se acabó", dijo. "Podemos comenzar una nueva vida".

* * *

Pero Charlie Gibb no estaba escuchando. En lo alto del desván del aserradero, el albino miraba a Luke en su telescopio mientras cruzaba la granja. Charlie habló por su celular. "¿Qué, la policía...? Bueno, no estoy diciendo quién es, pero tengo información que creo que la gente debería saber..."

Medio minuto después, colgó y se llevó el telescopio al ojo sano. "¡Vamos! ¡Está allí! ¡No está mirando!" Bajó el telescopio y emitió su risa espeluznante y aguda mientras se balanceaba a través de la telaraña de madera en el espacio del techo del aserradero.

"¡Nadie obtiene uno sobre Charlie! ¡Oh no, no sobre el señor Gibb!"

* * *

Una hora después, Cath y Angie cruzaron el patio desde los ponederos con cestas llenas de huevos. Luke acababa de terminar de preparar a los caballos y los dejaba entrar al huerto para pastar. Se podía escuchar un largo tren de mercancías a lo lejos acercándose lentamente en la línea descendente.

Dos autos de la policía se abalanzaron en el patio de apilados y media docena de oficiales uniformados saltaron. PC Bailey y PC Pearson se encontraban entre ellos, sus rostros conservaban signos de daños por fuego por el accidente de seis semanas antes. Se adelantaron agresivamente y se dirigieron a Cath y Angie.

"¿Es usted la dueña de esta granja?" Bailey exigió saber.

"Lo soy", respondió Cath. "¿Qué con ella?"

"Tenemos razones para creer que un delincuente escapado con el nombre de Luke Smith vive actualmente en esta dirección", anunció Pearson.

Angie se rio. "¡Ustedes pueden creer lo que quieran!"

"Tenemos una orden de allanamiento", declaró Bailey, blandiendo un documento en la cara de Cath.

Cath se encogió de hombros. "Sea mi invitado."

Las mujeres depositaron sus huevos en la mesa de la cocina. Dirigidos por Angie, los agentes de policía atravesaron la casa. Cath regresó al patio de apilados y buscó a Luke. No había señal de él. Miró hacia el puente del ferrocarril.

Ella sonrió. El tren de mercancías en la línea descendente avanzó lentamente bajo el puente. Luke se detuvo un momento en el parapeto. Luego se fue.

Ella sabía que, como el verdadero dromengro que aspiraba a ser, iría a casa de su tío Taiso y limpiaría su nombre. Y también sabía que ella y Angie también irían allí algún día. Porque tenía que haber una boda gitana. Quizás incluso habría dos.

POSDATA

Cath era la única persona a la que Luke le había contado sobre los caballos Tang escondidos debajo del piso de la caballeriza. Pensó que ella debería saberlo, ya que sintió que si no decía nada, la estaba dando por sentado.

"¿Los robaste?" ella preguntó.

"No voy a mentir", respondió. "Así que es mejor que no diga nada".

El día después de la huida de Luke de la redada policial, Cath recibió una llamada de él informándole que estaba en lo de Taiso y que había comenzado el proceso legal para limpiar su nombre. Dijo que podría estar fuera unos meses, pero le habían dicho que esperara un resultado exitoso. La boda, o bodas, serían en Semana Santa.

Cath estaba encantada. Y Angie y Kingsley, también, por supuesto.

Pero la presencia de los caballos Tang la preocupaba. Estaba sola con ellos y no sabía qué debía hacer si, por improbable que fuera, fueran descubiertos. ¿Qué acción debería tomar ella? ¿Debería enterrarlos en el sauce? ¿Hundirlos en el estanque de la granja? Al final, decidió tomar el consejo de un experto.

Ella sacó a Travelers Bounty, o simplemente Bounty, como ahora se llamaba Good Times, de su caballeriza y lo puso a pastar con Prince. Encontró los caballos Tang en una caja debajo del piso y tomó solo uno de ellos, ya que los cuatro eran del mismo tamaño y un estilo similar. Luego condujo hasta la ciudad y llamó a la oficina de tasadores, diciendo que había tenido el caballo durante años y se preguntó qué encontraría si lo vendiera.

El socio principal de la firma se puso las gafas, tomó una lupa y miró cuidadosamente al caballo, dándole la vuelta varias veces y examinando el detalle de su capa. Después de unos minutos, sorprendió a Cath devolviéndole el caballo.

"Me temo que no podremos vender esto por usted, pero uno como que fue subastado en Londres el mes pasado, si recuerdo". Tomó un catálogo de ventas de un estante detrás de su escritorio y lo hojeó. "Ah, sí, tiene un parecido bastante cercano al suyo". Leyó del catálogo: "Caballo con capa de estilo Tang". Él la miró por encima de sus gafas. "Se vendió por trescientas libras".

Ella debió haber parecido sorprendida porque el tasador se rió.

"¿Esperaba que fuera un original?" preguntó. "Sin duda estaría en el dinero si lo fuera".

Ella estaba avergonzada. ¿Se veía ella *tan mercenaria*? "Realmente no tengo idea de cuántos años tiene. No tengo idea de cuál podría ser su valor".

"Las palabras clave en la descripción del catálogo son de Estilo Tang". El tasador sonrió, pensó, con simpatía. "Esa y la suya son copias modernas. En realidad son bastante comunes. Haría bien en obtener más de una suma de tres cifras, a menos que fuera mucho más grande o más espectacular. Pruebe con Sotheby's. Probablemente sean la mejor casa de subastas para estas figuras".

Regresó a Cuckoo Nest y volvió a poner el caballo con los demás. Ella decidió no darle la noticia a Luke hasta después de Pascua.

* * *

"Estás muy callada esta noche, mamá". Angie miró con curiosidad a Cath mientras cenaban en la cocina de la granja. "¿Ha sucedido algo que debería saber?"

Cath sacudió la cabeza. "Estoy un poco cansada. Últimamente hemos tenido muchas emociones".

"Un poco de eufemismo, ¿no?"

Cath todavía estaba aturdida por la revelación del tasador. Mucho de lo que había sucedido en los últimos meses había sido causado por la existencia de los caballos Tang. Tantas relaciones nuevas y giros inesperados del destino. Tantas muertes. Una pregunta golpeó en su cerebro: ¿Quién había engañado a quién? Sus sospechas recayeron en Tam McBride.

Tam y Malcolm se sentaron en la terraza de la villa mediterránea de Tam. El edificio tenía una vista de los olivares y el mar.

Malcolm estudió la perspectiva con sus lentes de campo.

"¿Son piratas lo que estás esperando, hermano?" Tam preguntó con una sonrisa.

Malcolm se bajó las gafas. "Eres alguien afortunado. La costa es demasiado rocosa para un aterrizaje seguro. Sin embargo, ¿quién quiere saber qué es lo que se lava?"

"No puedo hacer mis pensamientos, ¡ahora el asesino está muerto en su silla plegable!"

Los hermanos se rieron. Tam se levantó y trajo más vino. Estaba caminando normalmente ahora.

"Me reuniré con una persona en la trattoria en una hora. Eres bienvenido a unirte a nosotros. Él está detrás de mí para venderme más de esas figuras chinas, pero creo que serán falsas. Sin embargo, es un idiota". Él piensa que no lo sabré. Me haré de una pequeña ganancia si encuentro el comprador adecuado".

Malcolm estudió a su hermano a través de su copa de vino. "¿Crees que el universo nos necesita, hermano? Ya sabes, ¿no lo crees, que a donde quiera que vayas yo también estaré allí?"

Tam parecía en blanco. "Me perdiste. Pensé que volverías a Lunnon en una semana".

Malcolm sonrió inescrutablemente. "Piénsalo".

Tenía que haber justicia, por supuesto. En todos los niveles.

ACERCA DE LOS AUTORES

Los autores han estado activos en el sector creativo durante más de veinte años. Ian es un galardonado poeta ampliamente publicado. Rosi es actriz profesional y artista de la voz.

El Precio de los Caballos es nuestra primera novela escrita conjuntamente, un thriller de venganza ambientado en el colorido mundo de los viajeros gitanos y villanos más grandes de la vida.

Lightning Source UK Ltd.
Milton Keynes UK
UKHW042056040121
376432UK00001B/143